GRÖLS Verlage

„BÜCHER SIND WIE FALLSCHIRME. SIE NÜTZEN UNS NICHTS, WENN WIR SIE NICHT ÖFFNEN.“

Gröls Verlag

Redaktionelle Hinweise und Impressum

Das vorliegende Werk wurde zugunsten der Authentizität sehr zurückhaltend bearbeitet. So wurden etwa ursprüngliche Rechtschreibfehler *nicht* systematisch behoben, denn kleine Unvollkommenheiten machen das Buch – wie im Übrigen den Menschen – erst authentisch. Mitunter wurden jedoch zum Beispiel Absätze behutsam neu getrennt, um den Lesefluss zu erleichtern.

Um die Texte zu rekonstruieren, werden antiquarische Bücher von Lesegeräten gescannt und dann durch eine Software lesbar gemacht. Der so entstandene Text wird von Menschen gegengelesen und korrigiert – hierbei treten auch Fehler auf. Wenn Sie ebenfalls antiquarische Texte einreichen möchten, finden Sie weitere Informationen auf www.groels.de

Viel Freude bei der Lektüre wünscht Ihnen das Team des Gröls-Verlags.

Adressen

Verleger: Sophia Gröls, Im Borngrund 26, 61440 Oberursel

Externer Dienstleister für Distribution & Herstellung: BoD, In de Tarpen 42, 22848 Norderstedt

Unsere „Edition | Werke der Weltliteratur“ hat den Anspruch, eine der größten und vollständigsten Sammlungen klassischer Literatur in deutscher Sprache zu sein. Nach und nach versammeln wir hier nicht nur die „üblichen Verdächtigen“ von Goethe bis Schiller, sondern auch Kleinode der vergangenen Jahrhunderte, die – zu Unrecht – drohen, in Vergessenheit zu geraten. Wir kultivieren und kuratieren damit einen der wertvollsten Bereiche der abendländischen Kultur. Kleine Auswahl:

Francis Bacon • Neues Organon • **Balzac** • Glanz und Elend der Kurtisanen • **Joachim H. Campe** • Robinson der Jüngere • **Dante Alighieri** • Die Göttliche Komödie • **Daniel Defoe** • Robinson Crusoe • **Charles Dickens** • Oliver Twist • **Denis Diderot** • Jacques der Fatalist • **Fjodor Dostojewski** • Schuld und Sühne • **Arthur Conan Doyle** • Der Hund von Baskerville • **Marie von Ebner-Eschenbach** • Das Gemeindekind • **Elisabeth von Österreich** • Das Poetische Tagebuch • **Friedrich Engels** • Die Lage der arbeitenden Klasse • **Ludwig Feuerbach** • Das Wesen des Christentums • **Johann G. Fichte** • Reden an die deutsche Nation • **Fitzgerald** • Zärtlich ist die Nacht • **Flaubert** • Madame Bovary • **Gorch Fock** • Seefahrt ist not! • **Theodor Fontane** • Effi Briest • **Robert Musil** • Über die Dummheit • **Edgar Wallace** • Der Frosch mit der Maske • **Jakob Wassermann** • Der Fall Maurizius • **Oscar Wilde** • Das Bildnis des Dorian Grey • **Émile Zola** • Germinal • **Stefan Zweig** • Schachnovelle • **Hugo von Hofmannsthal** • Der Tor und der Tod • **Anton Tschechow** • Ein Heiratsantrag • **Arthur Schnitzler** • Reigen • **Friedrich Schiller** • Kabale und Liebe • **Nicolo Machiavelli** • Der Fürst • **Gotthold E. Lessing** • Nathan der Weise • **Augustinus** • Die Bekenntnisse des heiligen Augustinus • **Marcus Aurelius** • Selbstbetrachtungen • **Charles Baudelaire** • Die Blumen des Bösen • **Harriett Stowe** • Onkel Toms Hütte • **Walter Benjamin** • Deutsche Menschen • **Hugo Bettauer** • Die Stadt ohne Juden • **Lewis Caroll** • *und viele mehr….*

Else Wildenhagen

Trotzkopfs Brautzeit

Ilse und Leo saßen lustig plaudernd auf der Veranda vor dem Macketschen Hause. Der warme Mittagssonnenschein eines heiteren Oktobertages stahl sich durch das dichte Blättergewirr des herbstlich gefärbten Weinlaubes zu ihnen herein.

Leo Gontrau erzählte soeben von seinem Leben in der kleinen Stadt, in welcher er als Assessor angestellt war, und nach der er Ilse im kommenden Frühjahr als seine Frau heimführen wollte. Sie unterhielt sich köstlich über seine ebenso drastischen wie komischen Erzählungen und sah im Geiste die geschilderten Personen leibhaftig vor sich. Natürlich war sie schon jetzt der Gegenstand des lebhaftesten Interesses in dem kleinen Ort und Leo konnte nicht genug berichten, wie neugierig man sich nach ihr erkundigte.

„Und mit all den langweiligen Tanten soll ich verkehren?“ rief sie endlich, „mit ihnen Kaffee trinken, klatschen, womöglich grauwollene Strümpfe dabei stricken?“ Sie warf sich in den Stuhl zurück und brach in ein unbändiges Gelächter aus.

„Na – es wird so schlimm nicht werden, Kind, und mir zuliebe mußt du es eben auch mal über das Herz bringen, mit alten Tanten Kaffee zu trinken.“

Das heitere Lächeln verschwand von ihrem Gesicht, und sie sah ihn erstaunt an.

„Du meinst doch nicht im Ernst, Leo, daß ich mit allen diesen Damen verkehren muß?“

„Ja, Schatz,“ gab er ihr zur Antwort, „das müssen wir, ich bin Beamter und habe Rücksichten zu nehmen, das ist nun einmal nicht anders und da wird sich denn meine kleine Frau auch fügen müssen.“

„Fügen," rief sie sich aufrichtend, „nein, Leo, fügen werde ich mich nicht, besonders nicht, diese Besuche zu machen."

„Wie kannst du dich nur so ereifern, Ilse," sagte er lächelnd und schüttelte den Kopf.

„Übrigens findest du in B.... auch einige sehr nette junge Frauen, welche dir gewiß gefallen werden."

Sie unterbrach ihn spöttisch. „Du bist ja sehr entzückt von unsrem künftigen Bekanntenkreis; ich muß gestehen, mich verlangt es nicht nach Bekanntschaften, wenn wir erst verheiratet sind. Nur dir will ich leben, weiter niemand; du aber zählst mir jetzt schon vor, mit wem ich verkehren soll – dir liegt also nichts, gar nichts daran, mit mir allein zu sein."

Sie sah hübsch aus in ihrer Erregung; Leo mochte sie gern so sehen, mit funkelnden Augen und geröteten Wangen.

Zärtlich zog er sie zu sich heran und strich liebkosend über ihr Haar.

„Kleiner Brausekopf," sagte er, „kannst du denn nicht ruhig denken, nicht ruhig mit mir über unsre Zukunft sprechen?"

Sein etwas überlegenes Lächeln bei diesen Worten brachte sie noch mehr aus der Fassung.

„Ja, du natürlich fügst dich willig in alles, aber das kann und tue ich nicht! Denke nicht, daß ich eine unterwürfige Frau werde, so eine ›Magd‹, wie sie Chamisso besingt."

Trotzig warf sie die Lippen auf und zerzupfte mit solchem Eifer eine schöne dunkle Rose, als wäre die unschuldige Blume die Urheberin ihres Ärgers.

„Nein, nein," lachte er, „ich weiß, ich bekomme ein widerspenstiges Käthchen, kein sanftes Gretchen zur Frau. Aber du weißt doch auch, Lieb, wie Petruchio sein Käthchen bezwang, daß sie zuletzt ganz gefügig ward und, wenn er es wünschte, die Sonne für den Mond ansah?"

Sie hörte nicht auf seine scherzenden Worte, ihre lebhafte Phantasie war mit ihr weit fort geeilt. Sie sah sich im Geiste als junge Frau, brav und ehrbar wie die andern Frauen, von denen ihr Leo erzählt hatte; da durfte sie gewiß nicht scherzen, lachen und sagen, was sie wollte, mußte gute Lehren anhören, wurde gefragt und ausgeforscht. Das würde sie aber nicht ertragen, das ging nicht, und sie wollte sich von Leo das feste Versprechen geben lassen, daß er sie nicht zwingen würde, diese schrecklichen Besuche mit ihm zu machen.

Schweigend hatte der junge Mann seine Braut beobachtet und an ihrem wechselnden Mienenspiel bemerkt, wie aufgeregt sie in ihrem Innern war. Jetzt trat sie zu ihm heran und legte ihre Hand an seine Schulter.

„Leo, lieber Leo," sagte sie fast flehend, „versprich mir eins, wenn du mich wahrhaft liebst! Laß uns, wenn wir erst verheiratet sind, ganz für uns leben; niemand soll unser Heim sehen, niemand wollen wir besuchen, das denke ich mir reizend; nicht wahr, Schatz, du versprichst mir das? Gib mir die rechte Hand darauf."

Unwillig wandte er sich ab.

„Nun kommst du wieder auf das alte Thema zurück; ich muß gestehen, du stellst ein unvernünftiges Verlangen an mich, und ich kann dir deine Bitte nicht erfüllen. Du mußt doch einsehen, daß es zu meiner Stellung nicht paßt, wenn ich alle gesellschaftlichen Pflichten unbeachtet lasse! Ich hoffe auch noch immer, du machst nur Scherz."

„Scherz?" brauste sie auf. „Du mußt nicht glauben, daß ich noch ein dummes Kind bin, Leo. Ich weiß genau, was ich will, und ich sage dir vorher, ich mache deine langweiligen Besuche nicht mit."

Ihr alter leidenschaftlicher Trotz sprach bei diesen Worten aus ihren Blicken, und gerade ihn, den sie so innig liebte, mußte sie damit kränken.

„Wenn du erst meine Frau bist, liebe Ilse, so wirst du dich auch nach meinen Wünschen zu richten haben," gab er ihr bestimmt zur Antwort, und sein ernster Blick richtete sich fest auf sie. Aber schon gereute ihn seine Entschiedenheit wieder, denn er liebte seine Braut über alles, und gerade ihr oft sprödes Wesen hatte ihn stets entzückt. Sie war ja noch ein halbes Kind, bald wurde sie seine Frau und dann würde alles anders sein; er kannte ja den lieben Trotzkopf.

Sie stand an die Brüstung der Veranda gelehnt und hielt die entblätterte Rose noch immer in ihren Händen. Die braunen Locken waren ihr wirr in die heiße Stirn gefallen, und die langen Wimpern lagen auf den tief geröteten Wangen. Leo konnte den Blick nicht von ihr wenden, er sah nur das liebreizende Bild vor sich, und aller Unmut war verraucht. Er sprang auf und eilte zu ihr, seinen Arm zärtlich um ihren Nacken schlingend.

„Komm her, Lieb, setze dich wieder zu mir. Wollen wir uns um solche Nichtigkeiten streiten, während uns eine selige, rosige Zukunft winkt? Wenn du erst mein kleines Weib bist, dann sprechen wir wieder über diese Sache und dann – ich weiß es – dann denkst du ganz anders darüber."

Aus seinen schönen Augen sprach die innigste Liebe, aber Ilse war in diesem Augenblick mit Blindheit geschlagen, sie empfand nur das Eine, – er gab diesmal nicht nach.

Unwillig machte sie sich aus seinem Arm los und trat zurück.

„Das also ist deine Liebe," fuhr sie auf, „nicht den kleinsten Wunsch erfüllst du mir. Aber ich wiederhole noch einmal, ich will mich nicht fügen, jetzt nicht und wenn ich deine Frau bin, erst recht nicht. Nein – ich will dich auch nicht heiraten, denn ich sehe ein, du liebst mich nicht mehr." Hier brach sie in Tränen aus, in kindische, zornige Tränen. Wollte sie ihn dadurch zwingen, ihr nachzugeben? Dieser Gedanke stieg plötzlich in Leo auf; aber das durfte nicht, das sollte nicht sein. Mit der wärmsten, zärtlichsten Liebe hatte er sie zu beruhigen gesucht, und immer wieder war er auf Trotz und Widerstand gestoßen. Er war ärgerlich, sehr ärgerlich, und sein Stolz bäumte sich in ihm auf.

„Schäme dich, Ilse," stieß er hervor, „du beträgst dich wie ein ungezogenes Kind."

In der Erregung klang seine Stimme vielleicht härter, als er beabsichtigte, denn Ilse fuhr fast entsetzt zurück bei seinen Worten. „Schämen!" wiederholte sie und sah ihn ganz erstarrt an.

„Leo – Leo," rief sie mit zitternder Stimme, „nimm zurück, was du eben sagtest."

„Ich kann meine Worte nicht zurücknehmen, Ilse," gab er ruhig zur Antwort, „denn du beträgst dich wirklich wie ein recht ungezogenes kleines Mädchen."

Das war zu viel! Ihr Atem flog, und sie war nicht fähig, ein Wort zu erwidern. Ohne Leo noch eines Blickes zu würdigen, lief sie in das Haus und stieß in der Türe fast mit ihrem Vater zusammen, der eben auf die Veranda kommen wollte.

„Was hast du denn, Kind?" fragte er, als sie so hastig an ihm vorbeistürmte und er ihre verweinten Augen sah. Doch sie gab ihm keine Antwort; wie ein gescheuchtes Reh lief sie die Treppen hinauf in ihr Zimmer und riegelte die Türe fest hinter sich zu. Sie warf sich in einen Stuhl und brach in leidenschaftliches Schluchzen aus, als wäre ihr das größte Unglück geschehen.

„Schämen" hatte er gesagt, und sie ein „ungezogenes Kind" genannt. Wie demütigend klangen diese Worte; glaubte er denn ein Schulkind vor sich zu haben, das er nach Belieben ausschelten konnte? – Sie richtete sich auf und preßte die Lippen fest aufeinander. Sie war kein Kind mehr, das wollte sie ihm zeigen! Wie konnte er nur so zu ihr sprechen – fühlte er nicht, wie furchtbar er sie kränkte? Ein neuer Tränenstrom brach aus ihren Augen, sie legte die Hände vor das Gesicht und schluchzte bitterlich. Immerfort tönten in ihrem Ohr die Worte: „Schäme dich, du beträgst dich wie ein ungezogenes Kind," und „nein, nein, er liebt mich nicht mehr," antworteten ihre Gedanken. Daß sie ihn durch fortwährenden Widerspruch erst zu dieser Äußerung gereizt hatte, das kam ihr nicht in den Sinn, das gestand sie sich nicht ein. Er hatte ihr großes Unrecht zugefügt, nur das empfand sie in ihrer aufs höchste gesteigerten Aufregung. – Was sollte sie tun, was beginnen? Wenn sie der

Mama ihr Herz ausschüttete? Sie fühlte wohl, daß diese ihr nicht recht geben würde. Wenn sie zum Papa ginge? Ja, der würde seinen verzogenen Schützling gewiß in Schutz nehmen, aber lachend und scherzend wie immer – und das ging nicht, dazu war die Sache zu ernst. – Nein, es war auch am besten, wenn kein Mensch von dieser Kränkung erfuhr. Niemand wollte sie ihr Leid klagen. Ja, wäre Nellie hier – ihr würde sie alles anvertrauen, die würde sie verstehen. Aber die geliebte Freundin war in weiter Ferne; ach, wie schmerzlich sehnte sie sich in diesem Augenblick nach ihr. Sie stützte den brennenden Kopf in ihre Hand und blickte lange sinnend vor sich hin. Nellies Bild stand lebhaft im Geiste vor ihr, sie sah die treuen lieben Augen und hörte ihr kindlich frohes Lachen.

Könnte sie sich doch an ihre Brust lehnen, ihr alles erzählen, was sie so schwer bedrückte! Sie kam sich verlassen und einsam vor. Niemand verstand sie, und sie wollte auch niemand sehen mit dieser Schmach im Herzen. Leos Bild, das vor ihr auf dem Schreibtisch stand, schien sie spöttisch anzulächeln; sie stellte es fort, denn sie konnte diesen Blick nicht ertragen. Die Luft in dem kleinen Zimmer kam ihr erdrückend vor, sie konnte kaum Atem holen, und erst als sie beide Fensterflügel geöffnet hatte und die frische Herbstluft hereindrang, wurde ihr leichter.

Die Sonne war hinter Wolken verschwunden, welche immer dunkler und schneller herangezogen kamen und auch das letzte helle Blau am Himmel bedeckten. Ein starker Wind hatte sich aufgemacht und rauschte in den alten Bäumen, vor Ilses Augen tanzten wirbelnd welke Blätter durch die Luft. Wie öde und unfreundlich kam ihr mit einem Male die Natur vor, und doch hatte sie heute im sonnenhellen Lichte noch so freundlich gelächelt. So trübselig wie draußen sah es jetzt auch in ihrem Innern aus, sie glaubte nie wieder froh werden zu können.

Ob Leo nicht zu ihr kommen würde? Er mußte doch einsehen, welch schwere Beleidigung er ihr zugefügt hatte. Aber wenn er jetzt käme, wenn er jetzt an ihre Türe klopfte – nein – sie würde ihm nicht öffnen. Noch konnte sie ihn nicht sehen und hören – noch stürmte es zu heftig in ihrer Brust, und so leicht wollte sie ihm nicht verzeihen, er hatte es nicht verdient.

Unten im Garten knirschte der Kies unter festen Tritten, und laute Stimmen wurden hörbar. Hatte der Papa Besuch bekommen? Sie bog sich hinaus und sah ihn mit Leo daherschreiten, welcher lebhaft zu ihm sprach. Seine Stimme klang ruhig ohne die mindeste Erregung, als wäre nichts vorgefallen. Jetzt schien er sogar einen guten Witz zu erzählen, denn Herr Macket brach in ein schallendes Gelächter aus, in welches Leo lustig mit einstimmte. Wie ein Mißklang tönte dieses Lachen an ihr Ohr. Empört schlug sie das Fenster zu, daß die beiden im Garten verwundert herauf sahen, – aber sie war schnell zurückgetreten, und von neuem wurde sie von leidenschaftlichem Zorn erfaßt. Das war zu viel! Also gleichgültig war ihm alles, er dachte wohl gar nicht mehr daran, wie er sie gekränkt hatte. Er war zum Lachen und Scherzen aufgelegt, während sie so schwer litt. Sie konnte das nicht ertragen, sie wollte ihm beweisen, daß er kein Kind mehr vor sich hatte – sie mußte ihm zeigen, daß sie sich eine solche Demütigung nicht gefallen ließ. Ja – das wollte sie ihm zeigen! – Aber wie? Was konnte sie beginnen? – Wie ein Blitz durchfuhr sie plötzlich ein Gedanke, an dem sie sich zitternden Herzens festklammerte. Sie wollte fort, fliehen, dann würde er ja wohl einsehen, daß er ihr bitteres Unrecht getan hatte. Sie sah in ihrem törichten Sinn nicht weiter, sie dachte nicht an die Sorge, den Kummer, den sie ihren Eltern und Leo durch einen solchen Schritt bereiten würde. Der plötzlichen Eingebung folgte sie, ja sie kam sich in diesem Augenblicke wie eine Heldin vor, ihr sonst so kindliches Gesicht nahm einen entschlossenen Ausdruck an, und die Lippen waren trotzig aufeinander gepreßt.

„Ich will fort und gleich – gleich jetzt!“ Sie sagte diese Worte laut vor sich hin, als wollte sie sich dadurch selbst in dem Entschluß befestigen, ihr abenteuerliches Vorhaben auszuführen. Hastig durchschritt sie das Zimmer. Die kleine Uhr, welche auf dem Ofensims stand, fing eben an zu schlagen; „drei – vier“ zählte Ilse. Um fünf Uhr ging ein Zug nach F., wo Nellies Mann seit seiner Verheiratung Oberlehrer am Gymnasium war. Eine Reise zu ihr war schon längst geplant, und Ilse hatte von den Eltern die Erlaubnis erhalten, nach Weihnachten einige Wochen in F.

zuzubringen. Der stets sorgsame Papa hatte das Kursbuch schon genau studiert und für sie den Zug nachmittags fünf Uhr als den besten bestimmt. Den Bahnhof erreichte sie von Moosdorf bequem in einer halben Stunde – danach war es aber die höchste Zeit zum Aufbruch. Die verweinten Augen wusch sie mit frischem Wasser und ordnete ihr wirres Haar; sie setzte ihren Hut auf, holte ihren Mantel und hing ihn über den Arm. So, nun war sie fertig; sie dachte nicht daran, noch etwas andres mitzunehmen; sie tat alles mit einer fliegenden Hast, als könnte es sie doch am Ende noch gereuen, den tollen Streich beschlossen zu haben. Zum Glück fiel ihr im letzten Moment, als sie schon die Türklinke in der Hand hielt, ein, daß sie auch Geld haben müßte. Sie ging zurück und schloß ihren Schreibtisch wieder auf. Aus einem Kästchen nahm sie 30 Mark, die ihr der Papa erst gestern schenkte, weil sie irgend eine Dummheit begangen hatte, welche ihn entzückte und die er unbedingt belohnen mußte. Sie steckte das Portemonnaie in die Tasche und ging nun schnell zur Türe hinaus und die Treppe hinab. An der Haustür blieb sie zögernd und tiefaufatmend stehen. Lucies Bild trat ihr plötzlich deutlich vor Augen, mahnend schien es ihr zuzurufen: „Kehre um, kehre um!“ Fast war es, als würde sie schwankend in ihrem Entschlusse, denn auf ihrem Antlitz spiegelten sich bange Zweifel, aber Leos Bild drängte sich dazwischen, sie sah sein heiteres Antlitz, hörte sein ausgelassenes Lachen – und „fort! fort!“ rief es nun in ihrem Innern. Lucie hatte keine Gewalt mehr über sie, ihr ungestümer Sinn trieb sie zu einer Torheit, welche ihr die bittersten Stunden ihres Lebens bereiten sollte. Hätte sie ihren Bräutigam betrübt und niedergeschlagen gesehen, vielleicht würde sie diesen folgenschweren Schritt nie gewagt haben; aber er lachte ja und war vergnügt, – nichts hätte sie mehr darin bestärken können, ihr Vorhaben auszuführen, als sein harmloses Lachen.

Sie horchte, – nichts regte sich im Hause, die Mama war bei dem Brüderchen im Kinderzimmer; vor einer Begegnung mit ihr war sie also sicher. Durch ein Fenster spähte sie in den Garten – er war leer, die beiden Herren schienen weiter gegangen zu sein. Über den Hof konnte sie unbehindert gehen; die Mägde und Knechte waren draußen beschäftigt, die übrige Dienerschaft war in den Wirtschaftsräumen, welche auf der andern Seite des Hauses lagen.

Sie wollte niemand begegnen; es war ihr, als könnte man es auf ihrer Stirn lesen, was sie vorhatte. Deshalb lief sie schnell über den Hof durch das Tor auf die Dorfstraße und schlug den Weg zum Bahnhof ein. Wie ein gehetztes Wild floh sie dahin und wagte nicht, nach dem Hause zurückzublicken; nur von Zeit zu Zeit sah sie ängstlich zur Seite, ob auch keiner sie bemerkte. Es begegneten ihr einige Bauernfrauen, welche sie gut kannte, und die sie schon von weitem grüßten, denn sie war im Dorfe bei alt und jung beliebt. Heute dankte sie nur flüchtig für die freundlichen Grüße und eilte scheu an den Leuten vorbei; sie fühlte, daß ihr eine brennende Röte in die Wangen stieg, und sie kam sich wie eine ertappte Sünderin vor. Der Gedanke an das erlittene Unrecht beflügelte ihre Schritte, sie lief auf Koppelwegen durch die Felder, den aufgeweichten Boden nicht achtend, der sich schwer an ihre Sohlen hing. Aus den Stoppeln flog bei ihrem Nahen mit lautem Gekreisch eine Schar Krähen in die Höhe, und ängstlich erschrocken zuckte sie zusammen. Endlich sah sie von weitem das rote Bahnhofgebäude schimmern, und in kurzer Zeit hatte sie es atemlos erreicht.

Mit unsicherer Stimme forderte sie am Schalter eine Fahrkarte nach F. und setzte sich in das kleine, halbdunkle Damenwartezimmer an das Fenster. Der Zug mußte in wenigen Minuten eintreffen; sie wollte aber den Perron nicht eher betreten, bis er da war, aus Furcht, sie könnte noch Bekannte treffen. Richtig, da kam auch schon jemand, den sie kannte. Es war der dicke Oberförster, ein alter Freund ihres Vaters, der mit einem Herrn auf und ab ging; wahrscheinlich hatte er denselben zur Bahn gebracht. Sie drückte sich ganz in die Ecke, als die beiden am Fenster vorbeigingen. Wenn sie nun nachher nicht unbemerkt an ihm vorübergehen konnte, dachte sie ängstlich, und wenn er sie fragte, wohin sie reisen wolle, was sollte sie ihm antworten? Dieser peinvollen Ratlosigkeit machte der langgezogene Pfiff des erwarteten Zuges ein Ende; wenige Augenblicke darauf stand er vor dem Bahnhofgebäude still. Zitternd erhob sich Ilse und ging hinaus. Der dicke Oberförster unterhielt sich jetzt eingehend mit dem Bahnhofinspektor und wandte ihr glücklicherweise den Rücken zu. Sie trat schnell an den nächsten Schaffner heran und ließ sich von ihm ein Damencoupé anweisen. Ihr Herz schlug rasch, und es wurde ihr beklommen zu Mute, als sie einstieg; sie war froh, daß das Coupé leer war, denn sie hätte jetzt keinem Menschen frei ins Gesicht sehen können. Die Türen wurden zugeschlagen, noch ein Hin- und Herlaufen, dann läutete die Glocke zur Abfahrt, ein schriller Pfiff ertönte und die Wagen setzten sich langsam in Bewegung. Sie wagte es nicht, aus dem Fenster zu sehen, denn die Stimme des Oberförsters war immer noch deutlich vernehmbar. Erst als der Zug im schnellen gleichmäßigen Tempo dahinfuhr, stand sie auf und trat an das offene Fenster; die frische Luft wehte ihr erquickend um die Schläfen und kühlte ihr den fieberheißen Kopf. Mehr und mehr entschwand die heimatliche Gegend ihren Blicken, sie kannte schon keins der Dörfer mehr, an denen sie vorbeiflog. Wie es wohl jetzt daheim aussah, ob sie ihre Flucht schon bemerkt hatten? Im Geiste sah sie die bestürzten Gesichter ihrer Eltern – der Papa würde außer sich sein. In ihrer Aufregung hatte sie daran noch nicht gedacht, aber mit einem Male stieg dieser Gedanke qualvoll in ihr auf. War es nicht unrecht, die Eltern so zu ängstigen? Sie nahm sich vor, sofort nach ihrer Ankunft bei Nellie einen langen Brief an sie zu schreiben, sie um Verzeihung zu bitten und ihnen zu sagen, daß sie nicht anders habe handeln können. Was würde aber Leo zu ihrer Flucht sagen? Sie dachte mit einer gewissen Genugtuung daran, wie er nun doch einsehen müßte, daß sie einen festen Willen besaß, und ausführte, was sie wollte. Nun würde er wohl eine andre Meinung von ihr bekommen.

Wie konnte er sie nur so tief kränken, wenn er sie wirklich liebte – sie vermochte es nicht zu fassen. Er war doch sonst nie so hart gegen sie gewesen, und sie hatten sich schon so oft gestritten. Bis jetzt fügte er sich stets ihrem Willen, so oft sie ihn auch schon im tollen Übermut herausgefordert hatte; warum erfüllte er ihr heute nicht den kleinen Wunsch? Warum betonte er immer wieder, daß er als Beamter Rücksicht zu nehmen habe? Das klang so unterwürfig, so demütig; sie wollte ihn stolz haben, über alles Kleinliche erhaben.

Wie fing der dumme Streit denn nur eigentlich an? Sie waren ja so lustig gewesen und hatten von der Zukunft geplaudert; in einem halben Jahre, im Frühling sollte ja die Hochzeit sein. Leo war in dem nahen B. als Assessor angestellt und arbeitete schon seit einigen Wochen am dortigen Landgericht. Meistens besuchte er Sonntags seine Braut und scherzend erzählte er ihr dann von seinen Erlebnissen, von den Bekanntschaften, welche er gemacht hatte. Komisch und naturwahr schilderte er die Fehler und Schwächen von allen, was Ilse den größten Scherz bereitete. Da war die Frau Amtsrichter, welche alle jungen Ehepaare unter ihre Fittiche nahm und die Ansicht hatte, daß sich die jungen Frauen entschieden dem Rate der älteren „fügen" müßten. Dann die Frau eines Arztes, die Neugierige, welche nicht ruhte noch rastete, bis sie die täglichen Neuigkeiten glücklich eingesammelt hatte. – Leo erzählte, wie er ihren Angriffen auf ihn stets geschickt ausgewichen wäre und daß es ihr nicht gelungen sei, auf ihre vielen Fragen über seine Braut, seine künftige Einrichtung und dergleichen eine Antwort zu erhalten. Er ahmte dabei das vor nervöser Ungeduld unruhige und bewegliche Mienenspiel der Dame so treffend nach, daß Ilse gar nicht aus dem Lachen kam. Heute hatte er zum erstenmal erwähnt, daß sie sich bald selbst von der Wahrheit seiner Schilderungen überzeugen könnte, denn alle diese Familien würden sie besuchen, teilweise auch mit ihnen verkehren.

Damit hatte der Streit angefangen. Er habe Rücksichten zu nehmen, hatte er gesagt, und das wollte sie nicht gelten lassen, ihr künftiger Mann sollte und brauchte das nicht. Die kleine Ilse hatte noch keine Ahnung von der Welt, wie oft und wie viel der Mensch, welcher etwas erreichen will, Rücksichten nehmen muß. Ihre Wege waren bisher stets geebnet gewesen, und deshalb wollte es ihr durchaus nicht in den Sinn, warum sie und Leo künftig nicht ganz nach ihrem Gefallen leben könnten.

Ob sich wohl Nellie in allem ihrem Manne fügte? Gewiß nicht, und Dr. Althoff war kein Tyrann, das wußte sie. Die liebe einzige Nellie! – Ilse konnte sich gar nicht vorstellen, wie sie als junge Frau sein würde. Wie herzlich hatte sie sich auf ein Wiedersehen mit ihr gefreut, und schrecklich war es, daß sie nun als eine Fliehende mit tief betrübtem Herzen zu ihr kam. Sie war so glücklich gewesen – und jetzt? Wieder füllten sich ihre Augen mit Tränen, welche langsam über ihre Wangen rollten. Sie kam sich so bedauernswürdig vor, als wäre sie hinausgestoßen in die weite Welt, und nicht als hätte sie nur ihre eigene unglückselige Laune zu diesem Schritte getrieben.

Die Dämmerung brach jetzt mit aller Macht herein und breitete ihre dunklen Schatten immer tiefer über die herbstliche Natur. Nur nebelhaft noch waren die Gegenstände zu erkennen, die vor Ilsens Augen auftauchten, um schnell wieder zu verschwinden. Einzelne Regentropfen schlugen trübselig gegen das Fenster, und das einförmige Geräusch der Räder wirkte fast betäubend auf sie. Ein unbehagliches Frösteln stellte sich ein, furchtsam blickten ihre Augen in dem halbdunklen Coupé umher; das unheimliche Gefühl des Alleinseins überfiel sie mit einem Male, und ihr Heldenmut sank immer tiefer. Unbeweglich saß sie in ihre Ecke gedrückt, ihre Aufregung steigerte sich von Minute zu Minute. Wie spät mochte es denn sein? Sie zog ihre Uhr hervor und konnte nur mühsam entziffern, welche Zeit es war. – Gott sei Dank, die Hälfte der Fahrt hatte sie hinter sich, schon zwei Stunden war sie unterwegs. Sie waren ihr schnell vergangen, aber nun mußte sie noch eine ebenso lange Zeit ausharren, bis sie in F. eintraf. Gegen neun Uhr sollte der Zug dort sein – es wurde gewiß sehr spät, bis sie bei Nellie war. Ob Althoffs wohl weit vom Bahnhof entfernt wohnten? – Wenn sie dieselben nur zu Hause traf! Oder – ihr Herz pochte stürmisch bei diesem Gedanken – wenn sie vielleicht noch verreist wären? Die Herbstferien waren erst in diesen Tagen zu Ende. Nellie schuldete ihr seit einiger Zeit einen Brief, und sie wußte deshalb nichts Näheres von ihr. O Gott, was sollte sie dann beginnen, allein in der fremden Stadt? Sie konnte doch in kein Gasthaus gehen und ein Zimmer fordern? Das ging nicht, das würde sie nie tun! Aber wo sollte sie in der Nacht bleiben? Dieser Gedanke bereitete ihr entsetzliche Qualen, und zum ersten Male gelangte sie zu dem vollen Bewußtsein, wie abenteuerlich ihr Unternehmen war. Sie fing in ihrer

Herzensangst an zu weinen. Fast empfand sie Reue; wie behaglich und sorgenlos könnte sie jetzt zu Hause sein, und mußte nun statt dessen in die dunkle Nacht hinein fahren mit einem Herzen voll Angst und Bangen.

Auf der nächsten Station fragte sie den Schaffner, welcher Licht in dem Coupé anzündete, wie lange sie noch bis F. zu fahren hätte. „Noch vier Haltestellen," brummte er unfreundlich, und Ilse wagte keine weiteren Fragen. Die Helle im Coupé machte wenigstens ihrer Furcht ein Ende, sie konnte nun deutlich erkennen, daß auf den Polstern neben ihr und gegenüber niemand weiter saß, wie sie vorhin in ihrer Furchtsamkeit geglaubt hatte. Sie freute sich, wenn wieder eine Station vorüber war, und alle Augenblicke sah sie nach der Uhr, ob der Zeiger noch nicht weiter vorgerückt war. – Jetzt hatte der Zug zum letztenmal gehalten, noch eine kurze Zeit und sie war da. Ungeduldig ging sie auf und ab, krampfhaft den Schirm in der Hand haltend, mit dem Mantel über dem Arm. Unaufhörlich schlug jetzt der Regen gegen das Fenster, stockdunkel war es draußen, und nur hier und da blitzten in der Ferne Lichter auf. Fast wünschte Ilse, es wäre auf der letzten Strecke jemand eingestiegen, der ihr möglicherweise Auskunft über die Althoffsche Wohnung hätte geben können. Und doch wieder war sie ganz froh, allein geblieben zu sein, weil sie fühlte, daß sie ihre Aufregung nicht verbergen könnte.

Endlich ertönte der lang anhaltende Pfiff der Lokomotive, und mit zitternder Ungeduld sah sie ihrer Erlösung entgegen; der Zug war in die Bahnhofhalle eingefahren und hielt jetzt still. Neugierig spähte Ilse durch das Fenster auf den erleuchteten Perron, wo eine Menge Menschen standen. Die Türe wurde geöffnet, und sie stieg aus. Ängstlich sah sie sich um, die vielen lauten Stimmen, das Gedränge und Hinundherstoßen machten sie ganz beklommen. Bunte Studentenmützen konnte man überall aus dem Gewühl hervorleuchten sehen. Scheu wich sie denselben aus, denn sie dachte noch mit Schrecken an ihre Studenten-Begegnung bei ihrer Abreise aus der Pension.

Als sie einen Bahnbeamten nach einem Gepäckträger fragte, wies sie der vielbeschäftigte Mann nach dem Ausgang der Halle, und sie drängte sich glücklich bis dahin durch. Sie sah sich suchend um und war froh, als sie ganz in der Nähe noch einen Mann mit blauem Kittel und einer Gepäckträgermütze entdeckte. Sie trat auf ihn zu und fragte, ob er die Wohnung von Dr. Althoff wüßte. Er rührte sich nicht aus seiner Stellung; faul, beide Hände in den Hosentaschen, stand er an die Mauer gelehnt und glotzte sie mit verglasten Augen an; ein widerwärtiger Branntwein-Geruch stieg ihr unter die Nase. Sie mußte ihre Frage wiederholen, und diesmal schien er sie wirklich verstanden zu haben, denn er setzte sich statt aller Antwort langsam in Bewegung; ein Wink mit der Hand machte ihr klar, daß sie ihm folgen solle.

Bedenklich schwankend ging ihr Führer voran, Ilse angstvoll hinterher. Der Mann war ja total betrunken, er taumelte hin und her und konnte nur mühsam das Gleichgewicht halten. Wenn er sie nur nicht den verkehrten Weg führte! Sie wollte ihn aber nicht noch einmal nach der Wohnung fragen, denn sie war sicher, doch keine verständliche Antwort zu bekommen. So waren sie schon eine ganze Strecke zusammen gegangen durch enge, winklige, schlecht erleuchtete und gepflasterte Straßen, in denen der strömende Regen große Pfützen gebildet hatte. Den besten Weg schien der Betrunkene auch nicht gewählt zu haben; unbekümmert um den gräßlichen Schmutz und die großen Wasserlachen, in welche er mitten hinein patschte, so daß Ilse vor den nach allen Seiten spritzenden Tropfen ausweichen mußte, trottete er weiter. Ihre Unruhe wuchs immer mehr. Wohin führte er sie eigentlich? In einer dieser schmalen, übelriechenden Gassen würden Althoffs doch schwerlich wohnen. Sie faßte sich schließlich ein Herz und fragte ihren stummen Begleiter, ob sie nicht bald da wären. Sein aufgedunsenes Gesicht drehte sich zu ihr herum, und seine Augen sahen sie keineswegs liebenswürdig an.

„Können Se nich die Zeit abwarten, dann loofen Se doch allene," – bellte er mit unsicherer Stimme.

Erschreckt wich Ilse zurück; wenn das der Papa wüßte, daß dieser betrunkene Mann jetzt ihr einziger Schutz war, er würde außer sich sein. Wie sorgsam wurde sie stets behütet, und hier war sie ganz allein in einer fremden Stadt.

Endlich erreichten sie eine besser beleuchtete breite Straße, und Ilse fiel es wie ein Stein vom Herzen, als sie diese menschenleeren, unheimlichen Gegenden verließen. Die Straße führte auf einen großen Platz, den sie überschritten, worauf sie wieder in eine schmalere Straße einbogen. Hier schienen sie in dem Villenviertel zu sein, denn die Häuser zu beiden Seiten hatten Vorgärten, wie Ilse trotz der Dunkelheit erkennen konnte. Neugierig sah sie in die hellen Fenster, an denen sie vorbeikamen, denn in dieser Straße wohnte gewiß Nellie. Sie dachte sich das bestimmt, wagte aber nicht danach zu fragen. Ihre Sehnsucht nach Nellie und ihre Ungeduld wuchsen immer mehr, seufzend ging sie weiter, es kam ihr vor, als nähme dieser Weg kein Ende. Endlich blieb der Mann vor einer eisernen Gittertür stehen und wies auf ein Haus im Hintergrund – „da", sagte er lakonisch und streckte ihr zugleich die Hand verlangend entgegen. Ilse griff in die Tasche und nahm ihr Portemonnaie hervor, das er mit geldgierigen Blicken betrachtete. Sie gab ihm in ihrer Angst ein blitzendes Fünfmarkstück, nur um ihn los zu werden. Der über Erwarten reichliche Lohn stimmte ihn doch etwas freundlicher. Er öffnete ihr mit großer Ungeschicklichkeit die Tür, und Ilse ging schnell hinein. Sie bemerkte nicht mehr, welche verzweifelte Anstrengung er machte, sich von ihr zu verabschieden, indem er seine Mütze abnehmen wollte. Einigemale griff er vergebens danach, und als er sie glücklich gepackt hatte, entfiel sie seiner Hand. – Fluchend bückte er sich nach ihr und ließ die Türe mit lautem Krach ins Schloß fallen, daß Ilse heftig zusammenschrak.

Zögernden Fußes hatte sie den kleinen Vorgarten durchschritten, und blieb vor der Haustür stehen – zitternd und zagend! Die Fenster in der Parterrewohnung, welche Althoffs bewohnten, waren bis auf zwei unbeleuchtet. Vergebens spähte Ilse durch die Vorhänge, ob sie nicht eine Gestalt erblicken oder Stimmen hören könne. Aber nichts regte sich, alles blieb still.

Das Herz klopfte ihr zum Zerspringen. Ach, wäre sie nur erst bei Nellie, und wäre doch der Augenblick des Wiedersehens erst überstanden! Sie konnte sich nicht entschließen, die Glocke zu ziehen, sondern blieb wartend, ob nicht jemand käme, an der Türe stehen. Einförmig tönte das Regengeplätscher fort; sie fühlte sich bis auf die Haut durchnäßt, denn in ihrer Aufregung hatte sie nicht daran gedacht, sich den Mantel anzuziehen, der nun schwer vom Regen über ihrem Arm hing. – Ihre Füße waren eiskalt, dazu kam ein Gefühl der Nüchternheit, denn sie hatte seit Mittag nichts genossen.

Länger konnte sie es so nicht mehr aushalten. Ach Gott, kam denn kein Mensch, sie aus ihrer Pein zu erlösen? Erschöpft lehnte sie sich an die Mauer. Endlich hörte sie im Hause Stimmen. Vorsichtig beugte sie sich vor und sah durch das Fenster in der Haustüre, wie Nellie mit ihrem Mann aus einem der Zimmer heraustrat. Sie holte erleichtert Atem, als sie das treue, liebe Gesicht der Freundin wiedersah, und wäre am liebsten sofort zu ihr geeilt, aber Dr. Althoffs Anwesenheit hielt sie zurück. Er schien fortgehen zu wollen, wie sie zu ihrer größten Beruhigung bemerkte, denn er hatte Hut und Schirm in der Hand. Arm in Arm ging das junge Ehepaar bis zur Treppe, dann beugte sich Dr. Althoff zu Nellie herab und küßte sie. Glückstrahlend sah sie zu ihm auf, und er streichelte zärtlich ihr liebliches Gesicht.

„Adieu, Liebste," hörte ihn Ilse deutlich sagen, „ich gehe jetzt. Spät werde ich nicht zurückkehren."

Nellie nickte ihm herzlich zu.

„Ich schlafe gewiß schon, wenn du heimkommst," sagte sie, „ich bin sehr schläfrig diesen Abend."

Sie blieb an der Treppe stehen, bis er aus der Türe verschwunden war. – Ilse war bei seinem Kommen schnell zurückgefahren und hatte sich hinter ein dichtes Gebüsch geflüchtet. Jetzt ging er durch die Gartenpforte; zugleich öffnete sich eines der erleuchteten Fenster und eine Gestalt ward in demselben sichtbar. Es war Nellie, welche ihrem Manne noch zunickte und ihm nachsah, bis er verschwunden war.

Ilse horchte atemlos, bis seine Schritte in der Ferne verhallt waren. Sie war seelenfroh, Nellie allein zu treffen, denn Dr. Althoff ihre Flucht einzugestehen –, es wurde ihr jetzt erst klar, wie beschämend das für sie gewesen wäre. Nellie konnte sie nun in Ruhe alles erzählen, und diese sollte ihr fest versprechen, ihrem Manne nichts davon zu sagen. Und nun faßte sie sich ein Herz und zögerte nicht länger mehr, sich Nellie bemerkbar zu machen. Aus ihrem Versteck hervortretend, rief sie schüchtern deren Namen. Erschrocken zuckte die junge Frau zusammen und, als sie Ilse erkannte, welche in dem matten Lichtschein, den das helle Fenster in den Garten warf, leibhaftig vor ihr stand, schrie sie laut auf. Sie war leichenblaß geworden, und ihre Augen blickten so starr, als sähe sie einen Geist vor sich.

„Nellie," rief Ilse noch einmal leise, und nun kam jene, so schnell sie ihre zitternden Füße trugen, zum Hause heraus gelaufen, vor welchem ihr Ilse in die Arme stürzte.

„Um Gottes willen, Ilse, wo kommst du her?" brachte sie atemlos hervor.

„Meine einzige Nellie," das war alles, was Ilse sagen konnte, während die Aufregung und die körperliche Anstrengung der letzten Stunden sich in einem krampfhaften Schluchzen auflösten.

Nellie führte sie in das Zimmer, selbst nicht fähig ein Wort zu sprechen. Sie nahm der heftig Weinenden Hut und Mantel ab und führte sie zum Sofa. Auf keine ihrer eindringlichen Fragen bekam sie eine Antwort, ratlos stand sie neben der Freundin und betrachtete sie voll Entsetzen. Was war denn nur geschehen, wie sah Ilse aus? Ihr nasses Kleid war über und über beschmutzt und die vor Feuchtigkeit tropfenden Haare hingen ihr aufgelöst in die Stirn. Nellie nahm ihr Taschentuch und trocknete damit das wirre Haar, dann setzte sie sich still neben die Freundin und lehnte ihren Kopf an deren Schulter.

So saßen sie eine Weile wortlos nebeneinander.

Endlich fragte Nellie leise: „Ilse, süßer darling, was ist mit dich passiert, wie kommst du hierher?"

Die hellen Tränen schimmerten bei diesen Worten in ihren Augen, ihr weiches Herz wurde von dem Jammer der Freundin so gerührt, daß ihre Stimme bebte. Sie streichelte Ilses Hände und nannte sie mit den zärtlichsten Schmeichelnamen. Alle Versuche sie zu beruhigen, zum Sprechen zu bringen, halfen nichts. Sie wußte nicht mehr, was sie anfangen sollte, die kleine Frau, und hilflos sah sie sich um. Ihr praktischer Sinn gab ihr schließlich das Richtige ein; sie stand auf und schenkte am Büffet ein Glas Wein ein, welches sie Ilse brachte.

„Trink, Kindchen," sagte sie, das Glas an Ilses Lippen setzend, „das wird dich gut tun. O, nur ein kleiner Schluck, mehr will ich dich auch nicht quälen," bat sie schmeichelnd, als Ilse das Glas zurückschob und ablehnend mit dem Kopf schüttelte.

„Du mußt, darling," entschied sie endlich kurz, und jetzt widersetzte sich Ilse auch nicht länger, nahm das dargebotene Glas und trank es in hastigen Zügen leer. Nellie trug es auf das Büffet zurück.

„Fühlst du dich wohler?" fragte sie teilnehmend und setzte sich wieder neben Ilse, welche sich in die Sofaecke zurückgelehnt hatte und mit dem Taschentuch ihr Gesicht bedeckt hielt. Auf Nellies Frage nickte sie mit dem Kopf. Die junge Frau seufzte leise. Wenn sie doch endlich einmal ein Wort spräche, dachte sie, denn Ilses Schweigen wurde nachgerade unheimlich. Unruhig rückte Nellie hin und her; was mochte denn nur vorgefallen sein, daß sich die Freundin gar nicht fassen konnte?

„Lieb Ilschen," sagte sie endlich und griff nach ihrer Hand, „sieh mich doch einmal an, weißt ja noch garnicht, wie ich mir als würdiges Hausfrau ausnehme." Sanft zog sie dabei Ilse die Hand vom Gesicht fort. „O sieh doch her," bat sie und beugte sich vor, um ihr in die Augen zu sehen, „du wirst in dies brave, ehrbare Gestalt deine Nellie nicht wieder erkennen. Alles Dumme ist aus mein Sinn heraus, ich bin ein vernünftiges, kleines Hausfrau geworden."

Sie sagte das so drollig, und Ilse sah, als sie aufblickte, in so schelmische Augen, daß sie nicht widerstehen konnte und durch Tränen lachend die Arme um Nellies Hals schlang. Erleichtert atmete diese auf, denn das wortlose Schluchzen war ihr zu schrecklich gewesen. Sie küßte die Freundin innig und streichelte liebkosend ihre heißen Wangen.

„Armes darling, wie erhitzt hast du dir und wie elend siehst du aus. Ich werde dir ein wenig Essen holen, sonst habe ich eine kranke Ilse. Bleib hier nur sitzen, gleich bin ich wieder zurück," sagte sie und stand auf.

„Bitte, bitte, Nellie, geh nicht fort," bat Ilse und hielt sie am Arm fest, „ich bin ja garnicht hungrig, ich kann nicht essen, wirklich nicht."

„Du wirst dich zwingen, nur einige Bissen mußt du essen." Mit diesen Worten machte sie sich von Ilse los und ging hinaus, um sehr bald mit einem Präsentierbrett zurückzukommen, auf welchem ein Teller mit appetitlich belegten Brötchen stand. Sie rückte ein kleines Tischchen an Ilses Seite, das sie flink und zierlich deckte.

„Wirklich, ich kann nichts essen," beteuerte Ilse wieder, als Nellie sie zum Zugreifen einlud. Aber ihr Sträuben half ihr nichts, wohl oder übel mußte sie essen; bald schmeckte es ihr auch vortrefflich, und sie speiste mit großem Appetit. Befriedigt sah ihr Nellie zu und nötigte sie immer von neuem.

„Du, nun kann ich aber nicht mehr," sagte Ilse endlich und schob den Teller zurück, „ich bin furchtbar satt."

Nellie stellte das Tischchen zur Seite und ließ sich auf einem kleinen Schemel nieder, den sie dicht neben das Sofa schob. Ihre beiden Hände legte sie in Ilses Schoß und sah fragend zu ihr empor. Ilse verstand die stumme Frage in ihren Augen, es wurde ihr aber doch schwerer, als sie gedacht hatte, Nellie eine Aufklärung über ihre Flucht zu geben. Seufzend lehnte sie sich zurück und sah vor sich hin.

„Lieb Ilschen," sagte Nellie leise und fuhr bittend und zögernd fort: „Willst du mir nicht erzählen, warum du in die dunkle Nacht zu uns kommst? Darling, schütte dein armes Herz in mich aus."

Da richtete sich Ilse heftig auf.

„Nellie, ach, wenn du wüßtest, wie unglücklich ich bin!" rief sie leidenschaftlich. „Leo liebt mich nicht mehr, er hat mich nie geliebt! Seine Sklavin soll ich werden, keinen freien Willen haben, mich immer fügen, und das kann ich nicht, das tue ich nicht, ich lasse mich von ihm nicht wie ein Kind behandeln, ich bin erwachsen und – und –" hier stockte ihre Stimme unter hervorbrechenden Tränen, die Erinnerung an das erlittene Unrecht brachte sie von neuem in Aufregung.

„O, bitte Kind, beruhige dir," bat Nellie, „kannst du mir jetzt deine Geschichte noch nicht erzählen, so warte ich bis morgen. Weine nicht mehr, armes darling."

Doch unaufhaltsam flossen Ilses Tränen. Nellie war aufgestanden und nahm einen Leuchter vom Tisch, den sie anzündete. Sie wußte jetzt genug und drang deshalb nicht weiter in Ilse. Also ein Streit mit Leo war die Ursache ihrer Flucht! Aber wie konnte sich Ilse zu solchem Streite hinreißen lassen! Sie war aufs höchste erschrocken, bezwang sich aber, möglichst ruhig zu erscheinen, so sehr sie auch über die kühne Tat ihrer Freundin innerlich erregt war.

„Komm, Ilse," sagte sie, „ich führe dich in dein Zimmer und du legst dir schlafen. Rieke macht dein Bett schon in Ordnung; ich habe ihr gesagt, du hättest mich mit deiner Ankunft überrascht. Aber sie darf dich so mit deinen Tränen nicht sehen, sonst glaubt sie mich meine Lüge nicht." Damit zog sie Ilses Arm durch den ihrigen und führte sie in ein erleuchtetes Zimmer, wo ein helles Feuer im Ofen knisterte.

„Ach, wie gemütlich ist es hier, Nellie," rief Ilse unwillkürlich aus und sah sich neugierig in dem Raume um. Wie freundlich und einladend war hier alles! Zu der hellgeblümten Tapete paßten die Gardinen, und der zierliche Toilettentisch war so duftig und graziös aufgesteckt, daß Ilse sofort erriet, nur Nellie könne dieses Werk geschaffen haben.

„Reizend ist es bei dir, Nellie, alles so blendend sauber und fein," sagte sie wieder bewundernd und betrachtete die Fläschchen und Büchsen von glänzendem Kristall, welche die Toilette zierten.

„Ich sagte dich ja schon, daß ich ein braves Hausfrau geworden bin, sittsam und ordentlich wie unsre artige Rosi; du wirst große Wunder an mir erleben," erwiderte Nellie, und der Schelm lachte aus dem Grübchen in ihrer rosigen Wange.

„Du einzige Nellie, du bist doch noch ganz wie früher, wie furchtbar lieb habe ich dich, am allerliebsten auf der ganzen Welt."

„O nein, so darfst du nicht sprechen, Ilse; deinen Bräutigam mußt du am liebsten auf die ganze Welt haben, dann deine lieben Eltern, und zuletzt kommt erst Frau Elinor nebst Gemahl." Um Ilses Mund zuckte es spöttisch, und eine bittere Antwort drängte sich auf ihre Lippen, aber sie bezwang sich und schwieg. Nellie sollte nur wissen, wie sie ihr Bräutigam behandelt hatte! Konnte er da noch ihr Liebstes auf der Welt sein?

Nellie hatte die Gardinen am Fenster zugezogen und trat nun wieder zu Ilse.

„So, jetzt ist alles fix und fertig, nun schnell in deine Bett. Komm, ich helfe dich."

Als sich Ilse niedergelegt hatte und es ihr ersichtlich behaglicher zu Mute wurde, ergriff sie Nellies Hand.

„Jetzt will ich dir auch beichten," sagte sie, und als Nellie meinte, sie solle das am andern Tage tun, denn sie würde sich wieder zu sehr aufregen, bat sie flehentlich, sie doch anzuhören.

„Ich kann nicht schlafen, Nellie, wenn du nicht alles weißt!" rief sie und erzählte ausführlich alle Einzelheiten des Streites mit Leo und ihrer Flucht. Ihre Wangen glühten beim Sprechen vor Eifer und Zorn, und sie wunderte sich nur, daß Nellie nicht fortwährend in lautes Bedauern über ihr trauriges Schicksal ausbrach. Die Freundin sah schweigend vor sich hin, denn sie war entsetzt über Ilses abenteuerlichen Streich und durchschaute klar, daß dieselbe im Unrecht war. Wie hatte sie nur so unüberlegt handeln können! Sie zitterte bei dem Gedanken an die vielen unglücklichen Stunden, welche diese Tat der Freundin noch bereiten würde.

„Nicht wahr, Nellie, so durfte mich Leo nicht beleidigen, wenn er mich wahrhaft lieb hat, – was sagst du dazu?" fragte Ilse schließlich, als Nellie sinnend dasaß, und sah ihr dabei forschend ins Gesicht.

„Ich sage garnichts diesen Abend, Kind," erwiderte sie ausweichend, denn sie wußte, daß eine ehrliche Antwort Ilse in ihrer jetzigen Stimmung nur kränken würde; gegen ihre Überzeugung aber wollte sie auch nicht sprechen.

Als sie in Ilses Zügen eine Enttäuschung bemerkte, streichelte sie zärtlich ihre Stirn. „Du mußt jetzt schlafen, klein Ilschen, deine Augen haben eine so müde Aussicht. Morgen früh sprechen wir über deine Sache, nicht wahr? – Gute Nacht, darling." Mit diesen Worten erhob sie sich, um jedes weitere Gespräch abzuschneiden.

„Ruhe dir schön aus, mache die Augen zu und nicht eher auf, bis morgen früh; du brauchst dich nicht zu fürchten, in das andre Zimmer daneben schlafen Fred und ich und hören, wenn du rufst. Ich muß jetzt gehen, denn kommt der liebe Mann nach Hause und findet mich noch wachsam, so macht er ein böses Gesicht."

„Nellie!"

„Ja, Ilse, was soll ich?"

„Bitte, bitte, Nellie, versprich mir eins."

„Was soll ich dir versprechen, darling?"

„Sage deinem Manne nicht, daß ich geflohen bin, ich müßte mich ja zu Tode vor ihm schämen."

„Nein, Ilschen, beruhige dich, er wird nichts wissen. Ich sage ihm, wie ich Rieke erzählte, daß du mich eine kleine Überraschung bereitet hast."

Im stillen lächelte sie über die naive Ilse, welche noch ohne Ahnung war, daß Mann und Frau keine Geheimnisse vor einander haben. Natürlich würde sie Fred alles erzählen, noch heute Nacht, und mit ihm beraten, was hier zu tun ist. Sie nahm das Licht, nickte Ilse herzlich zu und ging hinaus.

In der großen Aufregung, in der sie sich befand, war sie nicht imstande, sich zur Ruhe zu begeben. Vor ihrem Nähtisch, der im Eßzimmer am Fenster stand, setzte sie sich nieder und sah in Gedanken vor sich hin. Das

Bild ihres Mannes stand im einfachen Stehrahmen vor ihr und sie betrachtete es lange Zeit sinnend. Ein seliges Gefühl des Glückes durchzog sie bei diesem Anblick, und in überwallender Zärtlichkeit küßte sie das Bild.

„Mein Fred," flüsterte sie leise mit strahlenden Augen. Sie nahm seine Liebe mit der Dankbarkeit eines demütigen Weibes entgegen, denn er hatte sie aus ihrem liebearmen Leben an seine Brust gezogen, an der sie nun für immer warm und sicher ruhte. Jetzt hatte sie eine Heimat, ein treues Menschenherz, das sie ihr eigen nennen durfte, dem sie sich ganz zu eigen gab. Ihre Gedanken gingen in dem Geliebten auf, sie hatte nur Auge und Sinn für seine Wünsche, sie lebte nur für ihn, und ihr Glück trübte kein dunkler Schatten.

Dann aber schweiften ihre Gedanken wieder zu der, welche in ihrem Fremdenstübchen in den weißen Kissen ruhte. Wäre diese doch auch erst, was sie war, eine glückliche Frau! Aber – sie sah mit großer Betrübnis voraus, daß die arme Ilse noch heiße Kämpfe bestehen müßte, bis sie ihren starren Sinn gebeugt, bis sie die wahre, echte Liebe kennen gelernt haben würde. Wenn Ilse Leo so liebte, wie sie ihren Mann, hätte sie dann so unverantwortlich handeln können? Mit Schrecken dachte Nellie daran, was Ilses Bräutigam wohl zu diesem Schritte sagen würde? O, mein Gott, wenn er ihr den Ring zurückgab, wie Lucies Bräutigam es getan hatte! Nellie bebte bei diesem Gedanken, und ihr treues Herz empfand bange Sorge um die Zukunft ihrer Freundin.

Die Uhr über dem Sofa schlug jetzt 11, nun mußte Fred jeden Augenblick kommen; mit Geduld und Sehnsucht erwartete sie ihn. Sie war ganz ratlos, und es mußte doch etwas geschehen. Ilses Eltern, die gewiß in Todesängsten waren, mußten auf alle Fälle Nachricht haben. Wie und auf welche Weise, das mußte sie doch erst mit Fred besprechen.

Durch die Scheiben sah sie auf die dunkle Straße hinab, die öde und verlassen dalag. Endlich glaubte sie in der Ferne Schritte zu hören. Ungestüm riß sie das Fenster auf und bog sich weit hinaus. Die kühle Nachtluft wehte ihr erfrischend um das Gesicht, der Regen hatte nachgelassen, aus den zerrissenen dunklen Wolken, die eilend vorüberzogen, sah der Mond hervor und beleuchtete mit bleichem Glanze Nellies Antlitz. Sie horchte gespannt in die stille Nacht hinaus. Die fernen Schritte waren verhallt, also war es ihr Mann doch nicht gewesen. Gerade heute blieb er länger aus, als sonst. Ob sie Rieke weckte und mit dieser ihm entgegen ging? Denn wie Feuer brannte es ihr auf der Seele, bis sie ihm alles erzählt haben würde. Schon wollte sie das Fenster schließen, um ihren Entschluß auszuführen, da hörte sie von neuem Schritte auf der Straße und diesmal waren es die ihres Mannes. Eilig schloß sie das Fenster und ging ins Zimmer zurück. Sie hörte, wie der Schlüssel in der Haustür umgedreht wurde und schnelle Tritte die Treppe herauf kamen. Jetzt schloß er den Vorplatz auf. Sie ging ihm bis an die Tür entgegen und nahm sich krampfhaft zusammen, um ruhig zu erscheinen.

„Nanu, noch auf, wie kommt das?" fragte er bei ihrem Anblick erstaunt. „Du weißt doch, Kind, daß es mich unruhig macht, wenn ich denken muß, du wartest auf mich und wirst müde und abgespannt." Sie legte ihm schmeichelnd die Hand auf den Mund.

„Erst hören, lieber Fred, dann schelten. Glaubst du, ich sei wegen mein Mann aufgeblieben? O nein, ich läge schon längst in das tiefste Schlummer, hätte ich nicht eine große Erlebnis gehabt." Sie blickte ihn ernst dabei an, und er bemerkte, daß sie blaß und erregt aussah.

„Was denn für ein Erlebnis?" fragte er ängstlich. „Was ist denn passiert, erzähle doch! ich ängstige mich, du siehst so bleich und aufgeregt aus, hat dir Rieke Ärger bereitet?"

„O nein," fiel sie ihm lachend ins Wort, „Rieke war eine fromme Lamm wie immer. Laß nur, du errätst es nicht, Schatz; komm, setze dich nieder, damit du nicht in Ohnmacht fällst, wenn du's hörst, was ich dir jetzt sagen werde. Also höre: Ilse ist da!"

„Ilse!" lachte Dr. Althoff, „das ist himmlisch! Ja, ich glaube wohl, du möchtest sie wäre hier und vertriebe dir die Zeit, wenn dich dein böser Mann allein läßt. Warte nur, Bösewicht," sagte er scherzend und hob ihr Kinn in die Höhe, um ihr in die Augen sehen zu können. „Du willst mir wohl etwas vorflunkern, weil ich ein bißchen später nach Hause komme, als es meine gestrenge Gattin sonst von ihrem soliden Manne gewohnt ist? Ach ja, es ist schrecklich, wenn man so unter dem Pantoffel steht," sagte er seufzend.

Sie blieb aber ernst bei seinem Scherz.

„Nein, nein, ich mache keine Spaß, Fred; es ist wahr, da drüben," sie wies mit der Hand nach der Tür, „liegt Ilse und schläft."

Und als er sie noch immer ungläubig ansah, da holte sie Ilses Hut und Mantel herbei.

„Sieh hier, gehört mich dies Hut, dieses Mantel, glaubst du mir nun?"

Ja, jetzt glaubte er ihr, das bewiesen seine erstaunten Augen, mit welchen er die Sachen ansah. Fragend blickte er seine Frau an.

„Nellie, was ist das, wie kommt Ilse plötzlich her?"

„O, mit der Eisenbahn; gleich als du fort warst, kam sie und rief mich. Wie bin ich erschrocken gewesen, ich glaubte ein Gespenst zu sehen, als plötzlich Ilse so bleich vor mir stand. Wie zitterig war armes darling, o, und wie hat sie geweint!"

„Geweint, warum hat sie denn geweint?" fragte er, „sage doch nur, was ist denn vorgefallen?"

Mit fliegenden Worten erzählte sie ihm nun alles.

„Und was sollen wir tun, Fred?" fragte sie schließlich. „Ilse ist ein unvernünftiges Kind; wir müssen für sie handeln."

Er hatte bei ihrer Erzählung mehrmals unwillig den Kopf geschüttelt.

„Ja, was sollen wir tun?" wiederholte er. „Ich hatte geglaubt, Ilses Trotz wäre gebrochen, sie wäre ein vernünftiges Mädchen geworden, und jetzt macht sie solche Streiche! Das beste ist, wir packen das ungezogene Kind auf und schicken es morgen mit einem Entschuldigungszettel wieder nach Hause."

„O, so darfst du nicht sprechen," rief Nellie unwillig. „Jeder hat nicht ein solch fügsames Natur, wie deine Frau. Ilse hat nun einmal ein trotziges Sinn, aber sie ist gut, und ich habe ihr so herzhaft lieb. Du darfst ihr auch nicht zeigen, daß du von ihre Flüchtigkeit weißt; sie hat mich gebeten, dir nichts davon zu sagen. – In welche Angst werden ihre Eltern und Leo um sie sein! Sollen wir sie nicht telegraphieren?"

„Ja natürlich, Schatz, das müssen wir tun und zwar gleich, sofort. Ich will die Depesche selbst besorgen."

„O ja, das ist gut von dir, aber nun mußt du armer Mann noch einmal in die dunkle Nacht hinaus."

„Ich brauche ja nicht weit zu gehen," meinte er und zog sich seinen Überzieher an.

„Wo ist mein Hut? So, du hast ihn, – danke, Kind; gleich bin ich wieder hier. Gehe nur inzwischen zu Bett, du mußt schlafen, du hast dich sehr aufgeregt."

„Ja, ich bin sehr schläfrig, ich fürchte aber, ich kann nicht schlafen, denn alles tanzt wirr in mein Kopf. Ich will nochmal nach unsre Trotzkopf sehen, ob sie schläft. Adieu so lange, Liebster."

Leise ging sie in Ilses Zimmer und trat an ihr Bett. Diese schlief fest. Noch sah man die Spuren vergossener Tränen auf ihren Wangen, aber sie lächelte im Traume.

„O, sie hat eine gute Traum, denn sie lacht," sagte Nellie später zu ihrem Mann. Nun erlosch auch das letzte Licht in der Wohnung Doktor Althoffs, und das Haus lag in tiefem Dunkel da.

*

In Moosdorf hatte Ilses Flucht großen Schrecken hervorgerufen. Als sie zur gewohnten Kaffeestunde um 5 Uhr, zu welcher die Familie sich zu versammeln pflegte, nicht erschien, suchte man sie im Garten und auf ihrem Zimmer, doch war sie nirgends aufzufinden. „Sie wird zu Pastors gegangen sein," meinte Frau Anne; „wenn es dich beruhigt, lieber Richard, schicke ich sogleich dorthin."

„Tue das, liebes Kind,“ gab er zur Antwort, „es wird jetzt so früh dunkel, der Weg ist so einsam, und Ilse könnte sich fürchten. – Wo steckt das Kind nur?“ wandte er sich, nachdem seine Frau das Zimmer verlassen hatte, an seinen Schwiegersohn, der am Fenster saß und anscheinend sehr vertieft in die Lektüre eines Buches war. „Weißt du nicht, wo sie sein könnte, Leo? Sie hat es dir doch sicher gesagt, wenn sie zu Pastors gehen wollte.“

Leo sah auf und schüttelte den Kopf.

„Nein, Papa, ich habe keine Ahnung, wo Ilse ist. Nach Tisch waren wir zusammen auf der Veranda, seitdem habe ich sie nicht wieder gesehen.“

Herrn Macket fiel es bei diesen Worten plötzlich ein, daß sie ihm heute mittag von dort mit sehr erregtem Gesicht entgegengekommen war. Die beiden haben sich gewiß mal wieder gestritten, dachte er; denn Leo saß so gleichgültig da und las so ruhig weiter, als handle es sich nicht um seine Braut, die man suchte.

Bald kam Frau Anne mit dem Bescheid zurück, daß Ilse bei Pastors nicht wäre und auch nicht dort gewesen sei. Jetzt wurde der besorgte Papa aber unruhig.

„Ja, aber irgendwo muß sie doch sein,“ stieß er hervor und stand auf.

Seine Frau trat zu ihm. „Sie wird ins Dorf gegangen sein,“ versuchte sie ihn zu beruhigen. „Wenn es dir recht ist, gehen wir ihr entgegen. Ich will mich sofort anziehen und bin gleich wieder hier.“

Herr Macket war mit diesem Vorschlag einverstanden und verließ zugleich mit seiner Frau das Zimmer, um bald darauf zum Ausgehen gerüstet, den Stock und Hut in der Hand, wieder einzutreten. Leo saß noch immer lesend am Fenster und sah kaum auf, als sein Schwiegervater zurückkehrte. Herrn Macket ärgerte diese scheinbare Ruhe, er räusperte sich einigemale vernehmlich und ging mit heftigen Schritten auf und ab. Es verdroß ihn, daß sich Leo durch nichts in seiner Lektüre stören ließ.

„Mein Gott, Leo, hat dir denn Ilse kein Wort gesagt, daß sie überhaupt fortgehen wollte?“ brach er endlich unwillig los.

Wieder antwortete Leo ruhig und gelassen:

„Nein, Papa, Ilse hat mir mit keinem Wort verraten, wohin sie gehen wollte. Ich glaube auch, wie die Mama, es ist das beste, wir gehen ins Dorf, dort wird sie sicher bei einem ihrer vielen Schützlinge zu treffen sein." Er stand auf, klappte das Buch zu und legte es auf die Fensterbank.

„So, ich bin fertig," rief Frau Anne ins Zimmer herein, „wir können gehen."

Draußen nahm sie den Arm ihres Mannes, und nun schritten die drei die einsame Dorfstraße hinunter, blieben bald hier, bald dort an den Türen stehen, oder traten auch in die kleinen dumpfen Bauernstuben ein, aber überall bekamen sie den Bescheid, daß Ilse von niemand gesehen sei.

„Unbegreiflich, unbegreiflich," murmelte Herr Macket vor sich hin. „Wo mag das Mädchen nur stecken?"

Frau Anne mußte unwillkürlich über ihren Mann lächeln, denn in seinem Eifer und seiner allzugroßen Besorgnis hatte er ihren Arm losgelassen und eilte in beschleunigtem Tempo voraus.

„Wie ängstlich der Papa doch gleich ist," wandte sie sich an Leo, „was soll denn Ilse zugestoßen sein, sie kennt hier jeden Weg und Steg. Irgendwo wird sie sich festgeplaudert haben, meinst du nicht auch, Leo?"

Er nickte und ging schweigend neben seiner Schwiegermutter weiter.

Das kleine Dorf war bald durchschritten, niemand vermochte Auskunft über Ilse zu geben, keiner hatte sie gesehen.

Herrn Mackets Unruhe steigerte sich immer mehr, man sah es ihm deutlich an.

„Wir wollen jetzt noch bei der Kathrine vorgehen," – sagte er zu seiner Frau, „vielleicht ist sie dort."

Kathrine war das ehemalige Kindermädchen Ilses, an welchem sie noch mit großer Liebe hing und welches sie öfter besuchte. Sie war unter den Bauernfrauen gewesen, welche am Nachmittag vom Felde heimkehrend von Ilse so scheu gegrüßt worden waren, und hatte ihr deshalb verwundert nachgesehen. Sie hätte also dem unruhvollen Papa Auskunft geben können über seinen Liebling. Doch ging es auch hier, wie so oft in ähnlichen Fällen, daß noch im letzten Augenblick ein tückischer Zufall hindernd dazwischen tritt, wenn man unbewußt schon dicht vor dem Ziele steht.

Frau Anne sehnte sich nach dem behaglichen Zimmer, denn ein heftiger Wind hatte sich erhoben und trieb ihnen den Regen in großen Tropfen entgegen. Sie zog den Mantel noch fester um ihre Schultern und den Schleier tiefer über das Gesicht. Bei diesem Unwetter sollten sie noch so weit gehen! Denn Kathrine wohnte außerhalb des Dorfes in einem kleinen Häuschen. Auch glaubte Frau Macket, daß dieser Weg ohnedies ganz unnütz sein würde, denn Kathrine war diesen Morgen erst bei ihr gewesen und hatte Ilse gesehen und gesprochen. Sie sagte das ihrem Mann, und er kam schließlich zu der Überzeugung, daß sie Ilse gewiß vergeblich dort suchten. Auch war der Weg dahin einfach grundlos, es war völlige Dunkelheit unterdessen hereingebrochen, so daß er seiner Frau recht gab, und umzukehren beschloß. „Wir finden Ilse gewiß vor, wenn wir nach Hause kommen," sagte Frau Anne, "es muß ja bald sieben Uhr sein; zum Abendessen ist sie sicher wieder da."

Herrn Macket schienen die Worte seiner Frau zu beruhigen, auch er gab sich der festen Hoffnung hin, daß Ilse wohl schon daheim sein würde. Im stillen nahm er sich vor, ihr gehörig den Text darüber zu lesen, daß sie so mir nichts dir nichts fortgeblieben war. Wieviel Lauferei und Schickerei hatten sie dadurch schon gehabt! Sogar den Abendschoppen im Löwen hatte er ihretwegen versäumt, und er fühlte jetzt plötzlich, als Folge der Abweichung von dieser täglichen Gewohnheit, einen brennenden Durst. Teils um diesen stillen zu können, teils um sich früher Gewißheit zu verschaffen, ob Ilse daheim wäre, verdoppelte er seine Schritte, so daß seine Frau Mühe hatte mitzukommen und einigemale bitten mußte, doch etwas langsamer zu gehen. Leo schritt wortlos hinter ihnen her. Er schwankte in seinem Innern, ob er nicht doch lieber umkehren und bei Kathrine nachfragen sollte. Zögernd blieb er stehen und überlegte unschlüssig, was zu tun sei. Aber der Streit mit Ilse hallte noch zu heftig in ihm nach; wenn er sie jetzt bei der Frau antraf, hatte er wieder einmal verlorenes Spiel. In den Augen seines trotzigen Schatzes würde ihr Triumph zu lesen sein, daß er ihr doch wieder nachgelaufen sei; sie würde ihm gnädig verzeihen, wenn er ihr, wie er bis jetzt stets getan, ein gutes Wort gab. Aber diesmal wollte er standhaft bleiben; das Gefühl, daß er ihr schon zu viel und zu oft nachgegeben habe, wollte sich heute nicht aus seiner Seele verdrängen lassen, und deshalb, – nein, er wollte nicht umkehren! Wie seine Schwiegereltern, tröstete auch er sich mit der Hoffnung, daß Ilse jetzt wohl daheim sein würde, und schnell folgte er dem vorangegangenen Ehepaare.

Als sie ins Haus traten, war Herrn Mackets erste Frage nach Ilse. Aber er bekam die Antwort, daß sie nicht gekommen war und auch keine Nachricht geschickt hatte.

Mit nervöser Unruhe zog er die Uhr aus der Tasche.

„Es ist sieben Uhr," sagte er zu seiner Frau.

„Da muß Ilse ja jeden Augenblick kommen," fiel sie ihm ins Wort, „zum Abendessen ist sie, ohne Bescheid gegeben zu haben, noch nie ausgeblieben."

„Ist das Abendessen bereit?" fragte sie das Hausmädchen, das ihr diensteifrig den nassen Mantel abgenommen hatte.

„Ja, gnädige Frau, es ist alles fertig."

Sie bat ihren Mann und Leo, im Eßzimmer auf sie zu warten, da sie nur noch nach dem Kinde sehen wolle.

Eine behagliche Wärme strömte den beiden Männern entgegen, als sie das Zimmer betraten. Das laut knisternde Holzfeuer in dem altertümlichen Kachelofen, das helle Licht, welches die große Hängelampe ausstrahlte, und der einladend gedeckte Tisch, die ganze stimmungsvolle Behaglichkeit, welche in dem Raume herrschte, vermochte indessen heute nicht den gewohnten Eindruck auf die beiden hervorzubringen. Herr Macket durchmaß das große Zimmer fortwährend von einem Ende zum andern mit großen Schritten, und sein Blick schweifte jedesmal, so oft er vorbeiging, zu der alten Standuhr hinüber, die schon von seinen Urgroßeltern herstammte und ein wertvolles Familienstück war. Gleichmäßig rückte der Zeiger vorwärts, einförmig tickte der große Pendel. „Schon ½ 8 Uhr," murmelte der besorgte Vater, als das Schlagwerk jetzt zu einem lauten Ton aushob, der melodisch verhallte.

Leo hatte sich an das Fenster gesetzt und sah stumm hinaus. „Wo bleibt nur Ilse," dachte auch er jetzt; es kam ihm seltsam vor, daß sie noch immer nicht da war. Sie hatte ihn so aufgeregt verlassen diesen Mittag, so zornig, wie er sie nie gesehen. Sollte sie in ihrer Leidenschaftlichkeit fortgelaufen sein, des Wegs vielleicht nicht geachtet und sich deshalb verirrt haben? Er kannte ihre Furchtsamkeit, wie würde sie sich ängstigen, wenn sie wirklich den richtigen Weg verfehlt hatte! Dieser Gedanke verscheuchte allen Groll in seinem Herzen, er dachte nur noch daran, daß seine Braut jetzt vielleicht seines Schutzes, seiner Hilfe bedurfte, konnte er sie da verlassen? Er sprang auf.

„Papa," wandte er sich an seinen Schwiegervater, „ich will noch einmal fortgehen. Vielleicht hat sich Ilse verirrt, ich kenne ja ihre Lieblingswege, sicher ist sie zu weit gegangen und kann nicht wieder zurückfinden."

Nichts war Herrn Macket erwünschter, und mit Freuden gab er seine Zustimmung zu diesem Entschluß.

„Das ist recht, tue das," sagte er mehrmals hinter einander, „sie hat sich gewiß verirrt, sie müßte ja sonst längst da sein. Soll ich mitgehen?"

„Nein, nein, Papa," fiel ihm Leo ins Wort, „bleibe nur hier."

„Ja aber, Leo, – kennst du auch den nächsten Weg nach der Wassermühle? Es fällt mir eben ein, daß Ilse gestern davon sprach, daß sie dorthin gehen wolle, weil sie gehört habe, daß die kleine Liese krank sei; es kann also sein, daß sie dort ist. Wenn du über die Friedenseiche gehst und dann der Chaussee folgst –"

„Ja, lieber Papa," unterbrach ihn Leo lächelnd, „ich kenne den Weg ganz genau."

Herr Macket begleitete ihn in seinem Eifer bis an die Gartenpforte und gab ihm noch gute Ratschläge, wie er diesen und jenen Weg am besten abkürzen könne.

Als er ins Eßzimmer zurückkehrte, fand er dort seine Frau, die am Büffet stand und den Tee bereitete. Er erzählte ihr sehr befriedigt, daß Leo fortgegangen wäre, um Ilse zu suchen.

„Wir wollen aber trotzdem mit dem Essen anfangen," sagte Frau Anne, die ihren Mann gern auf andre Gedanken bringen wollte und nötigte ihn zum Sitzen. Dann stellte sie eine dampfende Tasse Tee vor ihn hin und reichte ihm die Speisen. Er aß nur wenig, und sie las in seinen Mienen, daß er gespannt auf jedes Geräusch horchte. Jedesmal, wenn die Haustüre ging, stand er auf, sah hinaus und kehrte mit enttäuschtem Gesichte zurück.

„Iß doch nur, lieber Richard," bat Frau Anne dringend, „alles wird kalt, und es gibt gerade dein Lieblingsessen heute abend."

Er nickte und füllte sich den Teller in der Zerstreutheit bis an den Rand voll, dann aß er einige Bissen, aber mit Hast und Überstürzung, nicht mit der Behaglichkeit, die er sonst gerade beim Essen so sehr liebte. Die beiden Ehegatten waren auffallend still diesen Abend; eine Zeitlang hörte man nur das Klappern der Messer und Gabeln und das gleichmäßige Ticken der Uhr, nach welcher Frau Anne öfter verstohlen hinblickte, denn Ilses Ausbleiben wurde auch ihr jetzt auffallend. Sie sah, daß die Aufregung ihres Mannes wuchs und daß er sich nur ihr gegenüber beherrschte. Er hatte sich in den Stuhl zurückgelehnt und spielte in nervöser Unruhe mit dem Messerbänkchen.

Frau Anne legte den Teelöffel, mit welchem sie eine ganze Weile mechanisch in der Tasse herumgerührt hatte, auf das Unterschälchen.

„Richard," sagte sie und ein leiser Vorwurf klang aus ihren Worten, „heute abend hast du zum erstenmal vergessen, unsrem Liebling gute Nacht zu sagen. Er war so herzig, so drollig, der kleine Kerl, als ich ihn zu Bette brachte."

„Ja, wahrhaftig, das habe ich vergessen," rief er und sprang auf, „aber ich gehe jetzt noch zu ihm; schläft er denn schon?"

„O, schon lange! Wecke mir das Kind nur nicht auf!" rief sie ihm noch nach, als er aus der Türe ging.

Frau Anne war es unerklärlich, warum Ilse nicht kam, warum sie gerade heute, wo Leo da war, ausblieb. Und auch dieser kam nicht wieder! Jetzt konnte er doch längst zurück sein. Gewiß hatte er Ilse nicht gefunden. Sie war froh, als sie bald darauf die Haustüre gehen und gleich danach Leos energischen Schritt die Treppe herauf kommen hörte. Rasch ging sie ihm entgegen. Er stand gerade auf dem Vorplatz und hing seinen regentriefenden Überzieher auf.

Auch Herr Macket hatte ihn kommen hören und war herbeigeeilt. „Hast du Ilse nicht gefunden?" fragte er bestürzt.

„Nein," gab Leo kurz zur Antwort, und seine Stimme klang unsicher und erregt.

„Laßt uns ins Zimmer gehen," drängte Frau Anne, denn sie bemerkte, daß oben auf der Treppe die Dienstboten neugierig die Köpfe zusammensteckten. Sie gingen hinein, und Herr Macket überschüttete Leo, der sich erschöpft in einen Stuhl fallen ließ, mit ungeduldigen Fragen.

„Überall bin ich gewesen, Papa, überall habe ich nach Ilse gefragt, niemand hat sie gesehen."

„Wo bist du gewesen?" forschte der geängstigte Vater weiter.

„Beim Pastor, in der Mühle –"

„Warst du nicht bei Kathrine?"

„Nein, aber ihr kleiner Junge, den ich sah, sagte mir, daß Ilse nicht bei seiner Mutter wäre."

„Dann ist dem Kinde etwas zugestoßen," stieß Herr Macket hervor und sein Gesicht wurde leichenblaß.

Frau Anne eilte zu ihm hin. „Aber ich bitte dich, Richard," suchte sie ihn zu begütigen, „nimm doch nicht gleich das Schlimmste an, was soll ihr denn zugestoßen sein?"

Ihre Worte übten jedoch keinen beruhigenden Einfluß mehr auf ihn aus, und sie gestand sich selbst, daß sie wider ihre eigene Überzeugung sprach, in der Absicht, ihm die Sorge, die sich jetzt auch ihrer bemächtigte, nicht zu zeigen. Irgend etwas mußte vorgefallen sein. Es war jetzt halb zehn Uhr; so lange war Ilse noch nie ausgeblieben, ohne vorher etwas gesagt oder Bescheid geschickt zu haben. Und wo sollte sie denn überhaupt sein? Sie hatten ja überall schon nachgefragt.

Leo war ans Fenster getreten und preßte sein Gesicht an die Scheiben, gegen welche der Regen prasselnd aufschlug. Nun wurde es ihm klar: Ilse hatte in ihrer Aufregung irgend einen Schritt getan, der sie alle in Angst und Aufregung versetzte. Aber was, was für ein Schritt konnte dies sein? Ein unheimlicher Verdacht stieg in ihm empor, aber er drängte ihn schaudernd zurück. Um Gottes willen, nein, soweit würde sie sich nicht hinreißen lassen, das war ja nicht möglich, das konnte nicht sein!

„Rufe die Knechte zusammen, Anne," unterbrach die Stimme seines Schwiegervaters das beängstigende Schweigen, und als seine Frau ihn fragend ansah, fügte er hinzu: „Sie sollen die Laternen und Fackeln zurecht machen, wir wollen Ilse suchen."

Er stieß die Worte kurz und abgerissen hervor, seine Stimme bebte in verhaltener Aufregung, und vor innerer Angst fast gelähmt ließ er sich in einen Stuhl sinken und vergrub sein Gesicht in beiden Händen.

Frau Anne tat es im Herzensgrunde leid, wie sie ihn so gebrochen dasitzen sah, und sie schlang zärtlich ihren Arm um seinen Hals.

„Richard," bat sie innig, „ich bitte dich, gib dich doch nicht gleich den schlimmsten Vermutungen hin; ich frage nochmals, was soll dem Kinde zugestoßen sein, das jeden Weg auf das genaueste kennt? Soll ich die Knechte wirklich zusammenrufen?" Der Gedanke, daß die Leute mit Laternen fortgehen sollten, um Ilse zu suchen, war ihr zu schrecklich.

„Laß nur, Anne,“ wehrte er jetzt ab, „ich will den Knechten selbst Bescheid sagen.“ Mit diesen Worten erhob er sich und verließ das Zimmer.

„Leo,“ sagte Frau Anne, indem sie zu ihm trat, „ich ängstige mich sehr und will nur dem Papa meine Angst nicht zeigen. Was kann Ilse zugestoßen sein? Wenn ihr nur kein Unglück begegnet ist! Ich kann es nicht begreifen, daß sie noch nicht da ist.“

Schweigend hörte Leo sie an, auch ihn hatte die Angst erfaßt, und in seinem Innern bestand er jetzt einen harten Kampf; er fühlte wohl, daß es seine Pflicht war, den Streit, welchen er mit Ilse gehabt, zu erwähnen, und doch konnte er sich nicht dazu entschließen. Er hatte seine Braut wiederholt gebeten, wenn sie in ihrer Offenheit und Heftigkeit die kleinen Mißverständnisse, ohne die es zwischen ihnen nicht immer abging, den Eltern ausgeplaudert hatte, dies künftig zu unterlassen, – und nun sollte er selbst erzählen, daß sie sich gezankt hatten? Nein, das widerstrebte ihm, das wollte er nicht!

Frau Anne beobachtete ihn stillschweigend, ihr scharfes Auge hatte in seinen bewegten Mienen gelesen, und es war klar in ihr, daß zwischen den Brautleuten etwas vorgefallen sein mußte. Aber sie fragte nicht und sagte nichts, ihr feinfühlender Sinn verstand die peinliche Lage, in der sich Leo jetzt befand.

Leise summte der kupferne Teekessel, der auf dem Büffet stand, sein eintöniges Lied, als Frau Anne jetzt herantrat und ihn von der Spiritusflamme herunter nahm.

„Willst du nicht etwas essen, Leo?“ fragte sie.

„Danke, Mama!“

„So trinke wenigstens eine Tasse Tee,“ bat sie und goß das kochende Wasser in die Teekanne.

„Danke, Mama,“ erwiderte er ebenso kurz und schnell wie vorhin. Dann starrte er wieder unbeweglich in die Dunkelheit hinaus, die so undurchdringlich war wie das Dunkel, welches Ilses Verschwinden umgab. Heulend tobte der Sturm um das Haus, man hörte das Ächzen der schwankenden Bäume und den strömenden Regen, der klatschend niederschlug. Das Unwetter trug dazu bei, Leos beklommenes Herz noch schwerer zu machen. Diese Ungewißheit über das Ausbleiben seiner Braut ertrug er nicht länger, es wurde ihm zu heiß, zu eng hier, und er sprang so heftig empor, daß der Stuhl, auf dem er gesessen, mit lautem Gepolter zurückflog.

„Es ist erdrückend schwül hier, findest du nicht auch, Mama?“ und ungestüm riß er das Fenster auf, daß ihm der Regen kalt in das erhitzte Gesicht schlug.

Unten im Hofe hörte man jetzt Stimmen durcheinander tönen, und Lichter flackerten hin und her. Leo beugte sich hinaus und sah die Gestalt seines Schwiegervaters, welcher hastig auf und ab schritt, ohne Hut und Mantel, des Regens und Sturmes nicht achtend.

„Das geht nicht,“ meinte er, indem er sich nach Frau Anne umdrehte. „Papa soll in diesem Wetter nicht mit. Ich will ihm doch sagen, daß er zu Hause bleibt, ich werde mit den Leuten gehen.“

Frau Anne stimmte ihm bei und folgte ihm in den Hof, um auch ihren Einfluß geltend zu machen und ihren Mann zu bewegen, daß er daheim bleiben möge. Aber er ließ sich weder von ihr noch von Leo bereden, um keinen Preis würde er zurück bleiben, entschied er kurz. Sein joviales, immer heiteres Gesicht war heute durch die Angst und Aufregung förmlich verzerrt, und er schien um Jahre gealtert zu sein.

„Adieu, Anne,“ sagte er, seiner Frau die Hand reichend, und indem er sein Gesicht fortwandte, fügte er hinzu: „Wir wollen nun unsre arme Ilse suchen.“

„Nein, Richard,“ rief sie und hielt ihn fest, „so darfst du auf keinen Fall fort, ohne Hut, ohne Überzieher, du würdest dich auf den Tod erkälten.“ Sie flog ins Haus und holte ihm beides. Auch sie selbst hatte sich ihren Mantel umgehängt und ein Tuch um den Kopf geschlungen.

„Laß mich mit dir gehen,“ bat sie ihren Mann.

„Nein, Kind," sagte er und schob sie sanft zurück, „du bleibst hier. Kommt, Leute," befahl er dann und ging mit großen Schritten voran. An seiner Seite schritt Leo. Die Enden seines weiten Mantels flatterten im Winde. Den großkrämpigen Hut hatte er tief ins Gesicht gezogen und sein Blick haftete fest auf dem Boden.

Frau Anne sah ihnen nach, bis der letzte den Hof verlassen hatte, dann erst ging sie ins Haus zurück. Vom Fenster aus verfolgte sie den Zug der Fackeln, mit denen der Sturm sein lustiges Spiel trieb. Wie unheimlich das aussah! – O, mein Gott, wenn nur nichts passiert ist! Krampfhaft zog sich bei diesem Gedanken ihr Herz zusammen, und angstvoll preßte sie die Hände auf dasselbe. Ein nervöses Frösteln überlief sie, fester hüllte sie sich in ihr Tuch, das sie um die Schultern geschlungen hatte, und sah vor sich hin. Was mochte nur zwischen dem Brautpaare vorgefallen sein? Etwas Ernstes gewiß, denn Leo hatte so bekümmert dagesessen, und schon den ganzen Nachmittag war er ungewöhnlich ernst gewesen. Sie grübelte hin und her, wo Ilse noch sein könnte, wie ihr Fortbleiben zu erklären wäre. Kein Rat, kein Ausweg mehr! Sollte sie in ihrer Leidenschaftlichkeit eine unglückselige Tat begangen haben? Frau Anne wies diesen entsetzlichen Gedanken so schnell zurück, wie er ihr gekommen war, – nein, das war Ilse nicht zuzutrauen, denn trotz aller Leidenschaftlichkeit war sie nicht im geringsten krankhaft überspannt, sondern hatte eine kerngesunde Natur.

Langsam schlich die Zeit dahin. Tiefe Nacht herrschte jetzt überall im Dorfe, alles war dunkel. Der Sturm hatte nachgelassen, und nur der Regen klatschte noch an die Fenster. Unaufhörlich rieselten die kleinen Bäche in schnellem Lauf über die glatten Scheiben, Tropfen auf Tropfen jagten einander. Frau Anne sah mechanisch dem Spiele zu, dessen einförmiges Geräusch die einzige Unterbrechung der nächtlichen Stille war. Und deshalb zuckte sie auch jäh zusammen, als der Glockenschlag der zwölften Stunde jetzt laut und langsam feierlich durch die Nacht hallte. Traulich und heimisch berührten sie sonst diese Töne, aber schauerlich bang klangen sie heute in ihrem Innern wieder. Nun waren sie schon über eine Stunde fort, ihr Mann und Leo! Noch deutete nichts darauf hin, daß sie zurückkämen, und vergeblich spähte sie in die Dunkelheit hinaus, ob nicht ferner Lichtschein ihre Heimkehr verkündete.

Da, – es war ihr, als hörte sie plötzlich Schritte, gespannt horchte sie hinaus, und richtig, sie hatte sich nicht getäuscht. Die einsamen Schritte näherten sich dem Hause, und Frau Anne hörte, daß die Gartenpforte aufgemacht wurde. Eilig riß sie das Fenster auf und sah, wie eine Gestalt über den Hof auf das Haus zukam. Gleich darauf wurde heftig an der Glocke gezogen.

„Wer ist da?“ rief sie von oben hinunter.

„Eine Depesche,“ antwortete eine Stimme von unten.

Frau Anne schlug das Fenster zu und flog die Treppe hinab. Wie ihr das Herz klopfte! – Die Mägde, welche sich auf dem Hausflur befanden, hatten die Türe noch nicht aufgemacht; sie standen dicht zusammengedrängt, mit so angstvollen Gesichtern, als wenn der leibhaftige Satanas vor der Türe wäre und Einlaß begehrte.

„Warum macht ihr denn nicht auf?“ fragte Frau Macket und wollte den Schlüssel im Schloß umdrehen, als die alte Köchin sie am Arm zurückhielt und flehentlich mit weinerlicher Stimme bat, doch ja nicht zu öffnen, denn man könne ja nicht wissen, wer draußen stände.

„Ach, liebe, gnädige Frau, machen Sie doch nicht auf,“ jammerte sie, als Frau Anne den Schlüssel nun doch entschlossen umdrehte und der Drücker von draußen niederging. Laut kreischend flogen die Mägde auseinander, und mit bebender Hand nahm Frau Anne dem Boten die Depesche ab und öffnete sie. Sie wurde ganz blaß, als sie den Inhalt las, und wollte ihren Augen nicht trauen.

„Es ist nicht möglich,“ sagte sie laut; dann nahm sie das Blatt, hielt es dicht unter die Flurlampe und las es noch einmal. Nein, sie hatte sich nicht geirrt, da stand es deutlich und klar:

„Ilse ist hier wohlbehalten und gesund eingetroffen, Brief folgt. Doktor Althoff.“

Sie faltete das Blatt zusammen und ging zurück ins Zimmer. Um Gottes willen, was hatte Ilse getan! Geflohen war das tolle Kind, – dachte sie denn gar nicht daran, wieviel Angst sie durch diesen wahnsinnigen Streich ihren Angehörigen bereitete? Frau Annes Empörung war groß, und doch drängte sich der Gedanke: „es ist ihr nichts passiert“ beruhigend und versöhnend hervor. Wenn die Männer nur erst heimkehrten; sie konnte die Zeit nicht abwarten, bis sie ihrem armen, auf das höchste geängstigten Mann die Nachricht mitzuteilen vermöchte. Ihre Ungeduld, ihre Unruhe ließen sie nicht lange mehr im Zimmer verweilen; sie beschloß Herrn Macket entgegenzugehen. Als sie über den Flur ging, standen dort noch immer die Mägde, flüsternd mit weit aufgerissenen Augen und Mäulern. Die eine erzählte gerade eine schaurige Geschichte und die andern hörten ihr mit grausigem Wohlbehagen zu. Auch sie waren über das Fortbleiben von Fräulein Ilschen in nicht geringe Aufregung versetzt worden und malten sich nach Art ungebildeter Leute in der schrecklichsten Weise aus, wie und auf welche Weise das arme, liebe Fräulein wohl umgekommen sein könnte. Während Frau Macket eilig an ihnen vorbei der Türe zu schritt, flogen sie mit den Köpfen auseinander und stießen sich gegenseitig an. Immer unheimlicher wurde die Lage, nun ging auch noch die Frau fort, allein in die finstere Nacht hinaus. Was hatte das zu bedeuten? Fragend sahen sie sich an; da konnte sich die alte Köchin nicht länger beherrschen.

„Ach, du mein Gott, ach, du mein Gott,“ wimmerte sie, „was ist das für ein Unglück!“ und sie nahm ihre Schürze vor das Gesicht, hinter welcher sie jämmerlich schluchzte. Im Chore stimmten die übrigen mit ein.

„Wie gut ist das Fräulein immer gewesen,“ sagte die eine.

„So freundlich gegen jedermann,“ rief das Hausmädchen, und nun ergingen sie sich derart in Lobeserhebungen über Ilse, als wenn sie über eine bereits Abgeschiedene sprächen.

„Das Unglück, das Unglück,“ krächzte die Köchin von Zeit zu Zeit wie ein Unheil verkündender Unglücksrabe dazwischen.

„Wer hätte das gedacht! Ja, ich sage ja – ich habe es immer gesagt, ich habe es kommen sehen. Ach," – sie unterbrach ihre tiefsinnigen Betrachtungen mit einem erneuten Schluchzen. Die andern nickten zustimmend.

„So jung und so reich," rief das Stubenmädchen schwärmerisch aus, „ach, es ist schrecklich!"

Das kleine Kindermädchen, als die mutigste von allen, hatte sich bis zum Flurfenster gewagt und schrie plötzlich:

„Jetzt kommen sie, jetzt bringen sie das Fräulein!"

Im Nu waren die andern am Fenster, – richtig, da kamen sie. Die Fackeln tanzten im Winde und kamen immer näher. Voran gingen Herr und Frau Macket und der Herr Assessor, hinterher folgten die Männer mit den Laternen und Fackeln. Jetzt bogen sie in das Hoftor ein.

„Legt euch zu Bett nun," hörten die Mädchen Herrn Mackets Stimme den Knechten befehlen, und dann schritt er dem Hause zu. Sie zogen sich schnell in eine dunkle Ecke zurück, als gleich darauf die Haustüre ging, und von dort folgten ihre Blicke neugierig der Herrschaft und dem jungen Herrn, die wortlos an ihnen vorüberschritten, Herr Macket sehr bleich mit finster zusammengezogenen Brauen.

Das kleine Kindermädchen, das ebenso schlau war, als es sich vorhin mutig gezeigt hatte, schlich sich durch die Hintertür zu den heimgekehrten Knechten und ließ sich von allem haarklein berichten. In der Küche erzählte es dann später alles, was es erfahren hatte, und kam sich ungeheuer wichtig vor, als die andern es im Kreise umstanden und seinen Worten andächtig lauschten.

Herr Macket war mit Frau und Schwiegersohn in das Eßzimmer gegangen, wo er sich auf das Sofa warf. Er sprach kein Wort, aber seine breite Brust hob und senkte sich in schnellen Atemzügen. Leo lehnte am Tisch und drehte die zierlichen Enden seines Schnurrbärtchens mit nervösem Eifer zwischen den Fingern. Ein schmerzlicher Zug lagerte um seinen Mund, aber die Falte auf seiner Stirn, die sich zwischen den starken

Brauen vertiefte, und die zitternden Nasenflügel gaben zugleich Zeugnis von einer inneren Empörung und Erbitterung. Unverwandt starrte er vor sich nieder.

Frau Anne blickte besorgt von einem zum andern, und sah selbst tief bekümmert aus. Nun setzte sie sich neben ihren Gatten und legte ihre Hand auf seine Schulter.

„Richard," bat sie sanft, als sie sah, daß er die zerknitterte Depesche mit der Hand glatt strich und wieder las, „laß uns über diese Sache nicht so streng richten, Ilse ist noch ein Kind."

Er warf das Papier fort und sprang auf.

„Ja, ein Kind, ein törichtes, ungezogenes Kind," rief er, und seine Augen blitzten zornig auf. „Was fällt ihr ein, was soll es bedeuten, daß sie fortläuft? Wie kann sie so etwas wagen! Aber sie soll zurück, sofort, – ich will es!"

Seine Stimme klang so laut und hart, daß Frau Anne wieder erschreckt an seine Seite eilte. Sie kannte ihn heute abend nicht wieder, so erzürnt auf seinen Liebling hatte sie ihn noch nie gesehen.

„Ja, und warum, warum hat sie uns das getan, was ist denn geschehen?" rief er wieder, und diesmal klang ein schmerzlicher Ton aus seinen Worten.

Er hatte dabei Leo von der Seite angesehen, denn eine Ahnung dämmerte in ihm auf, daß dieser den Grund zu Ilses Flucht wohl wissen mochte; daß ihre Aufregung, in der er sie diesen Mittag getroffen hatte, damit im Zusammenhang stehen mußte. Leo verstand seinen fragenden Blick, und er fühlte, daß er jetzt nicht mehr schweigen durfte.

„Papa," sagte er plötzlich und trat auf ihn zu, „ich bin dir und Mama eine Erklärung schuldig. Ilse und ich hatten diesen Mittag einen Streit zusammen, der damit endete, daß Ilse mich in höchster Erregung verließ. Ich habe sie danach nicht wieder gesehen und" – er stockte – „bin nun auf das tiefste betrübt, daß sie sich zu einer solchen Tat hat hinreißen lassen."

Er sagte nichts weiter als diese wenigen Worte, die er mühsam Atem holend hervorbrachte. Herr Macket hatte ihn schweigend, mit den Händen auf dem Rücken, angehört und setzte nun seine Wanderung im Zimmer auf und ab wieder fort. Frau Anne sah voll Mitleid auf den jungen Mann, der durch Ilses Leichtsinn tief getroffen war.

„Ilse hat unverzeihlich gehandelt, so weit durfte sie in ihrer Leidenschaft nicht gehen," sagte sie ärgerlich.

Ihre besänftigenden Worte von vorhin hatten bei ihrem Manne die entgegengesetzte Wirkung hervorgerufen, jetzt aber, wo ihre gerechte Empörung deutlich aus ihren Worten sprach und auch Leo Ilse nicht in Schutz nahm, löste sich die Erbitterung von seinem Herzen und verwandelte sich in zärtliche Sorge für den fernen Liebling. Er malte sich in Gedanken Ilses Reise aus und die mancherlei Unannehmlichkeiten, welche sie gewiß betroffen hatten.

„Was mag das arme Kind für eine Angst ausgestanden haben auf der Reise!" Mit diesen Worten machte er schließlich seinen Gefühlen Luft. „Und in der fremden Stadt, wo sie niemand kennt. In der Dunkelheit ist sie dort angekommen, – sie hat sich gewiß sehr gefürchtet."

Frau Anne dachte, diese Furcht und Angst wäre am Ende nur die gerechte Strafe für ihre Tollkühnheit gewesen.

„Wenn sie nur keine nassen Füße bekommen und sich erkältet hat," fuhr Herr Macket fort. „Nellie wird doch wohl dafür gesorgt haben, daß sie gleich ins Bett kam."

Seine Stimme klang mit jedem Worte sanfter und weicher. Der erste Unmut über Ilses Flucht war erloschen und hatte einer zärtlichen Besorgnis Platz gemacht. Gedankenvoll blieb er eine Weile stehen.

„Leo," redete er diesen plötzlich an, „morgen früh um 8 ½ Uhr geht der erste Zug nach F.; mit diesem reisen wir, nicht wahr?"

Verblüfft sah ihn Leo an und fragte dann: „Willst du Ilse holen, Papa? Dann werde ich dich morgen früh sehr gerne zum Bahnhof begleiten."

Jetzt drückten Herrn Mackets Züge eine förmliche Erstarrung aus. „Ja, du reisest doch mit?“ fragte er erstaunt.

„Nein, Papa,“ erwiderte Leo freundlich aber bestimmt, „ich reise nicht mit. Erlaß es mir auch, dir die näheren Einzelheiten unsres Streites zu erzählen, und sei überzeugt, daß es mir sehr, sehr schwer geworden ist, diesen überhaupt berühren zu müssen, doch das ging nun einmal nicht anders. Ich muß nur noch das eine hervorheben, so schmerzlich es mir ist: ich kann und darf nicht mit zu Ilse reisen, so gern ich ihr, wie schon so oft, ja ich darf wohl sagen, nur zu oft geschehen, wieder zuerst die Hand zur Versöhnung bieten würde.“

Sein Atem ging schnell und heftig bei diesen Worten, so ruhig er sie auch aussprach.

Herr Macket hatte ihn mit keiner Silbe unterbrochen, auch jetzt sagte er nichts. Aber seine gerunzelten Augenbrauen, die festen Schritte, mit welchen er zur Türe schritt und sie hart ins Schloß fallen ließ, verrieten, daß er Leos Entschluß durchaus nicht billigte.

Frau Anne sah ihren Schwiegersohn fragend an.

„Es tut mir leid, daß Papa ärgerlich auf mich ist, aber ich kann nicht anders handeln,“ sagte er.

Frau Anne zuckte die Achseln, als begreife sie ihren Mann nicht, denn sie selbst teilte Leos Ansicht und billigte es vollkommen, wie er in dieser ernsten, für seine und Ilses Zukunft entscheidenden Sache zu handeln gedachte. Ilse jetzt nachzureisen, wäre geradezu Torheit gewesen und würde sicher nicht dazu beigetragen haben, das leidenschaftliche Kind zu ändern.

„Ich will doch mit dem Papa sprechen, daß er nichts in Übereilung tut,“ sagte sie zu Leo. „Wenn er erst ruhiger geworden ist, wird er dich auch begreifen; du kennst ja seine blinde Liebe zu Ilse.“

Als Leo allein war, sank er auf einen Stuhl und vergrub seine Hände in sein dichtes Haar. Wie wehe, wie grenzenlos wehe hatte ihm Ilse getan! Er konnte nicht begreifen, wie sie ihm diesen Schmerz und zugleich diesen Schimpf zufügen konnte; er hatte geglaubt, sein Lieb so genau zu kennen, das aber, das hätte er ihr nie zugetraut. – Sie war keine sanfte, keine hingebende Braut, seine Ilse, und er mußte immer von neuem um sie ringen und kämpfen, was sie ihm aber doppelt anziehend machte. Hatte er seither wohl den richtigen Weg eingeschlagen, sich seine kleine Widerspenstige zu zähmen? Ihr Widerspruch reizte ihn, sie gefiel ihm in ihrem Trotz; war sie erst seine Frau, dann sollte alles anders werden. So hatte er bis jetzt gedacht, nun fiel es ihm mit einem Male wie Schuppen von den Augen, daß er ihren Charakter falsch beurteilte, daß es verkehrt war, ihr stets nachzugeben, denn das stachelte sie immer von neuem zum Trotz und Widerspruch auf. Diese Erkenntnis war bitter für ihn. –

In seinen Gedanken versunken hatte er nicht bemerkt, daß die Türe geöffnet worden und Frau Anne wieder eingetreten war; erst als sie ihre Hand auf seine Schulter legte, blickte er auf.

„Ach, du bist es, Mama," sagte er und erhob sich. Sie drückte ihn sanft auf seinen Platz zurück und setzte sich ihm gegenüber.

„Ich habe mit dem Papa gesprochen, Leo, er ist jetzt entschlossen, mit seiner Reise nach F. zu warten, bis ein erklärender Brief von Ilse eingetroffen ist."

„So – das ist mir lieb," gab er zur Antwort und sah dann wieder schweigend in die Finsternis hinaus.

Auch Frau Macket schaute nachdenklich vor sich hin, als kämpfte sie mit einem Entschluß. Mehrmals öffnete sie die Lippen zum Sprechen, ohne jedoch etwas zu sagen. Nach einer Weile fing sie endlich an:

„Leo, ich will mich nicht in deine und Ilses Angelegenheiten drängen; darf ich dich nur das eine fragen, glaubst du dich wirklich völlig schuldlos an Ilses Flucht?"

Fast schüchtern klang diese Frage und zögernd brachte sie dieselbe hervor.

„Es ist das erstemal, daß ich ihr nicht nachgab!“ stieß er erregt heraus. „Darf sie deshalb einen so abenteuerlichen Streich ausführen, alle Rücksichten beiseite werfen und fliehen?“

„Nein, das durfte sie gewiß nicht,“ stimmte ihm Frau Anne bei, „und doch,“ fuhr sie fort, „ich habe es kommen sehen, daß sie eines Tages etwas tun würde, das uns allen großen Kummer zu bereiten imstande wäre. Ich liebe meine kleine Tochter innig, und auch sie ist mir von Herzen zugetan. Aber blind bin ich deshalb gegen ihre Schwächen und Fehler nicht, wie der Papa und – verzeihe mir – begreiflicherweise auch du. Ilse ist schon einmal gezähmt worden durch die Pension und das reizende Leben daselbst; ihre prächtigen Freundinnen hatten sie ganz und gar umgewandelt. Halb Kind noch, wurde sie Braut, sie liebt dich gewiß aufrichtig, aber die tiefe ernste Liebe des Weibes ist ihrem Kinderherzen noch fremd. Hast du wohl den richtigen Weg eingeschlagen, dir ihre Nachgiebigkeit, ihre Fügsamkeit zu erringen? Ich habe mich bemüht, in ihrem jungen Herzen zu lesen, und bin überzeugt, es wäre ihr lieber gewesen, wenn du ihr öfter entschieden entgegengetreten wärst, statt ihre Einfälle, ihre Launen reizend zu finden; denn sie ist eine stolze und doch zugleich hingebende Natur, die nur nicht zeigen will, daß sie sich auch unterzuordnen vermag, aber ebensowenig vertragen kann, daß man ihr in allem den Willen läßt. Nun, da du ihr zum erstenmal nicht nachgibst, empfindet sie das doppelt schroff und wird es als eine große Demütigung ansehen. Aber jetzt, da sie weiß, daß ihr Wille nicht immer durchgeht, wird ihre Liebe zu dir, ohne daß sie es eingesteht, gewiß erstarken. Ich hoffe, sie wird nach und nach zur Besinnung kommen, daß sie unrecht hatte, und wenn sie diese Krisis überstanden hat, für immer geheilt sein.“

Frau Anne hatte mit warmem herzlichen Eifer gesprochen und reichte nun ihrem Schwiegersohne die Hand, welcher diese innig umschloß. „Ich weiß,“ fuhr sie fort, „du wirst das, was ich dir eben sagte, nicht falsch verstehen. Ich hätte dir meine Ansicht nicht unaufgefordert mitgeteilt, wäre nicht alles so gekommen. Wie lieb ich euch beide habe und wie vertrauensvoll ich trotz dieses Vorfalls in eure Zukunft blicke, das brauche ich dir nicht erst zu sagen, nicht wahr? – Gute Nacht, Leo,“ schloß sie und erhob sich von ihrem Sitz. „Schlafe wohl, morgen wirst du die Sache schon in einem andern Lichte ansehen."

„Gute Nacht, Mama, ich danke dir."

Die Nachtruhe war für alle dahin, zu sehr hatte die Bestürzung die Gemüter aufgeregt. – Leo blieb noch auf demselben Fleck sitzen, es wäre ihm unmöglich gewesen, jetzt schon zu schlafen. Noch pochte sein Herz zu unruhig, noch stürmten die Gedanken zu lebhaft auf ihn ein. Frau Annes Worte hallten in ihm nach, sie hatten einen Anklang in seinem Innern gefunden, denn sie hatte wahr gesprochen. Warum mußte es so weit kommen? Hätte er die Tragweite seiner Worte geahnt, er würde sie vielleicht nicht ausgesprochen haben. Nochmals ließ er die Szene vom Mittag an seinem Geist vorüberziehen. Er war zuletzt auch heftig geworden – gewiß –, aber er hatte sich in dem Augenblick wirklich über Ilse geärgert, zum erstenmal hatte ihn ihr unfügsames Wesen unangenehm berührt.

Was sollte nun werden? Der Gedanke an die Zukunft legte sich ihm drückend und beängstigend wie ein Bann aufs Herz, daß ihm fast der Atem stockte. Erst als er das Fenster geöffnet hatte und die kühle Nachtluft hereindrang, wurde ihm wohler. Lange blickte er in die zerrissenen Wolken, die eilend vorüberjagten. Ob sie jetzt auch an ihn dachte? Er sah im Geiste ihr liebes holdes Antlitz. Er hörte ihr fröhliches Lachen und ihre dunklen Augen blitzten ihn neckisch an, – da schwanden die bangen Gedanken. Heiße Liebe und Sehnsucht erfüllten ihn, und er zweifelte keinen Augenblick mehr, daß sie zu ihm zurückkehren würde. Aber unerschütterlich befestigte sich in diesem Augenblick die Überzeugung in ihm, daß er ihr diesmal nicht zuerst die Hand zur Versöhnung reichen dürfe.

Die große Lampe in dem stillen Zimmer, die schon seit einiger Zeit am Ausgehen war und deren Licht immer schwächer und kleiner wurde, erlosch jetzt nach einem letzten Aufflackern. Leo erhob sich und ging in sein Zimmer.

*

Ilse wachte am andern Morgen erst auf, als die Sonne das kleine Zimmer schon längst erhellte. Sie fühlte sich durch den guten Schlaf erquickt und erfrischt und war im ersten Augenblick des Erwachens noch so traumbefangen, daß sie sich erst besinnen mußte, wo sie sich eigentlich befand. Nach und nach kam ihr das Geschehene wieder deutlich zum Bewußtsein, klarer als am Tage zuvor. Ihre gestrige Aufregung war einer unangenehmen Empfindung gewichen. Reue und Beschämung beschlichen sie, und der Gedanke, was ihre Eltern zu der Flucht gesagt haben mochten, beunruhigte sie aufs höchste. Auch an Leo dachte sie, aber nicht etwa, ob er wohl betrübt sein würde, sondern voll heimlichen Triumphgefühls. Sie erschien sich ihm gegenüber als siegreiche Heldin, denn sie hatte eine Tat ausgeführt, die er ihr gewiß nicht zugetraut hatte. Womöglich langte schon heute ein um Verzeihung flehender Brief von ihm an, und gewiß würde er selbst mit dem Papa kommen, um sie zurückzuholen. So blind gefangen war unsre Ilse, so fest glaubte sie Leo durch ihre Heldentat einen gewaltigen Respekt eingeflößt zu haben! Die Erwartung auf eine Nachricht von Hause trieb sie aus dem Bette. Sie zog die hellgeblümten Gardinen zurück und öffnete das Fenster. Man merkte heute nichts mehr von dem gestrigen Unwetter, kein Wölkchen trübte den Himmel, der Ilse tiefblau entgegenlachte. Goldener Sonnenschein breitete sich über die kahlen Gärten und lag blendend auf den hellen Häuserwänden. Überall hatten die Leute Türen und Fenster geöffnet, daß die frische Herbstluft in vollen Strömen hereindringen konnte. So hatte Ilse gestern früh daheim auch am Fenster gestanden und sich über den klaren Herbstmorgen gefreut. Wenn sie da geahnt hätte, welches Ungemach ihr der Tag noch bringen würde! Was hatte sie durchmachen müssen! Es war zu schrecklich.

Sie fuhr sich mit der Hand über die Augen, die wieder feucht wurden, aber die hervorquellenden Tränen wurden tapfer zurückgedrängt. Nellie und ihr Mann sollten nicht sehen, daß sie geweint hatte, sie würden sonst wohl denken, daß sie Reue fühlte, was ja so viel bedeutete, als ihr Unrecht eingestehen. Vor Doktor Althoffs prüfenden und ironischen Blicken hatte sie Furcht, sie kannte diese noch zu gut von der Schule her. Er konnte so freundlich lächeln mit spottlustigen Augen; kein Tadel, nicht die schärfste Rüge traf so sicher, als ein solcher Blick von ihm.

Durch ein Pochen an der Tür wurde sie in ihren Betrachtungen gestört, gleich darauf wurde dieselbe leise geöffnet, und Nellies Gesicht kam zum Vorschein.

„Schon wach, lieb Ilschen?“ rief sie freundlich und begrüßte die Freundin mit einem herzlichen Morgenkuß. „Wie hast du geschlafen, darling? Ich hoffe, du hast eine gute Nacht gehabt.“

„Herrlich habe ich geschlafen, liebste Nellie; was ich aber geträumt habe, weiß ich wirklich nicht mehr.“

„Kann ich dich bei dein Ankleiden helfen, Kindchen?“ fragte Nellie, als sie sah, daß Ilse sich jetzt beeilte, in ihre Kleider zu kommen. Die Toilette war bald beendet, und von den beiden hatte keine das Thema berührt, das doch am nächsten lag und sie so lebhaft beschäftigte. Erst als Ilse Arm in Arm mit Nellie vor dem Eßzimmer stand, fragte sie zögernd: „Nellie, ist dein Mann da?“

„Gewiß, Ilschen, und er freut sich riesig, sein früheres furchtbar niedliches Schülerin wieder zu sehen.“

„Last du ihm meine Flucht eingestanden, Nellie?“ fragte Ilse ängstlich.

Die junge Frau zögerte mit der Antwort. Sie hatte gestern abend allerdings versprochen, Fred nichts davon zu sagen, aber nur um Ilse nicht weiter aufzuregen; doch jetzt wollte sie die Wahrheit nicht verschweigen – so leid es ihr tat!

„Lieb Ilschen,“ sagte sie innig, „ich konnte nicht anders, ich wollte mein Fred nichts vorlügen. Bist du mir böse?“

„Nein, nein,“ versicherte Ilse, „aber ach, Nellie, was wird dein Mann von mir denken?“

„O, Ilschen, er denkt nur Gutes von dich – aber nun komm –“

Und um Ilse über die peinliche Lage hinwegzuhelfen, öffnete sie schnell die Türe und schob die sich Sträubende hinein. Doktor Althoff kam ihr entgegen.

„Guten Morgen, Fräulein Ilse, wie freue ich mich, Sie zu sehen," rief er freundlich und reichte ihr die Hand zum Gruße.

Mit niedergeschlagenen Augen gab sie ihm ihre Rechte, aber kein Wort kam über ihre Lippen, und vor Verlegenheit wagte sie nicht aufzublicken. Nellie war auch hier der rettende Engel. Sie führte Ilse an den gedeckten Kaffeetisch und schob ihr einen Stuhl hin; dann schenkte sie Kaffee ein und reichte ihrem Mann und Ilse die Tassen. Ihr tat die Freundin leid, welche wortlos dasaß und krampfhaft auf das Muster der Kaffeeserviette sah, als hätte sie sich tief in das Studium der Schnörkel und Arabesken in derselben versenkt. Die Röte der Beschämung brannte noch auf ihren Wangen, und vergeblich hatte Nellie sie verschiedenemale angeredet. Jetzt warf diese ihrem Manne verständnisvolle Blicke zu, die ihm bedeuteten, er solle dieser ungemütlichen Stimmung ein Ende machen. Aber Männer sind nicht so leicht jeder Lage gewachsen, wie eine kluge Frau, und das dachte auch Nellie, als ihr Mann sie gar nicht verstand. Ja, er hatte sie sogar mit den Fragen: „Was soll ich, Kind?" und als sie ihn mit dem Fuße anstieß: „warum stößest du mich denn?" recht in Verlegenheit gesetzt. Sie versuchte deshalb von neuem das Schweigen zu brechen, was ihr bisher nicht gelungen war. Zum zweitenmale füllte sie jetzt Ilses Tasse und reichte ihr Zucker und Sahne. Sie wollte dabei ein Gespräch anfangen, aber ihre Scherze blieben unbeachtet und auf ihre freundlichen Fragen bekam sie einsilbige Antworten. Ilse vermochte die Furcht vor Doktor Althoffs ironischen Augen, die sie wie zwei Brennpunkte auf sich gerichtet wähnte, nicht zu überwinden. Sie konnte ja nicht wissen, daß sie sich täuschte, daß seine gefürchteten Blicke diesmal nicht spöttischer Art waren. Ernst und voller Mitleid sah er auf seine ehemalige Schülerin, – kannte er sie doch so genau, alle ihre Vorzüge, alle ihre Schwächen. Viel, viel muß die Kleine noch lernen, so dachte er in diesem Augenblick, und bittere Stunden wird sie das noch kosten. Nicht jeder wurde schon so frühzeitig durch eine harte Schule geläutert, wie seine Nellie sie hatte durchmachen müssen. Diese hatte ja das Leben schon als Kind unter fremde Menschen gebracht; dadurch war ihre Erfahrung gereift worden, und sie hatte gelernt, Rücksichten zu nehmen. Zärtlich blickte er zu ihr hinüber und beobachtete mit strahlenden Augen, mit welcher Anmut sie sich bewegte und wie sie verstand, einen Hauch der Behaglichkeit überall zu verbreiten. So saßen die drei wieder eine Weile schweigend am Kaffeetisch, jeder lebhaft mit seinen Gedanken beschäftigt.

„Ilschen," fing Nellie endlich an, „weißt du auch wohl, daß du hier eine alte Bekannte triffst, die seit weniges Monate mit ihrem Mann hierher versetzt ist? Ich hatte ganz vergessen, in meinem letzten Brief davon zu sprechen. Rate einmal, darling!"

Die Frage wirkte erlösend auf Ilses Schweigsamkeit, sie hob den Kopf und sah Nellie fragend an.

„Rate, Ilschen," wiederholte diese.

„Wer denn, Nellie? Etwa Rosi Müller? Die artige Pastorin ist ja aber schon seit dem Sommer hier in der Nähe verheiratet, die kannst du doch wohl nicht meinen."

Nellie schüttelte lachend den Kopf; sie war froh, ein Thema berührt zu haben, das Ilse interessierte.

„Ein wenig muß ich dir noch foltern," neckte sie lustig, "aber du rätst ja leicht, denn nur wenige von unsre Freundinnen sind verheiratet."

„Ach, nun weiß ich," rief Ilse, „natürlich Flora ist es! Ich dachte im Augenblick wirklich nicht an sie. Richtig, die ist ja auch schon eine ehrbare Ehefrau!"

„O, nix da, Ilse – ein ehrbares Frau ist unsre Dichterin nicht geworden."

„Wie kommt sie denn eigentlich hierher?" unterbrach Ilse, „ihr Mann lebte doch auch in B., wo Floras Eltern wohnen."

„Laß dich erzählen, darling. Du weißt, daß Floras Mann ein Arzt ist, er ist nun als Direktor an das Spital hier berufen – eine sehr gute Stelle, mit gute Einnahmen. Er soll ein tüchtiger Mann sein, wir mögen ihn gern, er ist so nett. Nicht wahr, Fred? Und, oh, er hat ein so herzig Baby von 4 Jahr – denn Flora ist seine zweite Frau.“

„Ja,“ warf Althoff ein, „Doktor Gerber ist ein liebenswürdiger, gescheiter Mann, sein einziger Fehler ist seine Frau. Für diese poetische Seele ist er viel zu prosaisch, zu materiell! Die arme Flora ist noch ebenso überspannt wie früher, sie dichtet leider immer noch.“

Ilse wagte bei diesen Worten Nellies Mann zum ersten Male mit einem scheuen Seitenblick zu streifen, bis dahin hatte sie es noch immer vermieden, ihn anzusehen. Nun fand sie, daß der Gefürchtete garnicht so aussah, wie ihr böses Gewissen sich ihn ausmalte. Seine Augen hatten nicht den von ihr vermuteten spottlustigen Ausdruck, und das freundliche Lächeln, mit welchem er sie anblickte, als wenn nichts vorgefallen wäre, verscheuchte bald jede Befangenheit, so daß sie nun in die Scherze des jungen Ehepaares mit einstimmte, und mit Nellie immer neue Erinnerungen über Flora auskramte.

Lächelnd hörte ihnen Doktor Althoff zu und warf nur dann und wann eine treffende Bemerkung dazwischen. Die beiden waren unerschöpflich in ihren Witzen über Flora, und die eine wußte immer noch mehr als die andre.

„O, und die viele zerbrochene Herzen, die in ihre Romane stets vorkamen, darling, weißt du noch?“ fragte Nellie. „Und wie wir sie immer mit ihre Gedichte ärgerten?“

„Ach ja, das war himmlisch!“ beteuerte Ilse unter Lachen, „und wie böse sie dann wurde und schalt, daß wir für ihre Poesien kein Verständnis hätten.“

„Ihr seid ein böses Volk,“ sagte Doktor Althoff, „wie könnt ihr euch nur so über eure Freundin lustig machen?“

„O, du scheinheiliges Mann,“ drohte ihm Nellie mit dem Finger, „hast doch die größte Spaß an unsre Scherze. Weißt du, Ilschen, bald gehen wir zu der Dichterin, das gibt ein famose Jux! Sie muß uns aus ihre neuesten Werke vorlesen.“

„Das wird sie gern tun," sagte er, „denn ihrem Mann darf sie gewiß mit solchem Unsinn nicht kommen. Er ist viel zu vernünftig, und ich hoffe ja immer noch, daß er Flora ändern wird."

„Das große Gegenteil von unsre Dichterin ist Rosi, das würdige Pastorenfrau," sagte Nellie mit feierlicher Stimme. „O, Ilse, einmal haben wir ihr besucht, o, sie ist so brav und züchtig, noch ganz die ›Artige‹ aus die Pension. Und der Mann ist so still und sanft, er trägt eine lange Rock, bis über den Knie, und eine hohe Kragen, dazu eine große Brille und hat eine glatte Scheitel von blondes Haar, ganz zu die brave Rosi passend, – sie sind ein würdige Ehepaar."

Ilse brach über die Beschreibung in lautes Lachen aus, und Nellie stimmte mit ein. Auch Doktor Althoff freute sich über seine drollige Frau.

„Du bist eine kleine Boshafte," sagte er zu ihr. „Überhaupt, Kinder, ihr seid mir zu mokant, das kann ich nicht vertragen, deshalb gehe ich fort. Adieu!"

Er legte die Serviette neben die Tasse und erhob sich mit scheinbar ernster Miene, sodaß Ilse ganz erschrocken zu ihm aufblickte. Waren sie wirklich zu weit gegangen?

Als sie aber seine lustig zwinkernden Augen sah und Nellie mit fröhlichem Lachen ihn umschlang, da wußte sie, daß er nur Spaß machte.

Als er fortgegangen war und die beiden allein gelassen hatte, da war Ilses erste hastige Frage:

„Nellie, ist denn nichts für mich angekommen, kein Brief, keine Depesche?"

„Ja, Ilschen, hier ist eine Depesche von deine Eltern, sie ist eben angekommen."

Ilse riß sie ihr aus der Hand und öffnete sie, dann las sie laut:

„Ilse soll Brief abwarten. Papa."

Das waren nur wenige Worte, die ihre Ungeduld nicht stillen konnten. Ja, sie brachten sie nur noch mehr in Aufregung, denn alles mögliche las sie aus der kurzen Zeile heraus. Wie ernste strenge Richter standen die einzelnen Buchstaben vor ihren Augen. Hart klang der Befehl, den sie enthielten; daraus schloß sie, wie böse ihre Eltern auf sie sein mußten.

„Nellie," seufzte sie ängstlich, „was werden die Eltern von mir denken? Sie sind gewiß furchtbar böse."

„Du mußt ihnen gleich schreiben," sagte Nellie.

„Erst will ich ihren Brief abwarten; ach, wenn er doch erst da wäre!"

Nellie nickte beistimmend und meinte, so wäre es auch wohl am besten.

„Komm, wir wollen in meine Stube gehen, darling," sagte sie und öffnete die Türe, die in ihr Allerheiligstes führte, das zwischen dem Eßzimmer und ihres Mannes Zimmer an der Eckwand des Hauses lag. Ein kleiner nach außen vorspringender Erker verlieh dem Raum eine anheimelnde Gemütlichkeit. Nellie hatte ihn dicht mit Blattpflanzen besetzt, davor zwei kleine Sessel aus Bambusrohr nebst einem ebensolchen winzigen runden Tischchen gestellt und dadurch ein lauschiges, reizendes Plaudereckchen hergerichtet. Hierhin nötigte sie jetzt Ilse, die sich rings im Zimmer umsah.

„Es ist entzückend bei dir," versicherte sie wieder, und trotzdem Nellie bescheiden abwehrte, freute sie sich doch über das ihr gespendete Lob.

„Fred macht es so viel Freude, wenn die Wohnung hübsch ist, da macht es mich auch Spaß," und dabei fuhr sie liebkosend über die spiegelblanke Platte ihres zierlichen Schreibtisches und rückte an den Figürchen und Nippes, die darauf standen.

„Die vielen reizenden Sachen, die du hast, Nellie!"

„Die schenkt mich alle mein Fred. Er ist so gut zu mir, unbeschreiblich lieb; o Ilschen, was bin ich für ein glückliches Frau. Ich denke nur immer daran, ob er mit mir auch so glücklich ist."

Eine so dankbare uneigennützige Liebe leuchtete aus ihren Augen, daß Ilse beschämt die ihrigen zu Boden senkte; so wie die Freundin eben sprach, hatte sie noch nie gefühlt, solche Gedanken waren noch nicht in ihr aufgestiegen. Dies machte sie doch stutzig. Hatte sie eigentlich jemals eine Regung des Dankes für alle Liebe und Zärtlichkeit Leos gehabt? Nein, das war ihr nie eingefallen! Und hatte sie sich jemals geprüft, ob auch sie alles tue, ihn glücklich zu machen? Nein! gestand sie sich wieder. Jetzt tauchten zum ersten Male diese Fragen in ihr auf und regten sie zu ernstlichem Nachdenken an. „Aber Nellie ist eine schwärmerische, hingebende Natur, und das bin ich nicht und will ich auch nicht sein," sagte sie sich schließlich, und bei diesem Gedanken beruhigte sie sich. Und doch konnte sie die Augen der Freundin nicht vergessen und beneidete sie fast im stillen.

„Nellie," fragte sie plötzlich, „wann kommt denn der nächste Zug von Moosdorf hier an?"

„Warum, Ilschen? Glaubst du, deine Eltern kommen dich zu holen? Oder erwartest du deinen Bräutigam?"

„Nein, nein, das denke ich nicht, – ich fragte überhaupt nur so," sagte Ilse errötend.

Und doch hatte Nellie ihre Gedanken richtig erraten, denn sie erwartete, ja hoffte mit banger Sehnsucht, daß Leo den Tag nicht vergehen lassen würde, ohne zu ihr zu eilen. Gewiß hatte er jetzt eingesehen, wie unrecht er ihr tat. Aber wenn er kam, dann wollte sie ihm verzeihen, sie wollte nicht länger widerspenstig, sondern nachgiebiger sein als sonst. Das alles malte sie sich im Geiste aus und konnte doch eine Sorge, eine unbestimmte Ahnung, daß es vielleicht nicht so kommen würde, wie sie sehnlich wünschte, nicht unterdrücken.

Die folgenden Stunden waren nicht die behaglichsten für Ilse. Sie war in steter Erwartung, bei jedem Klingeln schreckte sie zusammen. Der Mittagszug war längst da. Sie hatte während dieser Zeit wie zufällig am Fenster gesessen und auf die Straße gesehen. So oft eine Gestalt in der Ferne auftauchte, schlug ihr das Herz, und immer von neuem wurde sie enttäuscht. Dann ballten sich ihre Hände fest zusammen, und sie mußte sich beherrschen, um nicht in lautes Weinen auszubrechen. Nellie und ihr Mann überließen sie sich selbst und ihrer Stimmung. Die beiden feinfühlenden Menschen ahnten, was in ihr vorging und sie bewegte.

Ilse wurde von den selbstquälerischsten Gedanken geplagt; sie war heute so viel milder gestimmt als gestern, sie dachte an den geliebten Vater, welche Angst er wohl um sie ausgestanden, an die Mama, wie sie sich um ihr Ausbleiben beunruhigt haben mochte; an aller Sorge der lieben Eltern war sie schuld. Dies innere Geständnis machte sie sehr weich, wie die Tränen verrieten, die in hellen Tropfen auf ihre verschlungenen Hände fielen.

Der Herbsttag neigte sich bereits seinem Ende zu, die Dämmerung war hereingebrochen – und wieder saß Ilse am Fenster. Ihre Hoffnung, daß Leo noch kommen würde, war gesunken, und nur mechanisch sah sie noch auf die Straße hinunter. Die Gestalten, die jetzt schattenhaft vorüber huschten, verfolgte sie nicht mehr mit ungeduldig klopfendem Herzen, sie war mutlos geworden! Vor ihrer geängstigten Seele stand Lucies Bild, und wie es sie gestern zur Umkehr bewegen wollte, blickte es sie jetzt mit schmerzlichen Augen an und schien ihr zu sagen: „Er kommt nicht! Du wirst umsonst auf ihn warten." Ihre aufgeregten Nerven ließen ihr diese Worte fortwährend in den Ohren klingen. Auf einmal empfand sie die Schwere des unglückseligen Schrittes, den sie gewagt hatte, und die Angst legte sich gleich einem Alp auf ihr Herz. Wie eine Erlösung wirkte es daher jetzt auf sie, als zwei Arme sie zärtlich umschlangen und Nellies Köpfchen sich an ihre heiße Wange legte. Es war ihr, als würde sie aus einem häßlichen Traum aufgeweckt, und erleichtert holte sie Atem.

„ Darling," sagte Nellie, „ich habe eine Nachricht von deine liebe Mama."

Ilse fuhr in die Höhe.

„Wo hast du den Brief, bitte, gib ihn mir," flehte sie förmlich und sah suchend nach Nellies Händen.

„Warte nur, Kindchen, ich gebe ihn dir schon; aber erst muß ich mit dir sprechen; deine gute Mama schreibt so reizend. Sehr aufgeregt waren deine Eltern über deine Flucht, aber sie haben dir verziehen, und du darfst nun für einige Zeit bei mich bleiben; o, wie freue ich mir!"

Ilse horchte gespannt.

„Was steht sonst noch im Briefe?“ fragte sie hastig. „Was hat Papa gesagt?“

„Dein Papa wird dir schreiben, wenn ein Brief von dich angekommen ist. O, dein Vater ist ein so lieber Herr, er zürnt nicht mehr mit dir,“ versicherte Nellie treuherzig. “Hier lies ihn selbst, das Brief, was sonst noch darin steht,“ sagte sie und reichte ihn Ilse hin, die ihn mit zitternden Händen aus dem Kuvert nahm. Hastig faltete sie die engbeschriebenen Blätter auseinander, suchend überflogen ihre Augen Zeile auf Zeile, und eine schmerzliche Enttäuschung malte sich in ihren Zügen, als sie fertig gelesen hatte. Schweigend legte sie den Brief wieder zusammen und gab ihn Nellie zurück.

„Nun, Kindchen,“ sagte die junge Frau, „freust du dich nicht über den lieben Brief von deine Mama? Wie müssen dir deine Eltern lieb haben! Wie schön, daß du bei uns bist! Bleibst du auch gern hier?“

Ilse nickte. „Sehr gern, Nellie, und ich weiß auch,“ fuhr sie mit erregter Stimme fort, „daß mich meine Eltern lieben, sehr lieben, mehr wie irgend jemand auf der Welt. Ich will deshalb auch immer bei ihnen bleiben und sie nie verlassen!“

„O, Kind –,“ sagte Nellie vorwurfsvoll; aber Ilse unterbrach sie. „Ja das will ich, das will ich bestimmt, denn er ist ja doch nur froh, wenn er mich los ist!“ rief sie laut und warf mit bitterem Lachen den Kopf zurück.

Nellie sah die Freundin erschrocken an, und zurechtweisende Worte drängten sich auf ihre Lippen. Aber sie sagte nichts, ihr mitleidiges Herz hielt sie zurück, als sie sah, wie aufgeregt Ilse war, und daß sie nur mit Mühe einen leidenschaftlichen Ausbruch zurückhielt.

„O, darling, ich kenne dich nicht wieder,“ sagte sie leise und sah ihr traurig in die Augen. Da löste sich die Spannung von Ilses Gemüt, sie legte beide Hände vor das Gesicht und brach in heftiges Weinen aus.

„Was hast du, Herz? Sprich doch,“ bat Nellie, „vertraue mich, ich bin doch deine geliebte Freundin und verrate dich nicht. Sprich dir aus,

Ilschen, mach dein kleine Herz leichter! Oder darf ich dir sagen, warum du so weinst? Ist es, weil dein Bräutigam nicht schrieb oder nicht kam, seine Schatz wieder zu holen? Ist es nicht dies Kummer, was deine Seele drückt? Gestehe es mich doch.“

Zärtlich und einschmeichelnd klang ihre Bitte, und Ilse wurde dadurch bezwungen. Sie nickte und lehnte sich an Nellies Schulter, indem sie leise fortweinte.

„Siehst du, ich dachte es mich wohl, darling, aber nun höre mich an. Ich bin dein vernünftige alte Freundin und muß dir ein paar ernste Worte einreden. Du kennst noch nicht die Männer, du lernst sie erst verstehen, wenn du deines Leo kleine Frau bist. Er ist viel zu nachgebend gegen dich; aber wenn ihr verheiratet seid, wird er nicht immer tun, was lieb Ilschen will. Das wird im Anfang viel Streitigkeit geben, denn die Männer wollen haben, daß wir uns in sie fügen, weil sie die Herren der Schöpfung sind. O du, du wirst lernen, wie schön das ist; denn haben wir uns einiges Mal gefügt, so können wir das liebe Mann um den kleinen Finger wickeln, und er merkt es nicht! Darum lieb' Schatz, sei nicht hartnäckig. Du mußt dein Leo schreiben und ihn bitten, daß er dich verzeiht.“

Bis dahin hatte Ilse ruhig zugehört; nun brauste sie auf, und ihre Augen funkelten, als sie hochaufgerichtet vor Nellie stand.

„Um Verzeihung bitten?“ rief sie spöttisch. „Nellie, du kennst mich schlecht! Ihn um Verzeihung bitten, nein, dazu bin ich zu stolz. Nellie, so weit erniedrige ich mich nicht, nie und nimmer!“ Sie betonte die letzten Worte nachdrücklich und fuhr leidenschaftlich mit dem Taschentuch über ihre Augen, die noch von den eben vergossenen Tränen feucht glänzten, als wolle sie damit ausdrücken: „er ist es nicht wert, daß ich seinetwegen Tränen vergieße.“

Nellie sah sie angstvoll an, sie begriff die Freundin nicht.

„O Ilse,“ sagte sie, „wie kannst du so sprechen? Es ist große Unrecht von dich. Wie hast du mich selbst so oft geschrieben, wie treu und gut dein Leo ist, wie lieb –“

„Ich bitte dich," fiel ihr Ilse ins Wort und erhob flehend ihre Hände; „laß uns über diese Geschichte schweigen. Ich sehe ja, du bist auch auf seiner Seite. Ich natürlich, nur ich habe schuld! Ich soll mir alles gefallen lassen von ihm, so denkst auch du, Nellie; aber deshalb demütige ich mich doch nicht vor ihm!"

Nellie schwieg. Sie merkte, daß jetzt keines ihrer gutgemeinten Worte etwas fruchten, ja, daß ihr Zureden Ilses Trotz nur verschlimmern könnte. Aber sie wünschte in diesem Augenblick sehnsüchtig, daß bald die Zeit kommen möchte, die Ilse bekehren und ändern würde.

Das schrieb sie auch an Frau Anne und versprach ihr, allen Einfluß aufzubieten, der ihr zu Gebote stände; vorläufig aber müsse man den geliebten Trotzkopf ganz in Ruhe lassen.

Am andern Morgen saß Ilse eifrig schreibend in ihrem Stübchen, als Nellie hereintrat.

„Ich schreibe an die Eltern," sagte sie errötend und kam mit diesen Worten einer Frage Nellies zuvor. Dann sprang sie auf und ergriff Nellies Hände.

„Wollt ihr mich denn auch wirklich für einige Zeit behalten, bin ich euch nicht zur Last, und ist es auch deinem Manne recht und hast du mich auch noch ebenso lieb wie früher, Nellie?"

So ließ sie in ihrer lebhaften Weise die Fragen durcheinanderschwirren. Die junge Frau zog sie an sich.

„O, darling, wie kannst du so fragen? Wenn es dich verwöhnte Schoßkind nur bei uns einfache Leute gefällt, so werden wir froh sein. Wie freue ich mir auf dein Aufenthalt! Wir wollen eine vergnügte Zeit durchleben," rief sie jubelnd. In diesen Jubel stimmte Ilse nicht mit ein, sondern blickte gedankenvoll vor sich hin. Sie wollte Leo zeigen, daß sie fest bleiben könne; dieser Entschluß vollzog sich jetzt in ihrem Innern und verlieh ihren Zügen einen trotzigen Ernst.

Der Brief an die Eltern war abgeschickt, und Ilse war sicher, daß er sie wieder ganz versöhnen würde. Sie hatte dieselben herzlich um

Verzeihung gebeten, aber zugleich die inständige Bitte ausgesprochen, nicht nach dem Grunde ihrer Flucht zu forschen.

In den nächsten Tagen traf ein großer Koffer mit Sachen für sie ein, worin ein langer zärtlicher Brief von ihrem Papa lag. Keinen Tadel, keinen Vorwurf enthielt derselbe; die sorgende Liebe, die aus jeder Zeile sprach, beschämte sie tief. Hatte sie dieselbe wohl verdient?

Am Schlusse des Briefes schrieb der Papa:

„Amüsiere dich nur recht gut bei deiner Nellie, liebes Kind, sei heiter und vergnügt, aber bleibe nicht zu lange fort und vergiß nicht deinen alten Vater!"

Diese Worte rührten sie sehr.

Nein, gewiß! Vergessen würde sie ihren einzigen guten Herzenspapa nicht. Leo wurde von ihm mit keiner Silbe erwähnt, und auch als ihr der andre Tag einen Brief von Frau Anne brachte, war sie enttäuscht, denn derselbe bewahrte ebenfalls tiefes Stillschweigen über ihn. Von allem erzählten die Eltern ausführlich, aber über Leo schwiegen sie beharrlich. Sie wußten gewiß, was zwischen ihnen vorgefallen war, und glaubten wohl, es würde ihr peinlich sein, wenn sie diesen Punkt berührten. Viel lieber wäre es ihr gewesen, von ihnen darüber zu hören, denn sie hätte gern gewußt, wie Leo die Entdeckung ihrer Flucht aufgenommen hatte; aber dennoch wollte sie um keinen Preis die Eltern danach fragen. Sie nahm sich fest vor, nicht mehr daran zu denken, ob ihr Leo schreiben würde oder selbst käme, um sie zu holen. In ihrem Herzen freilich lebte die sehnsüchtige Hoffnung nach einem Lebenszeichen von ihm fort und ließ sich durch alle ihre Vorsätze nicht zurückdrängen. Ohne daß sie es sich gestand, wuchs ihre Ungeduld von Tag zu Tag, und sie war schließlich in einer fieberhaften Aufregung. So oft der Briefträger kam, zitterte sie vor banger Erwartung, jedes Klingeln an der Türe ließ sie zusammenschrecken. Den Eltern schrieb sie eifrig, fast täglich, und erhielt ebenso regelmäßige Antworten. Wenn ein Brief von daheim ankam, ging sie schnell auf ihr Zimmer, riegelte die Tür zu und erbrach ihn mit zitternden Fingern. Sie durchflog die Seiten und wurde immer von neuem enttäuscht. Dann stürzten ihr oft heiße Tränen aus den Augen, und sie knitterte zornig das unschuldige Papier zusammen.

So schwanden ihr die Tage unter Zweifel und Ungewißheit dahin, und sie litt schwer darunter. Nellie war ihr eine treue Freundin voll zarter Aufmerksamkeit. Aber auch sie berührte nicht mehr das peinliche Thema. „Es ist besser, du schweigst," hatte ihr Mann gesagt, als sie wieder einmal versuchen wollte, ob sie Ilse bewegen könne, an ihren Bräutigam zu schreiben. Sie wußte von Ilses Mutter, daß Leo, empört und zugleich betrübt über die Tat seiner Braut, ihr auf keinen Fall schreiben oder gar selbst kommen würde. Aber sie brachte es nicht übers Herz, Ilse das zu sagen. Sie fürchtete einen neuen leidenschaftlichen Ausbruch und glaubte Ilses Widerstand dadurch nur noch größer zu machen. „Armes darling, wie tust du mich leid," sagte sie oft leise, wenn sie in dem blassen Gesichte der Freundin deren heimliche Kämpfe las, und sie fühlte mit ihr, wie sie litt.

Zwei Wochen waren für Ilse in Hangen und Bangen verstrichen. Sie hatte sich bei ihren liebenswürdigen Freunden vollständig eingelebt, und Nellie hatte es verstanden, sie bisweilen etwas aufzuheitern. Aber dann konnte sie auch wieder lange schweigend vor sich hinstarren, und die trotzig aufgeworfene Oberlippe ließ erraten, woran sie dachte.

„Ich muß ihr etwas zerstreuen," sagte Nellie zu ihrem Mann. „Sie ist so blaß und hat schwarze Ringels unter den Augen; sie darf nicht mehr so viel an der Sache denken. Sie ist eine kleine Widerspenstige, und ihr künftiger Mann muß ihr sehr heilen, bis sie eine so sanfte Weibchen wird, wie ich es bin," fügte sie mit einem schalkhaften Blick hinzu.

„Ja," lachte Althoff, „wenn man einen so guten Mann hat, wie ich es bin, der zu allem ›Ja‹ und ›Amen‹ sagt, dann ist es leicht, sanft zu sein."

„O, du," drohte Nellie scherzend mit dem Finger, aber er schloß ihr den Mund mit einem Kusse.

„Heute müssen wir einige Visiten machen," sagte Nellie eines Tages zu Ilse. „Die Leute betrachten dir schon wie eine verwunschene Prinzessin, weil ich dich nirgends zeige. Und Florchen, wie wird sie grimmig sein, wenn sie hört, daß du bist schon lange bei mich und hast ihr noch nicht ins ›eigene Heim‹ besucht. Das ist nämlich ihr Lieblingsausdruck."

Ilse zeigte wenig Lust für diese Besuche, ließ sich endlich aber doch dazu bewegen.

Seit dem Abend ihrer Ankunft war sie nur einige Male in der Dämmerung mit Althoffs spazieren gegangen, heute sah sie die kleine Stadt zum ersten Male im hellen Tageslicht. Mancher neugierige Blick folgte den beiden. Frau Doktor Althoff hatte Besuch, und davon wußte man nichts? Das war doch unerhört! Wer mochte denn die junge Dame sein? Frau Doktor Althoff hatte ja gar nicht erwähnt, daß sie Besuch bekäme, warum hatte sie das verschwiegen? So zerbrachen sich Nellies Bekannte, die ihnen begegneten, den Kopf. In der breiten Hauptstraße vor einem hübschen Hause machte Nellie Halt.

„Hier wohnt die Dichterin Frau Doktor Flora Gerber, in dies Haus, eine Treppe hoch," sagte sie und öffnete die Haustüre.

Als sie oben angekommen waren, flüsterte sie Ilse zu: „Ilschen, wenn dir das neugierige Flora nach alles fragt, nach dein Hiersein, dein Verlobten, laß mir nur machen, ich geb' ihr Antwort."

Wie ein Stein fiel es Ilse bei diesen Worten vom Herzen, denn heimlich hatte sie schon überlegt, ob sie Floras Fragen ausweichen oder sie beantworten sollte. Sie drückte Nellie mit einem dankbaren Blicke die Hand.

Auf Nellies zweimaliges Schellen wurde die Türe von einem wenig sauberen Mädchen geöffnet.

„Sind die Herrschaften zu sprechen?" fragte Nellie.

„Der Herr Doktor sind nicht zu Hause," stotterte das Mädchen verlegen, „aber ich will mal nachsehen –"

Ohne den Satz zu beenden, verschwand sie eiligst hinter der Türe. Nach einem Weilchen erschien sie wieder, riß die gegenüberliegende Stubentüre weit auf und meldete lakonisch:

„Da sollen Se rein gehen."

Flora war nicht im Zimmer, und Ilse hatte Muße, sich gründlich darin umzusehen. Sie bedurfte übrigens nur weniger Blicke, um einen deutlichen Eindruck zu gewinnen. Wie viel vermißte hier ihr stark ausgeprägter Schönheitssinn! Traulich, harmonisch, geschmackvoll war es bei Nellie, ungemütlich, geschmacklos, ein wirres Durcheinander bei Flora! Die Möbel, gut und neu, entbehrten jeder Pflege, das sah man ihnen nur zu deutlich an, denn eine graue Staubdecke lag darauf. Die Bilder an den Wänden hingen schief, die Pflanzen am Fenster und im Blumentisch ließen durstig die Köpfe hängen, und die gelben vertrockneten Blätter an den Stengeln gaben ihnen ein traurig verkommenes Aussehen. Ilse, die eine große Blumenfreundin war, betrachtete sich die Ärmsten mitleidig und sah sich unwillkürlich nach einer Gießkanne um, ohne jedoch eine solche entdecken zu können. Auf dem Tisch vor dem Sofa, über den eine blaue Samtdecke gebreitet war, welche schief herabhing, lagen eine Menge Bücher, zum Teil aufgeschlagen, mit Flecken und umgebogenen Ecken, dazwischen Visitenkarten, Briefe, lose Blätter in einem wahren Chaos zusammen.

„Nellie, sieh nur," rief Ilse halblaut und zeigte mit der Hand auf diesen Wirrwarr, „das nennt Flora gewiß ›malerisch‹."

„O, störe mir nicht in mein heiliges Andacht," gab Nellie zur Antwort, und als sich Ilse bei diesen mit Pathos gesprochenen Worten umwandte, sah sie Nellie mit gefalteten Händen vor einem Schreibtisch stehen, der seinen Platz am Fenster hatte.

„Hier schafft unser große Dichterin, Ilschen. An was für ein herrliches Mordgeschicht' mag sie wieder dichten," fuhr sie in demselben feierlichen Tone fort.

Ilse hielt sich die Hand vor den Mund, um nicht laut aufzulachen, denn Nellie war zu komisch.

„Eben hat Florchen dieses Platz verlassen, wir haben ihr gewiß aus ihre schönste Gedanken gescheucht," fing Nellie wieder an.

Sie schien mit ihrer Vermutung recht zu haben, denn die Feder glänzte noch feucht von Tinte, der Stuhl stand jäh zur Seite geschoben, und einige Blätter, die an der Erde lagen, waren wohl beim eiligen Aufstehen auf den Boden geflogen. Mit beschriebenen und unbeschriebenen Blättern war der ganze Schreibtisch bedeckt, kaum daß die Stelle freigeblieben war, wo ein über und über bespritztes Tintenfaß thronte, das nicht aussah wie für einen Damenschreibtisch bestimmt.

„Sieh hier, darling," sagte Nellie leise und zog die noch immer sich verwundert umsehende Freundin mit sich fort, „das ist Florchens Mann."

Sie zeigte auf ein Bild, das über dem Schreibtisch hing. Ilse trat näher heran und sah sich den nicht gerade hübschen aber interessanten Männerkopf mit dem kurz geschorenen Haar und Bart voll Interesse an. Sie war noch in der Betrachtung des Bildes versunken, als sich die Türe ungestüm öffnete und Flora auf der Schwelle erschien. Dieselbe fuhr erstaunt zurück, als sie Ilse gewahrte, deren Besuch sie gar nicht vermutet hatte.

„Mein Gott, Ilse, bist du es wirklich, oder ist es dein Geist?" rief sie theatralisch mit weit vorgestreckten Händen.

„Beruhige dich, Flora," antwortete Nellie, „komme zu dich, es ist nicht ihre Geist, es ist die liebe Ilse in wahre Leibhaftigkeit. Sie kam uns auf recht lange Zeit zu besuchen."

„Das Mädchen sagte mir, es wäre noch eine Dame dabei, aber ich hatte natürlich keine Ahnung, daß diese Dame Ilse war. Ich dachte, es wäre vielleicht Rosi."

„Wir wollten dir überraschen, Flora," erklärte Nellie.

„Aber nun willkommen, herzlich willkommen im eigenen Heim!" rief Flora und ging mit geöffneten Armen Ilse entgegen, die kaum das Lachen verbergen konnte, weil Nellie sie bei dem ›eigenen Heim‹ mit dem Ellbogen angestoßen hatte.

„Und nun setzt euch, Kinder," sagte Flora, als die Begrüßung vorüber war und sie sich von dem Erstaunen über Ilses plötzliches Erscheinen etwas erholt hatte. Sie führte die beiden zum Sofa und ließ sich ihnen gegenüber in einen der blauen Plüschsessel fallen, die um den Tisch standen. „Seid nur nicht böse, daß ich noch im tiefsten Negligee erscheine," entschuldigte sie sich und wies auf ihren allerdings recht primitiven Morgenrock. Mit einem schwärmerischen Aufblick fuhr sie fort:

„Doch, wenn ich einmal im Schaffensdrang bin, verläßt mich der Gedanke an die Wirklichkeit vollständig. Was liegt auch an dem elenden Putz und Tand! Am liebsten hülle ich mich in eine einfache Kutte, nur um die Zeit zu sparen und mich noch mehr meinen Arbeiten widmen zu können."

Sie seufzte leise bei diesen Worten. Ilse und Nellie erwiesen ihr nicht den Gefallen, auf ihre Phrase vom Schaffensdrang näher einzugehen. Nellie schnitt das Thema kurz ab mit der Frage: „Wo ist dein Mann, Flora? Und die kleine Baby?"

„Ernst macht Krankenbesuche und kommt erst zu Mittag nach Hause," gab Flora gedehnt zur Antwort, die letzte Frage scheinbar überhörend.

„Ach Kinder," fuhr sie fort, „ihr glaubt nicht, wie entsetzlich schwer es ist, die Frau eines Arztes zu sein. An was muß man sich da nicht alles gewöhnen! Der Beruf ist furchtbar prosaisch, entbehrt jeder Poesie. Schon allein die Karbol- und Jodoformgerüche, in welche sich der Arzt hüllen muß, – puh, unausstehlich!"

Sie schnitt bei dem Gedanken an diese verpönten Gerüche ein wegwerfendes Gesicht und hielt sich unwillkürlich ihr stark parfümiertes Taschentuch unter die Nase.

„O, ich finde sie ein sehr schönes Parfüm, nix rieche ich lieber als Jodoform und Karbol," sagte Nellie ganz ernsthaft.

Entsetzt sah Flora sie an.

„Pfui, Nellie! das kann dein Ernst nicht sein," rief sie. „Aber freilich, du warst von jeher eine trockene, nüchterne Natur, du hättest eigentlich gut zu Ernst gepaßt."

„O ja," erwiderte Nellie lächelnd, und aus ihren Grübchen sah der Schelm hervor, „und ich glaube, du gut zu mein Alfred, weil er hat ein so fein Verständnis für deine Poesien."

Ilse freute sich im geheimen über Nellies Schlagfertigkeit, aber über Floras Gesicht ergoß sich eine brennende Röte. Sie fühlte den Stich aus Nellies Worten deutlich heraus, denn noch heute konnte sie Doktor Althoffs Kritik über ihre Werke nicht verschmerzen. Zugleich hatte Nellie unbewußt auf eine kleine Schwäche angespielt, die sie noch immer für ihren früheren Lehrer besaß. Sie antwortete nicht, sondern verbarg ihren Unmut und wandte sich an Ilse.

„Wie geht es deinem Bräutigam, du glückliches Menschenkind?"

Jetzt war an Ilse die Reihe zum Erröten, und die Verlegenheit trieb ihr das Blut heiß in die Wangen. Zum Glück deutete Flora ihr Erröten ganz anders; sie fand es entzückend, reizend, es sollte ihr den Stoff zu einem Gedicht geben, dessen Titel unbedingt heißen mußte: „Das schämige Bräutchen." Sie fand diese Idee wundervoll, einzig in ihrer Art, und war so begeistert davon, daß sie laut ausrief:

„Nun sieh mir nur einer das schämige Bräutchen an." Und träumerisch vor sich hinblickend, fuhr sie fort: „Ja, Ilse, die Brautzeit ist die poesievollste des ganzen Lebens. In süßem Tändeln verfließen die Tage, die angeborene Rauheit des Mannes liegt da noch gebändigt in den Rosenfesseln der Liebe, in duftigen Zauber gehüllt vergeht die Zeit, nur der Körper berührt noch mit flüchtigem Fuß die profane Erde. Der Geist, das Herz, sie entflohen in himmlische Gefilde und träumen dort den ewigen Traum der Liebe, fern vom lauten Getümmel der Welt, der Prosa des Lebens!"

Nellie und Ilse hatten sich bei diesem poetischen Erguß schon einige Male verständnisinnig angeblickt; aber als Nellie die letzten Worte Floras mit einem urkomischen Gesicht begleitete, die Augen schwärmerisch aufgeschlagen und gen Himmel gerichtet, konnte Ilse ihre Heiterkeit nicht mehr verbergen und fing zu lachen an. Natürlich stimmte Nellie mit ein. Flora war empört über den verkehrten Eindruck ihrer Worte und wütend sah sie die beiden an.

„Ihr scheint noch ebenso albern und verständnislos zu sein wie in der Pension," sagte sie erregt. „Ich glaubte wirklich, Nellie, du wärst als Frau vernünftiger geworden und du, liebe Ilse, scheinst mir ja eine recht prosaische Braut zu sein. Mein Gedankenflug war eben zu hoch für euch, wie ich merke." Die letzten Worte betonte sie besonders und sah dabei die beiden herablassend an.

Ilse ärgerte sich über Flora, sie war ganz ernst geworden und hatte eine Erwiderung auf den Lippen. Aber Nellie kam ihr zuvor.

„Da haben wir unsere Teil," sagte sie mit der liebenswürdigsten Miene, ohne durch Floras Abfertigung im mindesten aus der Fassung gebracht zu sein. „Florchen, ich werde mich bessern, damit ich mit dich fliegen kann in deine hohe schöne Land."

Diese spöttischen Worte erregten Floras Zorn noch mehr.

„Nimm mir nicht übel, Nellie," rief sie, „aber in dir lebt auch nicht ein Funke von Poesie, du ziehst alles in den Staub und Schmutz herab."

Ilse war außer sich über diese Schmähung ihrer geliebten Freundin.

„Nun ist es aber genug, Flora!" rief sie heftig, doch weiter kam sie auch diesmal nicht, denn die Türe wurde geöffnet, die intelligente Dienstmagd erschien und meldete, Herr Referendar Lüders wünsche Frau Doktor zu sprechen.

Flora schnellte wie elektrisiert empor.

„Wie furchtbar fatal, – Herr Lüders und ich noch in Morgentoilette. Aber, er ist ja unser Hausfreund. Ich könnte mich schon so vor ihm zeigen."

Sie trat vor den Spiegel und besah sich musternd, aber nicht ohne Wohlgefallen.

„Was meint ihr?" fragte sie, „kann ich ihn so empfangen?"

„Ich meine nicht," antwortete Ilse in ihrer gewöhnlichen Offenheit. „Es ist doch schon Mittag jetzt, und dann, denke ich, darf man im Morgenrock überhaupt keine Herren empfangen."

„So denkt man wohl bei euch auf dem Lande," entgegnete Flora gereizt, indem sie Ilse über ihre Schultern hinweg einen mitleidigen Blick zuwarf. „Ich muß gestehen, das nenne ich enge Ansichten. Hätte ich nur meine hochelegante Matinee an, dann natürlich würde ich Herrn Lüders sofort empfangen. Sage Herrn Referendar, ich ließe ihn bitten einzutreten, ich würde sofort erscheinen," wandte sie sich zu dem Mädchen, das stumpfsinnig und bewegungslos an der Türe stand, der Dinge harrend, die da kommen sollten.

„Adieu, Flora, wir müssen gehen," sagte Nellie und erhob sich.

„Nein, auf keinen Fall! Bitte, bleibt nur noch so lange, bis ich zurückkomme, bitte," bat Flora dringend und verschwand eiligst, weil die Türe weit aufging und Herr Lüders erschien. Nellie wollte mit einem höflichen Gruße an ihm vorbei gehen, er kam aber schnell auf sie zu und machte ihr eine tiefe Verbeugung.

„Gnädige Frau," sagte er, „ich bin beglückt, Sie hier zu treffen; darf ich mich nach Ihrem Befinden erkundigen."

Nellie antwortete kühl.

„O, ich danke, ich befinde mich sehr wohl. Ilse," wandte sie sich zu dieser, „darf ich dir Herrn Referendar Lüders vorstellen, – Fräulein Macket."

„Eine große Ehre," sagte er verbindlich mit einer neuen eleganten Bewegung.

„Wir wollen uns noch einen Augenblick setzen, bis Flora kommt," sagte Nellie.

Ilse bemerkte, daß sie gegen diesen Herrn merkwürdig zurückhaltend war, ganz gegen ihre gewöhnliche liebenswürdige Art. Er gefiel auch ihr nicht; sie konnte ihn jetzt, während er sich mit Nellie unterhielt, prüfend betrachten. Das glatte Gesicht war nicht unschön, aber ausdruckslos, die hellen blauen Augen erschienen ihr geradezu unangenehm. Er hatte blonde Haare, blonde Augenbrauen, blonde Wimpern und vom hellsten Blond war auch das kleine Schnurrbärtchen, das in zwei steif abstehende und kunstvoll gedrehte Spitzen auslief. Die Gesichtsfarbe war mädchenhaft zart und rosig. Ohne daß sie es wollte, drängte sich Ilse der Vergleich auf zwischen ihm und ihrem Bräutigam. Wie kraftvoll und energisch war dessen Gestalt gegen die des zierlichen Herrchens, das keine Spur von Männlichkeit und Ernst zeigte. Jetzt wandte er sich zu ihr und rückte an seinem Kneifer, der auf der kleinen, etwas aufgestülpten Nase keinen rechten Platz finden konnte.

„Wie lange weilen gnädiges Fräulein schon in unsern Mauern?“ fragte er und sah ihr dabei keck ins Gesicht, daß sie unwillkürlich den Kopf zurückwarf und ihn von oben herab unnahbar anblickte. Sie fand ihn in diesem Augenblick unausstehlich, so daß sie sich Mühe geben mußte, seine Fragen artig zu beantworten, und froh war, als Floras Eintreten der Unterhaltung ein Ende machte.

„Mein lieber Herr Lüders, verzeihen Sie nur, bitte, bitte, daß ich Sie warten ließ,“ rief sie ihm entgegen mit kindlich gefalteten Händen und demütigem Augenaufschlag.

„Wie könnte ich Ihnen böse sein,“ sagte er mit Nachdruck und führte ihre Hand an seine Lippen.

Flora hatte in großer Eile Toilette gemacht, das sah man, und ebenso geschmacklos wie vorher, auch das fiel sofort auf. Die Haare trug sie jetzt hoch aufgetürmt, was ihren ohnedies großen Kopf noch größer erscheinen ließ.

Das schwarze Kleid, das sie trug, war überreich mit Perlen besetzt, von denen schon viele die Flucht ergriffen und kahle Stellen zurückgelassen hatten. Aber für solche Kleinigkeiten hatte die geniale Flora keinen Blick und jetzt besonders nicht, denn ihre Aufmerksamkeit nahm der Referendar in Anspruch. Er hatte aus seiner Tasche ein Heft gezogen und überreichte ihr dasselbe.

„Ich habe mich an den Kindern Ihrer Muse wahrhaft ergötzt," sagte er, „seit lange habe ich nichts von so tiefem Inhalt, so poetischem Wert gelesen. Ich bewundre Ihre Phantasie, Ihren Geist, gnädige Frau."

Flora schwamm in einem Meer von Seligkeit, ihr Gesicht strahlte, und triumphierend sahen ihre Augen zu den Freundinnen hinüber.

„Seht, es gibt doch noch Menschen, die mich und meine Werke verstehen," schienen sie zu sagen.

„Wie freue ich mich, daß Ihnen die kleinen Blümchen, die ich in dem Gärtchen meiner Poesie pflückte, gefallen," sagte sie bescheiden. „Macht es Ihnen Spaß, so gebe ich Ihnen ein größeres Opus zum Lesen mit, ich bin gerade damit fertig geworden."

Sie stand auf, es zu holen, und diese Gelegenheit benützten Nellie und Ilse sich auch zu erheben, um sich zu verabschieden. Flora hielt sie jetzt auch nicht länger mehr zurück; es war ihr offenbar ganz erwünscht, daß sie gingen. Sie küßte beide mit überwallender Zärtlichkeit, trug Nellie tausend Grüße für den strengen Gebieter und Ilse ebensoviel an ihren Bräutigam auf. Als sie von der Türe zurück ins Zimmer trat, fing sie noch gerade den bewundernden Blick auf, den Herr Lüders Ilse nachsandte. Das stimmte ihre gehobene Laune etwas herab.

Als Ilse und Nellie schon auf der Treppe waren, fiel es ersterer ein, daß sie ja einen Schirm mitgebracht hatte. Sie gingen deshalb zurück, fanden ihn aber nicht mehr auf dem Platz, wo sie ihn hingestellt hatten.

„O, wahrscheinlich hat ihn das saubere Dienstbot weggestellt, ich werde ihr fragen," sagte Nellie und ging in die Küche, die am Ende des Korridors lag. Gleich darauf rief sie:

„Komm, Ilschen, sieh dir mal die kleine Stiefkind von Flora an, – o, ist es nicht eine süße Baby?"

Sie hatte das kleine Wesen schon auf dem Arme, als Ilse hereintrat, welche als Kinderfreundin, die sie war, das Kind nun ebenfalls liebkoste und streichelte. Es war ein reizendes kleines Mädchen von vier Jahren, mit dunklen Augen und dunklem lockigen Haar. Ängstlich und schüchtern sah es die beiden an und bog sich bei ihren Liebkosungen abwehrend zurück, indem sie die Händchen fest gegen Nellies Brust stemmte.

„Bitte, Nellie, gib mir die Kleine nur ein einziges Mal," quälte Ilse, „ich mag Kinder so schrecklich gern. Meinen kleinen Bruder schleppe ich so viel herum, daß Mama oft schilt, denn sie will nicht, daß er so viel getragen wird. Der süße kleine Kerl, ob er sich wohl nach mir sehnt, oder mich schon vergessen hat?"

Sie seufzte bei diesen Worten, und in dem sehnsüchtigen Gedanken an das Brüderchen nahm sie Nellie das Kind so heftig aus dem Arm und preßte es so stürmisch an sich, daß es jämmerlich zu schreien anfing und mit Händen und Füßen die größten Anstrengungen machte, von Ilses Arm zu kommen. Erschrocken ließ diese es auf den Boden gleiten, Nellie aber kniete neben ihm nieder und fragte es:

„Wie heißt du denn, darling?"

Die Kleine antwortete nicht, weder auf diese noch auf ihre weiteren Fragen. Sie zog sich in eine Ecke zwischen dem Tisch und Küchenschrank zurück, und sah sich die beiden mit trotzig verschlossenen Blicken an. Dem armen kleinen Wesen fehlte die liebende, sorgende Hand der Mutter. Das fleckige Kleidchen aus dunklem schwerem Stoff, die schmutzige Schürze aus grellbuntem Kattun bewiesen, daß ihr Anzug ohne Lust und Liebe gewählt war.

„Arme Baby," sagte Nellie leise und sah mitleidig auf das Kind.

„Findest du nicht," fragte Ilse, „daß sie Ähnlichkeit mit unserer süßen Lilli hat? Ihre Augen haben denselben schwermütigen Ausdruck. Ist Flora denn nicht sehr glücklich über dieses reizende Kind?"

„O, ich glaube nicht," meinte Nellie, „es ist nie die Rede von die kleine Käthe, sie besorgt sich wenig um ihr. – Nun aber, Ilschen, es ist die höchste Zeit, daß wir fortgehen, sonst kommt Fred nach Hause und findet mich abwesend."

Nellie beugte sich zu dem Kinde nieder und griff nach ihren Händchen, Käthe entzog sie ihr aber schnell und versteckte sie auf dem Rücken.

Als sie über den Vorplatz gingen, hörten sie Floras laute, etwas weinerliche Stimme; sie schien in lebhafter Unterhaltung mit Herrn Lüders begriffen zu sein. Auf der Straße hing sich Nellie an Ilses Arm und lachte mit dem ganzen Gesicht.

„Ein schöner Besuch, nicht wahr, Ilschen?“ fragte sie heiter. „Wie gefällt dich Flora als Frau und Mutter? Ist sie nicht noch eine ebenso verschraubte Person wie früher?“

„Noch schlimmer ist sie geworden,“ stimmte Ilse bei. „Ich finde sie zu lächerlich! Hast du wohl bemerkt, wie holdselig sie den Referendar anlächelte, als er ihre Werke lobte? Und hast du sein spöttisches Gesicht gesehen?“

„O, ich habe alles gesehen, darling, ich habe auch eine scharfe Blick. Dieser Lüders, ich mag ihn gar nicht, er ist keine Gentleman, er ist nicht richtig.“

„Er ist nicht richtig?“ fragte Ilse erschrocken, „hat er denn schon mal im Irrenhaus gesessen?“

„O nein,“ lachte Nellie, „du verstehst mich nicht.“

„Ja, aber du sagst doch, er wäre nicht richtig, und das heißt so viel als: er hat seinen vollen Verstand nicht.“

„ Darling, ich meine ja ganz anders, ich denke, er ist nicht richtig, weil er nicht die Wahrheit sagt.“

„Ach so,“ rief Ilse, „nun geht mir ein Licht auf; du meinst, er ist nicht aufrichtig?“

„Ja, ja,“ bestätigte die junge Frau, „so heißt das Wort, der ich nicht finden konnte.“

Dieses Mißverständnis belustigte beide aufs höchste, sie kamen immer wieder darauf zurück und mußten immer von neuem darüber lachen. In heiterster Laune langten sie zu Hause an.

„Herr Doktor ist schon lange da,“ empfing sie das Mädchen.

„O weh,“ flüsterte Nellie, „da haben wir die Zeit verfehlt. Wie viel ist denn die Uhr, ich habe kein Begriff.“

„Gleich zwei Uhr,“ berichtete das Mädchen. „Der Herr Doktor hat schon oft nach den Damen gefragt.“

Auf dem Vorplatz kam ihnen Nellies Mann entgegen, und man sah es ihm an, daß ihn die Ungeduld unwillig gemacht hatte.

„Wo bleibst du denn so lange?“ fragte er verstimmt, „ich warte nun schon seit ein Uhr auf dich. Du weißt doch, liebes Kind, daß ich die Pünktlichkeit liebe und es vor allen Dingen nicht in der Ordnung finde, wenn die Frau ihren Mann warten läßt.“

Er hatte Ilse nicht bemerkt, die sich bei seinen Worten ängstlich hinter einem Kleiderschrank versteckt hielt, und glaubte wohl, daß sie schon in ihr Zimmer gegangen wäre. Sie blieb in ihrem Versteck, bis das Ehepaar fortgegangen war, und huschte dann in ihr Stübchen.

„Das war aber stark,“ sagte sie vor sich hin, „das hätte mir mein Mann nicht bieten dürfen; ich hätte mir das nicht so ruhig gefallen lassen. Es war doch recht dumm von Nellie, daß sie ihm keine Antwort gab.“

Das Mädchen unterbrach sie in ihrem Selbstgespräch und rief sie zum Mittagessen.

„Das wird ein heiterer Mittag werden,“ dachte Ilse, „Doktor Althoff ist schlechter Laune und Nellie doch sicherlich auch nach diesem Empfang.“

Zögernd trat sie ins Eßzimmer. Doktor Althoff stand am Fenster und trommelte gegen die Scheiben. Er drehte sich bei ihrem Gruße nur flüchtig um und nickte ihr zu. Nellie stand schon am Tisch und füllte die Suppe auf.

„Kommt, Ilschen und Fred, wir wollen essen,“ rief sie freundlich und setzte ihnen die dampfenden Teller hin. Doktor Althoff war, wie Ilse richtig vermutet hatte, in übler Laune. Er aß schweigend, und für Nellies Fragen hatte er nur einsilbige Antworten. Erstaunt sah Ilse, daß Nellie sich durch sein Benehmen nicht stören ließ und gleichmäßig freundlich blieb. Sie verstand die Freundin nicht. Sie würde im gleichen Falle einfach vom Tisch aufgesprungen und hinausgegangen sein. Aber auch noch ein freundliches Gesicht machen, wie Nellie es tat, das würde sie auf keinen Fall vermocht haben.

Das Mittagsmahl verlief wenig gemütlich für die drei.

Ilse, durch Althoffs Schweigsamkeit eingeschüchtert, wagte kaum ein Wort zu sagen, nur Nellie war wie sonst, man sah ihr auch nicht den leisesten Unmut an.

Als der Tisch abgeräumt war, sollte wie gewöhnlich der Kaffee in Doktor Althoffs behaglichem Arbeitszimmer getrunken werden.

„Lieber Fred, der Kaffee ist fertig," sagte Nellie, „wollen wir nicht trinken?"

Er zog seine Uhr heraus.

„Nein, es ist schon viel zu spät," entgegnete er kurz. „Ich kann keinen Kaffee mehr trinken; es ist höchste Zeit, daß ich gehe. Adieu."

Ohne Ilse die Hand zu reichen und Nellie den üblichen Abschiedskuß zu geben, ging er fort. Ilse sah, wie der jungen Frau eine heiße Blutwelle ins Gesicht stieg und ihre Augen sich mit Tränen füllten. Sie näherte sich ihr voller Mitleid und umschlang sie. Aber Nellie schob sie sanft zurück und eilte ihrem Gatten nach. Sie macht sich rein zu seiner Sklavin, dachte Ilse erbittert. Nun bittet sie ihn wohl gar noch um Verzeihung; ich begreife sie einfach nicht.

Nach kurzer Zeit kam Nellie zurück, und in ihrem vergnügten Gesicht sah man keine Spur von Erregtheit mehr. Sie nahm Ilse gegenüber Platz, welche am Fenster saß.

„Arme Ilse," sagte sie schelmisch, „du hast dir heute mittag gewiß recht gemopst mit uns langweilige Menschen; sei nicht böse."

„Wie sollte ich böse sein, Nellie? Ich fasse nur nicht –" hier stockte sie und sprach nicht weiter.

„Was fassest du nicht?“ fragte Nellie.

„Nun, ich fasse nicht,“ sagte Ilse, „wie du dir so viel gefallen lassen kannst von deinem Manne. Das ist mir rein unbegreiflich.“

„Du bist noch eine kleine unverständliche Person,“ gab Nellie zur Antwort. „Du wirst auch noch lernen zu schweigen, wenn dein Mann mal bös ist.“

„Das werde ich nie, niemals!“ beteuerte Ilse lebhaft.

„Du wirst,“ fiel ihr Nellie entschieden ins Wort. „Fred hat oft viel Ärger mit die Jungens in der Schule und wenn er nach Hause kommt, darf ihn sein kleine Frau nicht auch ärgern. Heute hat er so große Verdruß gehabt, das arme Mann. Du bist noch so jung, Kindchen, du verstehst noch nix von die Ehe, von das Benehmen der Frau gegen ihre Mann.“

Ilse lachte. „Das ist himmlisch! Du bist gerade zwei Jahre älter als ich und tust immer, als wenn du meine Großmutter wärst.“

„O, ich habe Erfahrung,“ rief Nellie, „und kenne die Welt mit die Menschen besser als du, Baby.“

„Ja, du bist meine einzige kluge Nellie,“ sagte Ilse, sie umschlingend. „Aber wenn dein Mann mal wieder böse gegen dich ist, bekommt er es mit mir zu tun.“

Nellie hatte sie durch ihre Worte zwar nicht bekehrt, und sie gab ihr nicht recht, denn sie wollte nicht die Sklavin ihres Mannes werden, aber im Grunde ihres Herzens bewunderte sie doch die Freundin und ihre Selbstbeherrschung.

*

Seit dem Besuche bei Flora war wieder eine Woche verstrichen. Das Doktorpaar hatte schon nach einigen Tagen einen Gegenbesuch gemacht, und Floras Mann hatte Ilse außerordentlich gut gefallen. Er war klug und liebenswürdig und hatte ein ruhiges, sicheres Benehmen. Bei Floras überschwenglichem Unsinn schwieg er meistens, und es erschien dann in seinem Gesicht ein Ausdruck, als ergebe er sich in das Unvermeidliche, das zu ändern er aufgegeben hatte.

„Wie kam nur der nette Mann dazu, sich in Flora zu verlieben, Nellie?“ fragte Ilse. „Ich begreife das nicht.“

„O,“ meinte diese, „Florchen wird sein Herz mit ihre schöne Liebesgedichte gefangen haben. Wir müssen ihr gelegentlich über ihre Verlobung ausforschen. Mich tut der arme Mann leid und die kleine Baby; Flora macht ihnen kein Glück, weil sie nichts wie dummes Zeug im Kopf hat.“ –

An einem Sonntagmorgen saß das junge Althoffsche Ehepaar mit Ilse gemütlich am Kaffeetisch, als das Mädchen einen Brief für Nellie hereinbrachte.

„Eine große Neuigkeit!“ rief sie, als sie ihn gelesen hatte. „Ratet, ich sage nix,“ und geheimnisvoll sah sie zu Ilse hinüber, deren Blicke ängstlich fragend auf ihr ruhten. Was mochte der Brief für eine Nachricht enthalten, von wem mochte er sein? Ihr Herz pochte in heftigen Schlägen, und wieder tauchte die Hoffnung in ihr auf: es ist vielleicht eine Nachricht von ihm, und er meldet sein Kommen an. Die erwartungsvolle Aufregung, in der sie die erste Zeit hier verbracht hatte, war nach und nach einer bitteren Ruhe gewichen. Sie zerfloß nicht mehr in leidenschaftlichen Tränen, wenn Briefe von den Eltern eintrafen, die nichts von Leo enthielten, und sie schreckte auch nicht mehr bei jedem Klingeln zusammen. Nur abends, wenn sie im Bette lag, scheuchten noch häufig angstvolle Gedanken den Schlaf von ihren müden Lidern, und sie wälzte sich dann manchmal ruhelos auf ihrem Lager umher. Schwarz wie die Nacht erschien ihr dann die Zukunft, sie kam sich einsam und verlassen vor und schlief unter Tränen ein. –

Ilse wagte nicht, Nellie, welche sich mit ihrem Manne herumneckte, nach dem Inhalt der Karte zu fragen.

Doktor Althoff, der nach langem Hin- und Herraten, das ihm jedesmal ein lakonisches „Falsch“ von seiner Frau eingetragen hatte, ungeduldig geworden war, nahm schließlich Nellie den Brief aus der Hand.

„O, was seid ihr Männer neugierig,“ sagte sie lachend. Er las den Brief und warf ihn dann auf den Tisch.

„Wenn es weiter nichts ist,“ sagte er mit enttäuschter Miene, „ich dachte Wunder, was der Brief enthielte! Also Pastors wollen uns heute besuchen, das ist die ganze interessante Neuigkeit. Na, das wird einen heiteren Sonntag geben,“ setzte er mit sauersüßer Miene hinzu.

Ilse hatte gespannt auf jedes seiner Worte gelauscht, sie war von neuem enttäuscht, und doch löste es sich wie ein Alp von ihrer Brust.

„Ilschen,“ wandte sich Nellie jetzt zu ihr, „die artige Rosi mit ihre Pfarrersmann wird uns heute besuchen. Freust du dich nicht?“ Sie nahm den Brief wieder an sich und las ihn nochmals. „Durch Flora hat Rosi von dein Hiersein gehört und freut sich riesig dich wiederzusehen,“ teilte sie Ilse mit. „Sie fahren mit der Kutsche, schreibt mich Rosi, um acht Uhr von den Dorf weg; wann sind sie also hier, Fred?“

Sie mußte ihre Frage wiederholen, denn er las in der Zeitung und hatte nicht zugehört.

„Um acht Uhr fahren sie fort,“ berechnete er, – „vielmehr sind sie fortgefahren, da werden sie gegen elf Uhr hier sein.“

„O, dann haben wir noch viele Zeit,“ meinte Nellie, „dann können wir in Ruhe Vorbereitungen zu Ehrwürdens Empfang machen. Hilfst du mir, Ilschen?“

„Natürlich, Nellie! Ich bin riesig gespannt, Rosi wiederzusehen. Sie ist gewiß eine unterwürfige Frau, eine demütige Magd, wie sie im Buche steht, geworden.“

Die Kaffeestunde wurde heute abgekürzt, denn Nellie mußte für das Frühstück und Mittagsmahl sorgen. Geschäftig eilte sie mit dem Schlüsselkörbchen klappernd hin und her, bald war sie in der Küche, bald im Zimmer. Jetzt kam sie mit einem Pack Tischzeug herein, legte dasselbe auf den Eßtisch und fing an zu decken. Ilse stand mit verschränkten Armen daneben und sah ihr zu.

„Nellie, weißt du noch, wie ungeschickt ich mich in der Pension benahm, als ich zum ersten Male den Tisch decken sollte? Jetzt mache ich solche ›Dienstbotenarbeiten‹ ganz gern; so geschickt wie du bin ich natürlich noch nicht und werde es auch nie sein."

„O, darling," erwiderte Nellie, „wenn du erst ein kleines Hausfrau bist, wirst du alles schön machen, viel schöner als ich es –"

Ilse ließ sie den Satz nicht beenden. Das Wort Hausfrau hatte sie peinlich berührt und machte sie verlegen. „Nein," rief sie schnell, „nie, nie! Ich bin ein ungeschicktes, plumpes Bauernmädchen gegen dich."

„O, o," sagte Nellie, indem sie bei diesen übertriebenen Worten erstaunt aufblickte, „wie kannst du dich unterstehen, eine liebe Freundin von mir so schlecht zu machen, das verbitte ich mich. Komm, hier hast du eine Obstschale und hier den Obst von dem Büffet. Da sind auch einige Weinblätter noch, du mußt ihr malerisch zwischen die Früchte gruppieren."

„Ich will versuchen, ob ich die Blätter malerisch gruppieren kann," lachte Ilse.

„O du kannst," entschied Nellie, „du hast ein groß malerisch Sinn."

Der Frühstückstisch war fertig, und die Obstschale prangte in der Mitte. Nellie überschaute alles noch einmal mit prüfendem Blicke.

„Wir haben unser Sach gut gemacht," sagte sie befriedigt zu Ilse, „wir dürfen uns dieser Lob spenden. Vor artig brave Rosi dürfen wir uns aber auch keine Bloßheit geben."

„Das ist klassisch: Bloßheit geben. Blöße meinst du wohl, Nellie?" verbesserte Ilse heiter. „Du hast oft Ausdrücke zum Totlachen, aber sie klingen in deinem Munde furchtbar niedlich und süß!"

„O, du furchtbar niedliches Ilsekind," neckte Nellie, „du mußt nicht über mich lachen, wenn ich falsch spreche, du mußt mir ausbessern."

Es war eine kleine Koketterie von der jungen Frau, daß sie sich oft nicht die Mühe gab, die richtigen Worte zu finden, weil sie genau wußte, wie drollig und komisch es klang, wenn sie so gebrochen deutsch sprach.

Nellie verschwand jetzt eiligst, um ihren hellblauen Morgenrock mit einem Hauskleide zu vertauschen.

„Du mußt mir rufen, wenn du den Wagen kommen hörst," rief sie Ilse noch zu, die sich ans Fenster gesetzt hatte und nun nachdenklich auf die Straße hinabschaute.

Mit gemischten Empfindungen sah sie Rosis Ankunft entgegen. Sie freute sich, die Pensionsfreundin wiederzusehen, aber der Gedanke, daß sie wieder peinliche Fragen nach ihrem Verlobten über sich ergehen lassen müsse, wie bei Flora, beunruhigte sie schon im voraus. Sie kam sich wie eine Schuldige vor, die ihre Schuld vor der Welt verbergen mußte, und dieses Gefühl war ihr schrecklich. Gegen elf Uhr hörte sie fernes Wagenrollen und schnell rief sie nun die Freundin herbei.

„Das Landpastorkutsch erregt große Aufsicht," sagte Nellie und wies auf die Fenster der Nachbarhäuser, die mit Neugierigen besetzt waren, welche das herannahende Wagengebäude in Augenschein nehmen wollten. Langsam bewegte sich dasselbe vorwärts und unterbrach jäh die sonntägliche Stille durch das Gerassel, welches es auf dem holperigen Straßenpflaster verursachte. Zwei schwerfällige dicke Gäule wurden von dem Kutscher durch Zureden und Peitschenhiebe angetrieben, ohne daß es ihm gelungen wäre, sie aus ihrem Phlegma aufzurütteln. In unregelmäßigen Schwankungen bewegte sich der große, über und über mit Schmutz bedeckte Wagen, dessen ehrwürdiges Alter nicht zu verkennen war, vorwärts; die einstmals wahrscheinlich blauen, jetzt bis zur Unkenntlichkeit verschossenen Gardinen waren zugezogen, und umsonst reckten sich die Hälse der Neugierigen krampfhaft aus, in dem Bemühen die Insassen zu sehen. Diejenigen, welche dem Althoffschen Hause gegenüber und dicht daneben wohnten, hatten es bequemer; denn als der Wagen hielt, konnten sie ohne Genickverrenkung erkennen, wer ihm entstieg.

Also Althoffs bekommen Besuch, das war ja höchst interessant! Leider konnte man seine Neugierde nicht genügend befriedigen, denn die zwei Personen, welche den Wagen verließen, wurden nicht, wie man erwartet hatte, draußen an der Pforte in Empfang genommen, sondern verschwanden sogleich hinter der Haustüre. Man hätte sich die beiden so gern erst genauer betrachtet, gerne gewußt, welches Kleid die Dame unter ihrem Mantel trug, und den Schnitt desselben geprüft. Auch konnte man unter dem dichten Schleier, den sie vor das Gesicht gezogen hatte, nicht erkennen, ob sie jung oder alt, hübsch oder häßlich war. Kurz und gut, man war enttäuscht, wie die verwitwete Frau Sekretär, welche Althoffs gegenüber wohnte, durch das ärgerliche Zuschlagen ihres Fensters deutlich bewies.

„Komische Moden führt die junge Frau da drüben ein," sagte sie zu ihrer verblühten Tochter. „Bisher war es Sitte, daß man seinen Gästen entgegenging; wie unpassend, ihnen nicht mal beim Aussteigen behilflich zu sein! Na, wie ich das finde!" Sie begleitete ihre Worte mit einem mißbilligenden Kopfschütteln und setzte sich wieder an ihren Nähtisch.

„Ja, das kommt mir auch merkwürdig vor," pflichtete das älteste Mädchen bei. „Übrigens kann es uns ja ganz egal sein, was die da drüben machen und tun."

Und doch war es ihr nicht gleichgültig, was „die da drüben" taten, denn sie war eine scharfe Beobachterin ihres Gegenüber. Das glückliche junge Ehepaar weckte so oft ein geheimes Sehnen in ihrem Herzen, mancher Seufzer entstieg dann ihrer Brust und voll Bitterkeit dachte sie, daß ihr, der alten Jungfer, niemals ein solches Glück erblühen würde. –

Drüben war die Begrüßung vorüber, und Althoffs saßen mit ihren Gästen bereits am Frühstückstisch. Die beiden Ehepaare waren im lebhaften Gespräch, und Ilse hatte daher Muße, sich ihre Schulfreundin und deren Mann gründlich zu betrachten. „Genau, wie sie Nellie geschildert hat," dachte sie in ihrem Innern. Rosi hatte sich wenig verändert, nur strenger waren ihre Züge geworden, und die Haare glänzten vielleicht noch heller als früher in ihrer Glätte. Tadellos wie immer war ihre Haltung und von fast klösterlicher Einfachheit ihr Anzug. Das schwarze Kleid sah doch recht trist und altmodisch aus, und wie steif war der weiße Strich am Kragen, den die goldene Brosche zusammenhielt, welche schon in der Pension aller Entsetzen gewesen war. Auch der Herr Pastor im langen, schwarzen, tabakduftenden Rock wurde von Ilse einer eingehenden Prüfung unterworfen, ihrem scharfen Blick entging nichts. In dem gutmütigen Gesicht berührte ein liebenswürdiger Zug äußerst angenehm, aber über den schüchternen Ausdruck in seinen blauen Augen mußte Ilse unwillkürlich lächeln. Und wie unbeholfen waren seine Bewegungen, als er sich jetzt mit der Hand über seine dünnen blonden Haare strich und dann die goldene Brille zurecht rückte.

Rosi riß Ilse endlich aus ihren Betrachtungen.

„Liebe Ilse," sagte sie freundlich, „ich freue mich, dir nun mündlich noch zu deiner Verlobung gratulieren zu können. Ich nehme den wärmsten Anteil an deinem Glück. Wann heiratet ihr denn?"

„O, noch lange nicht," stieß Ilse hervor und wurde blutrot, denn sie bemerkte, daß der Pastor bei diesem Gespräch zu ihr herüber blickte, wahrscheinlich wollte auch er seinen Glückwunsch hinzufügen. O, diese Wünsche für ihr Glück erschienen ihr wie der bitterste Hohn, und die Heuchelei, die Verstellung, mit der sie dieselben hinnehmen mußte, widerstanden ihrer ehrlichen Natur.

„Ach, ich dachte, ihr würdet schon bald heiraten! Nellie, sagtest du mir nicht, die Hochzeit sollte im Frühjahr oder Sommer sein?" fing Rosi das peinliche Verhör wieder an.

Ilse saß wie auf Kohlen, verstohlen blickte sie zu Nellie hinüber, welche diesen flehenden Wink auch verstand und ihr zu Hilfe kam. Rosis Frage scheinbar überhörend, nahm sie eifrig einen Teller mit Aufschnitt vom Tisch und reichte ihr denselben hin.

„Bitte, iß noch, Rosi," nötigte sie lebhaft, „denn wenn wir nachher in der Stadt umherlaufen und Besorgungen machen wollen, mußt du dir erst tüchtig satt essen."

„Ja, liebe Frau," wandte sich der Pastor jetzt an sie, „was meinst du, ich denke, du machst deine Besorgungen mit Frau Doktor und Fräulein Ilse, und wir treffen uns nachher im Ratskeller, wo wir beiden Herren einen Frühschoppen trinken wollen."

Rosi sah ihren Mann mit so erstaunten Augen an, daß er ganz verlegen wurde, sich einige Male räusperte, wobei er die Fingerspitzen auf den Mund legte und schließlich nach einer kleinen Pause die Worte hervorstotterte:

„Doktor Althoff machte mir nämlich den Vorschlag."

„Frau Pastorin," fiel dieser ihm in die Rede, „Sie haben wirklich einen ganz durchtriebenen Gatten. Jetzt schiebt er alle Schuld auf mich, während er es war, der mich zum Frühschoppen verleiten wollte."

Rosi verzog bei diesem Scherz keine Miene.

„Ich denke, wir bleiben besser zusammen," sagte sie entschieden zu ihrem Mann, „und dann, du weißt doch, in Wirtshäuser gehe ich grundsätzlich nicht."

Ilse sah verwundert zu ihr hin. War das denn die sanfte, fügsame Rosi von früher?

„O," rief Nellie, „du armes Rosi, wie bedaure ich dir, denn in der Kneip ist es zu schön. Oft gehe ich mit Fred und einige gute Freunde ins Wirtshaus, und dann trinken wir Bier zusammen. O, das ist fein! Und das Comment hat mir Fred auch gelehrt, ich kann es gut – paß auf!"

Sie sah Rosi mit schelmischer Herausforderung an, erhob ihr Glas und hielt es dem Pastor entgegen.

„Herr Pastor, trinken Sie auf mein Wohl, dann werde ich mir a tempo löffeln," rief sie lustig.

Er wurde über und über rot wie ein junges Mädchen, aber dem lieblichen Gesicht der jungen Frau konnte er nicht widerstehen. Er nahm sein Glas und stieß mit ihr an. Er wollte auch etwas sagen, aber das Wort blieb ihm in der Kehle stecken, als er einen verstohlenen Blick auf seine Frau warf.

Sie stimmte nicht mit ein in das fröhliche Lachen Althoffs und Ilses, sondern richtete sich noch steifer auf, und ihre Züge blieben unbeweglich. In ihrem Innern dachte sie mit Unwillen: „Nellie ist doch recht burschikos."

„Ich denke, wir brechen jetzt auf, lieber Adolf," sagte sie sanft aber bestimmt und stand auf. „Wir haben eine Menge Besorgungen; es möchte sonst zu spät werden."

Die andern erhoben sich pflichtschuldigst.

„Kommen Sie mit in mein Zimmer, Herr Pastor," sagte Althoff. „Bis die Damen fertig sind, wollen wir eine Zigarre rauchen." Der Pastor begrüßte diese Aufforderung mit großer Freude, denn er fürchtete jetzt ein Alleinsein mit seiner Frau.

Nellie war in die Küche gegangen, um für das Mittagessen noch einige Anordnungen zu treffen. Ilse hatte Rosis Sachen vom Vorplatz hereingeholt und belustigte sich nun über die Umständlichkeit, mit der die Frau Pastorin ihren Hut vor dem Spiegel aufsetzte.

Sie war doch noch ganz die pedantische Rosi aus der Pension! Die Bänder des Kapothutes wurden zu einer streng symmetrischen Schleife zusammen gebunden, dann feuchtete sie die Fingerspitzen mit der Zunge an und strich mit denselben über den Scheitel, damit jedes sich vorwitzig hervordrängende Härchen in seine Schranken zurückgewiesen wurde. Eine innere Unruhe ergriff Ilse bei diesen Anstalten. Wie konnte man nur beim Anziehen so langweilig sein. Wenn sie sich ihren Hut aufsetzte, blickte sie nur flüchtig in den Spiegel, um zu wissen, ob er schief oder gerade saß, und damit Punktum! Endlich war Rosi fertig, und die Reise konnte nun losgehen.

Als alle zum Ausgehen gerüstet auf dem Vorplatz standen, nahm Rosi eine Tasche vom Kleiderständer herunter und hing sie sich über den Arm.

„O, dieses entsetzliche Tasch nimmt sie mit," flüsterte Nellie Ilse zu und betrachtete das Ding mit mißtrauischen Augen.

Schön war die Tasche nicht, das konnte man nicht behaupten, aber desto größer, von grober grauer Leinwand, worauf mit lila Wolle in Kettenstich die Worte gestickt waren: „Bon voyage".

„Willst du den Sack mitnehmen, Rosi!" machte Nellie ihren Gefühlen Luft. „Du brauchst nicht," fügte sie freundlich hinzu, „die Kaufleute schicken gern alle Ware ins Haus."

„Einen Sack brauchst du diese Tasche nun nicht gerade zu nennen, Nellie, wenn du sie auch nicht schön findest," erwiderte Rosi gereizt und zog die Geschmähte noch fester über ihren Arm.

„O, sei nicht böse, ich kenne in der deutsche Sprach noch oft nicht die richtige Worte", entschuldigte sich die junge Frau, und der Schalk lachte aus ihren Augen.

„Das scheint so," meinte Rosi kühl und ging voran.

Verschiedene Einkäufe waren schon besorgt und die Pakete in die verpönte Tasche gewandert, die sich behaglich in die Weite und Breite dehnte.

„Hier möchte ich noch eine Arbeit für meinen Mann zu Weihnachten kaufen," sagte Rosi leise zu den beiden Freundinnen und blieb vor einem Stickereiladen stehen.

„Lieber Adolf," wandte sie sich zu ihrem Manne, „du bleibst wohl hier so lange vor dem Laden stehen; ich möchte etwas kaufen, was du nicht sehen sollst. Sei auch so gut und halte die Tasche so lange."

Sie wollte ihm damit die lila › bon voyage‹ in die Hände geben, aber Ilse riß sie ihm fast fort. Sie fand Rosis Zumutung ihrem Manne gegenüber empörend.

„Bitte, Herr Pastor, lassen Sie mir die Tasche," bat sie, als er sie ihr fortnehmen wollte, „es würde doch zu lächerlich aussehen, wenn Sie das Ding hielten."

„Sie sind zu gütig," stammelte der Pastor, „aber Rosi möchte doch gern, daß ich die Tasche hielte; bitte, geben Sie."

Ilse war jedoch schon hinter der Ladentüre verschwunden und gesellte sich zu Nellie und Rosi, welche bereits eifrig mit dem Ladenfräulein verhandelten.

Hilflos sah ihr der Pastor nach.

„Ob es Rosi wohl recht ist, daß ich die Tasche hergab?" sagte er halblaut, und sein ängstlich fragendes Gesicht war so komisch, daß sich Doktor Althoff abwenden mußte, um nicht laut aufzulachen.

„Wollen wir nicht ein wenig auf und ab gehen," sagte Althoff, als sie eine Weile gewartet hatten, „die Damen scheinen lange zu wählen; ich kenne das schon von meiner Frau her."

„Wenn Sie meinen, Herr Doktor," entgegnete der Pastor zaghaft. „Nun ja, wie Sie wollen. Ich hoffe jedoch, die Damen werden bald fertig sein."

Er trat an die Ladentüre heran und sah durch das Fenster. Die drei Damen schienen noch nicht ans Fortgehen zu denken. Auf dem Ladentische vor ihnen lag eine unendliche Menge Sachen ausgebreitet, unter denen die Wahl recht schwierig sein mochte, denn sie wanderten von Hand zu Hand und wurden eingehend besichtigt, worauf die drei Köpfe zu einer eifrigen Beratung dicht zusammenrückten. Der Pastor überzeugte sich, daß die Damen wohl noch lange nicht fertig sein würden, und ging deshalb auf Althoffs Vorschlag ein. Langsam spazierten die beiden Herren auf und ab und jedesmal, wenn sie an dem Laden vorbei kamen, warf der Pastor forschende Blicke in das Innere desselben.

„Es dauert recht lange, bis die Damen fertig sind," meinte er.

„Ja," lachte Althoff, „das kenne ich schon, wenn Frauen einkaufen, muß man Geduld haben. Übrigens da fällt mir ein, ich möchte Ihnen gern das Rathaus zeigen, dessen Renovierung jetzt sehr fortgeschritten ist. Es wird wirklich hübsch, kommen Sie."

Er faßte den Pastor unter den Arm und zog den halb Widerstrebenden mit sich fort.

„Ja, ich sähe es gern, aber Verehrtester, wenn wir dann unsre Frauen nur nicht verfehlen."

„Aber ich bitte Sie, in diesem kleinen Nest kann man sich ja gar nicht verfehlen."

Nach einigem Zögern willigte der Pastor ein.

Das alte Rathaus im neuen Schmuck gefiel ihm und mit Interesse betrachtete er alle Giebel und Türmchen des gotischen Baues.

„Und innen müssen Sie es auch besichtigen," sagte der Doktor, „die Vorhalle ist sehenswert. Jetzt sind die Fresken an den Wänden auch bis auf einen kleinen Teil fertig."

Sie stiegen die Steintreppe empor, betraten den mit Fliesen ausgelegten Fußboden der großen Vorhalle, unterwarfen die neuen Gemälde einer eingehenden Kritik und schritten dann weiter. Die ausgebauten Erker mit den Butzenscheiben und den Holzbänken ringsherum waren nicht verändert und die bis zur Hälfte der Höhe mit Eichenholz getäfelten Wände hatte der Pastor auch schon früher bewundert. Nur auf den Gesimsen, die mit alten Krügen und Gläsern besetzt waren, entdeckte er manches noch nicht gesehene Stück und blieb davor stehen. Althoff kam es vor, als betrachte er die schweren Humpen nicht einzig und allein mit dem Interesse des Kunstkenners, und da er sich dabei auf seinen eigenen durstigen Gedanken ertappte, fragte er scherzend:

„Was meinen Sie, Herr Pastor, wollen wir nicht einen solchen Humpen auf das Wohl unserer Frauen leeren?"

Erschrocken sah sich der Angeredete um.

„Wir haben es hier nämlich sehr bequem," fuhr Doktor Althoff fort, „wir brauchen nur diese kleine Treppe hinunterzugehen und können uns unten an einem herrlichen Frühschoppen laben."

Der Pastor stand noch immer unschlüssig da.

„Ja, aber meine Frau," warf er ein, „sie weiß dann nicht, wo ich geblieben bin, und darum möchte ich es lieber nicht tun."

„Ich schicke einen Kellner mit einem Zettel nach dem Laden, wo die Damen sicher noch sind,“ beschwichtigte ihn Althoff, „kommen Sie nur. Es gibt hier ein famoses Spatenbräu.“

„So?“ sagte der Pastor und zeigte sich bei dieser verlockenden Aussicht schon geneigter, mitzugehen; „ach ja, gutes Bier habe ich lange nicht getrunken. Wir trinken abends stets Tee.“

Dabei fiel ihm seine Frau wieder ein, und er war wieder voll Zweifel, ob er mitgehen sollte.

„Wenn es meiner Frau nur recht ist,“ sagte er unentschlossen.

„Ihre Frau Gemahlin wird sich freuen, daß ich Sie zu einem Glas Bier überredet habe.“

„Nun ja denn, vielleicht freut sie sich,“ sagte er schließlich, obgleich er innerlich vom Gegenteil überzeugt war. Aber der Wunsch, mal wieder eine gemütliche Kneipstunde zu verleben, kam seiner Phantasie zu Hilfe, und er sagte nochmals, um seine Zweifel zu verscheuchen: „Vielleicht freut sie sich.“ Und doch folgte er dem Doktor die schmale Treppe mit dem Gefühl hinunter, als ob er auf verbotenen Wegen wandle. –

Rosi hatte nach langem Wählen ihren Einkauf beendet und war sehr vergnügt darüber, denn sie hatte gefunden, was sie suchte, nämlich ein Paar angefangene Morgenschuhe und einen geschnitztzten Pfeifenständer, der noch mit einer gestickten Borte verziert werden sollte. Sie fand die Morgenschuhe besonders schön und konnte nicht begreifen, daß Nellie und Ilse ihr rieten, doch ein andres Muster zu wählen. Ihr gefielen diese roten Rosen, welche sie mit schwarzer Wolle ausfüllen wollte, ganz besonders gut. Als sie aus dem Laden auf die Straße traten, sah sich Rosi suchend um.

„Wo sind denn die Herren geblieben? Ich sehe sie ja garnicht.“

„Vielleicht ist dein Mann auch in eine Laden und kauft schöne Weihnachtsdinge für dir,“ meinte Nellie, „wir wollen die Straße hinuntergehen und in die Ladens schauen.“

Sie gingen weiter; aber die beiden Herren waren nirgends zu entdecken.

„Ich begreife das nicht," sagte Rosi kopfschüttelnd, „Adolf wollte doch bestimmt auf mich warten."

„Dein Mann wird sich ja auch schon finden," meinte Ilse, welche sich über Rosi ärgerte, da diese ihre gute Laune durch den kleinen Zwischenfall schon wieder ganz eingebüßt hatte.

Rosi überhörte diese Worte, denn ihre Aufmerksamkeit wurde durch etwas andres in Anspruch genommen. Sie sah erwartungsvoll auf Nellie, der soeben von einem Jungen ein Zettel übergeben worden war, welchen sie eifrig las.

„O, das ist fein," rief sie und reichte Rosi den Zettel. „Unsre Männer sind im Rathauskeller und Alfred schreibt, wir möchten sie dort abholen."

„Was," brauste Rosi auf und knitterte den Zettel zusammen, „Adolf sitzt im Wirtshaus, heute am Sonntagmorgen!"

Weiter sagte sie nichts, wurde aber blutrot und ging mit schnellen Schritten vorwärts. Nellie und Ilse wechselten einige verständnisvolle Blicke, und aus Nellies Schelmenaugen leuchtete etwas wie heimliche Schadenfreude über die angeführte Rosi.

„Hast du noch etwas zu besorgen, Rosi?" fragte sie die aufgeregte Pastorin, „sonst können wir gleich nach das Rathaus gehen."

„Ich begreife dich nicht, Nellie," gab Rosi unwillig zur Antwort. „Wir sind doch keine Studenten, daß wir in die Kneipe gehen können. Willst du deinen Mann abholen, dann tue es; bitte, entschuldige aber, wenn ich nach Hause gehe."

„O, wir lassen dir nicht allein gehen, Rosi, natürlich gehen wir mit," entgegnete Nellie.

Eine rechte Unterhaltung kam zwischen den dreien nicht wieder zustande. Nellie und Ilse machten einige schwache Versuche, mit Rosi ein Gespräch anzufangen, aber sie antwortete kurz und einsilbig.

„Ich kenne unsre ›artige Rosi‹ ja gar nicht wieder," flüsterte Ilse der Freundin zu.

„O, ich erstaune mich auch über ihr," gab diese ebenso leise zur Antwort, „was hat sie, daß sie ihr Mann nicht in der Kneip läßt? Sie ist eine Tyrann!"

Auf dem Nachhauseweg verbarg Rosi ihre Verstimmtheit hinter einer ungemütlichen Schweigsamkeit, aber man sah ihr an, wie es in ihr kochte und wie sie sich nur mühsam bezwang, ruhig zu erscheinen.

Desto gemütlicher war die Stimmung in dem Ratskeller, wo die beiden Herren in dichte Rauchwolken gehüllt in einer behaglichen Ecke saßen. Dem Pastor mundete das Bier nach langer Entbehrung herrlich, er war in eine redselige Laune gekommen und plauderte von alten Zeiten, als er noch ein fröhlicher Studiosus war.

„ Tempi passati!" sagte er mit einem leisen Seufzer. „Aber hier ist es auch gemütlich," fuhr er dann fort, indem er sich noch fester in seine Sofaecke zurücklehnte und in Erinnerungen versunken dem blauen Dampf seiner Zigarre zusah, wie dieser in die Höhe stieg und langsam zerrann.

„Nicht wahr, das Bier schmeckt Ihnen?" fragte Althoff.

„O, das ist famos! Seit meiner Studienzeit habe ich es nicht so gut getrunken."

Und er liebäugelte mit dem frisch gefüllten Glase, das vor ihm stand, und aus dem er dann einen tiefen Trunk tat. –

Der Doktor hatte öfter nach der Türe gesehen, da er noch immer hoffte, Nellie würde die Pastorin überredet haben, sie abzuholen.

„Ich dachte, Ihre Frau würde sich noch haben bewegen lassen, hierherzukommen," sagte er zum Pastor und fügte erklärend hinzu, als er dessen erstaunt fragende Augen auf sich gerichtet sah: „Ich hatte meiner Frau nämlich geschrieben, daß wir die Damen hier erwarteten."

„So, so, das hatten Sie geschrieben? Werter Herr Doktor, meine Frau geht in kein Wirtshaus, sie sagte es ja noch heute morgen."

„Das war doch nur Scherz," fiel Althoff ein.

„Nein, ach nein, in solchen Dingen scherzt meine Frau nicht."

Ein bedauernder Zug glitt bei diesen Worten über die Züge des Pastors, von denen jetzt die ruhige Behaglichkeit verschwunden war. Der Gedanke an seine Frau machte ihn unruhig, er sah nach der Uhr und meinte, es wäre die höchste Zeit, daß sie gingen; energisch trieb er jetzt zum Aufbruch, an den er noch eben zuvor nicht gedacht hatte.

„Ich möchte doch meine Frau nicht warten lassen," sagte er, indem er sich seinen Überzieher anzog. Unterwegs schwärmte er noch immer von dem schönen Frühschoppen und erklärte scherzend, daß er bald mal wieder kommen würde, allein schon des guten Bieres wegen.

Als sie am Althoffschen Hause angelangt waren, überlegte er im stillen, wie er Rosi am besten beschwichtigen könnte und was er zu ihren Vorwürfen sagen wollte. Er stieg zögernd die Treppe hinauf und dachte: „Wie wird sie mich wohl empfangen?" Aber Rosi empfing ihn besser, als er erwartete. Nellie und Ilse hatten es fertig gebracht, sie zu besänftigen, ihnen verdankte es der Pastor, daß er von seiner Frau zwar förmlich und gemessen, aber wenigstens ohne die erwartete Gardinenpredigt begrüßt wurde. Mit keinem Worte erwähnte sie, wo er gewesen war, und als Nellies Mann lebhaft bedauerte, daß die Damen nicht nachgekommen wären, schwieg sie auch. Der Pastor atmete erleichtert auf und setzte sich in bester Stimmung mit den übrigen zu Tische. Es schien, als erwarteten ihn heute lauter Genüsse. Doktor Althoff hatte einen feinen alten Wein aus dem Keller geholt und forderte lebhaft zum Trinken auf.

„Frau Pastor," sagte er zu Rosi, „Sie müssen aber besser trinken. Sie sind ja wahrhaftig noch beim ersten Glase. Nehmen Sie sich ein Beispiel an Ihrem Gatten, dessen Trunkfestigkeit ich heute morgen bewundert habe. Und zu spaßhaft ist es, daß er noch obendrein behauptet, er könne jetzt nichts mehr vertragen, als Student hätte er – nun, ich gebrauche die Worte Ihres Gatten – einen ganz anderen Stiefel vertragen können."

Der Pastor rückte unruhig auf seinem Stuhle hin und her und sah seine Frau, die nicht von ihrem Teller aufblickte und kein Wort erwiderte, scheu von der Seite an. Warum schwieg sie heute nur so beharrlich? Es wurde ihm nachgerade unheimlich, da es doch sonst ihre Art nicht war.

Wenn nur der Doktor auf ein andres Thema kommen wollte, aber immer wieder fing er an, alle möglichen Studentenfahrten zu erzählen, die der Pastor ihm diesen Morgen in fröhlicher Kneiplaune zum besten gegeben hatte. Die bedeutungsvollen Blicke, die er ihm zuwarf, schien er nicht zu verstehen, ja als er ihn mit dem Fuße anstieß, zog er den seinigen schnell fort, als wäre er aus Versehen dagegen gestoßen. Nellie und Ilse unterhielten sich köstlich und hörten aufmerksam zu, aber seine Frau verzog keine Miene.

„Wenn sie nur einmal ein Wort sagte," dachte er, ihre Ruhe kam ihm zu unnatürlich vor. Bis jetzt wußte sie noch nichts von allen seinen lustigen Streichen. Er hatte sie ihr wohlweislich verschwiegen, denn ihr pedantischer Sinn würde dieselben doch nicht begriffen haben. Und doch, wie schön war seine lustige Studentenzeit gewesen, wie übermütig hatte er damals sein können. Aber das war schon lange, lange her!

Zum zweitenmal heute wurden diese Erinnerungen lebhaft in ihm wachgerufen. Von seinen Jugendlieben hatte er dem Doktor leichtsinnigerweise auch erzählt; wenn er wenigstens davon schwieg, aber in demselben Augenblick schlug auch schon das Wort „Flammen" an sein Ohr, und mit ahnungsloser Breite erzählte Althoff, wieviel reizenden Mädchen jener nachgelaufen wäre. Der Pastor senkte bei diesen Erzählungen die Augen wie ein junges Mädchen, denn er fühlte, daß jetzt Rosis Blick strafend auf ihm ruhte. Verlegen griff er immer wieder zu seinem Weinglas und stürzte einige Gläser voller Hast hinunter. Er suchte nach einem Ausweg, dem Gespräch eine andre Wendung zu geben. Ängstlich sann er darüber nach, stand dann plötzlich auf und schlug mit dem Messer an sein Glas. Als Rosi ihres Mannes gerötete Wangen und glänzende Augen sah, sprang sie auf und ging zu ihm.

„Bitte, lieber Adolf, setze dich wieder," sagte sie anscheinend sanft und legte die Hand auf seine Schulter. Da drehte er sich herum und wollte den Arm um sie schlingen, aber unwillig wich sie zurück.

„Ich wollte mich nur bei unsern liebenswürdigen Wirten für die freundliche Aufnahme bedanken, Röschen," sagte er lächelnd. „Für die wirklich reizende Aufnahme, die wir hier gefunden haben.“ Ohne sich von Rosis strengem Gesicht beirren zu lassen, fuhr er zu dem jungen Ehepaar gewendet fort: „Sie müssen uns auch recht bald besuchen, und dann kommen wir auch wieder zu Ihnen, denn es ist zu schön hier. Der Wein ist köstlich, das Essen schmeckt so gut und Sie, lieber werter Herr Doktor, sind ein so prächtiger Mann,“ hier erhob er seine Stimme, „und die Frau Doktor ist eine kleine famose Frau. Ach, so etwas haben wir nicht auf unsrem einsamen Lande. – Röschen, laß mich doch,“ wehrte er seine Frau ab, die sich ihm wieder genähert hatte und ihn zum Schweigen bringen wollte, „ich muß doch den guten braven Leuten danken! Komm Schatz, gib mir einen Kuß.“

Er breitete die Arme aus und wollte sie küssen, aber nun riß Rosis Geduld, sie stieß ihn unsanft zurück und lief zum Zimmer hinaus.

Der Pastor bemerkte kaum den Unwillen seiner Frau.

„Herr Doktor, die lustige Studienzeit soll leben!“ rief er, indem er Althoff sein Glas entgegenhielt, und in seliger Stimmung begann er das alte Burschenlied zu singen:

„ Gaudeamus igitur, Juvenes dum sumus.“

„O, wie dumm von sie,“ sagte Nellie halblaut, stand auf und ging Rosi nach. Sie fand sie im andern Zimmer, aufgelöst in Tränen.

„Was hast du?“ fragte Nellie, „warum weinst du?“

„Du fragst auch noch,“ schluchzte die Pastorin, „und weißt recht gut, warum ich weinen muß? Meinst du, es ist mir angenehm, daß sich mein Mann so beträgt?“

„O,“ gab ihr Nellie entschieden zur Antwort, „dein Mann hat ein gut Betragen. Was macht es, er hat ein klein Schwips und ist lustig, das schadet doch nix?“

„Wenn seine Amtsbrüder das sähen, er müßte sich ja zu Tode schämen!“

„Laß doch die dumme Amtsbrüder, sie wissen ja nichts davon. Komm Rosi, geh wieder hinein und tue, als wäre nichts geschehen. Es ist gewiß das klügste, was du tun kannst."

Sie faßte die Weinende unter den Arm und wollte sie fortziehen, aber Rosi entwand sich ihr schnell und sagte beleidigt:

„Du denkst über solche Sachen eben anders, als ich, liebe Nellie; ich kann mich aber nicht so leicht darüber hinwegsetzen. Ich gehe nicht mit! Bitte, schicke das Mädchen nach unsrem Wagen, daß er sofort kommt; ich will nach Hause fahren."

„O nein, du mußt noch bleiben," rief Nellie.

„Nein, auf keinen Fall," entschied Rosi kategorisch und achselzuckend schwieg Nellie. Sie ärgerte sich über Rosis Halsstarrigkeit und merkte, daß ihre Bitten nichts ausrichten würden. Im stillen glaubte sie auch, daß nach diesem Auftritt keine rechte Stimmung wieder aufkommen würde, und deshalb gab sie dem Mädchen den Auftrag, den Wagen zu bestellen, ohne Rosi noch weiter zum Bleiben zu nötigen.

„Es tut mir leid, daß du fort willst," sagte sie zu ihr, die mit dem Taschentuche ihre geröteten Augen trocknete.

„Ja, mir auch, Nellie, aber glaube mir, es ist das beste, wenn wir fahren; habe vielen Dank für deinen freundlichen Empfang. Und nun komm, ich will meinem Mann sagen, daß der Wagen gleich da sein wird."

Den Pastor schien das Verschwinden seiner Frau nicht tief berührt zu haben. Er unterhielt sich lebhaft mit Althoff und hatte mit Ilse wiederholt auf das Wohl ihres Bräutigams angestoßen, was ihr jedesmal eine tiefe Röte in die Wangen trieb.

Rosi beherrschte sich und zeigte ein anscheinend ruhiges Gesicht, als sie ins Zimmer trat. Sie trug ihren Hut in der Hand und ihren Mantel über dem Arm und legte beides auf einen Stuhl.

„Lieber Adolf," sagte sie, zu ihrem Manne tretend, „willst du dich zurecht machen, ich habe den Wagen bestellt und er wird sogleich vorfahren."

„Was, Röschen, geliebtes Weibchen, du willst schon fort?“ fragte er.

„Ich bitte dich, Adolf, komm, es ist die höchste Zeit, daß wir uns auf den Weg machen.“

Krampfhaft nahm sie sich zusammen, und unheimlich sanft klang ihre Stimme.

Aber Adolf hatte noch keine Lust zum Gehen. So heiter und fidel war er seit Jahren nicht gewesen. Lustig sang er:

„Nach Hause gehn wir nicht,
Nach Hause gehn wir nicht,
Nach Hause gehn wir lange nicht – –“

„Aber Adolf, Adolf, ich begreife dich nicht,“ unterbrach ihn Rosi, „so komm doch nur, ich will fort!“

„Bleiben Sie doch noch, Frau Pastorin,“ bat Althoff jetzt, aber ein verständnisvoller Blick seiner Frau bedeutete ihn, daß er seine Bitte nicht wiederholen solle. Rosi antwortete auch gar nicht darauf; voller Verzweiflung zupfte sie ihren Mann verstohlen am Ärmel und trieb fortwährend zum Aufbruch.

Aber alle Versuche, ihn zum Aufstehen zu bewegen, prallten an ihm ab.

„Nein, ich bleibe hier, du kannst allein fahren,“ erklärte er mit einer geradezu hartnäckigen Entschiedenheit und blieb sitzen. Rosi war außer sich und kämpfte von neuem mit den Tränen.

Der gutherzigen Nellie tat sie nun doch leid, sie schlang ihren Arm um sie und führte sie fort.

„Zieh dich deine Sachen an, dein Mann kommt dann schon,“ sagte sie und gab ihr den Mantel.

„Das kommt von dem Wirtshausgehen,“ fuhr die empörte Pastorin heraus, mit einer Miene, als hätte sie in dieser Beziehung schon die trübsten Erfahrungen in ihrer jungen Ehe gemacht.

Nellie lächelte, aber sagte nichts. Rosi war zu aufgeregt, in ihren Ansichten zu erhaben und halsstarrig, als daß sie ihr eine andre Meinung hätte beibringen können.

Ilse meldete jetzt, daß der Wagen vorgefahren sei. Von neuem ging Rosi zu ihrem Manne.

„So, ich bin fertig, willst du nun kommen?“

Er rührte sich nicht vom Platze.

„Aber Adolf,“ drängte sie wieder mit weinerlicher Stimme.

Lachend sah er sie an. Als er aber ihre heißen roten Wangen und ihre zornig funkelnden Augen bemerkte, erhob er sich endlich.

„Ich bliebe so gern noch bei den guten Leuten, es ist so reizend hier; warum müssen wir denn schon fort, Röschen? Was hast du denn für Eile?“

Unter solchen Beteuerungen und Fragen, die er fortwährend wiederholte, machte er sich zum Aufbruch bereit. Rosi verfolgte seine Bewegungen mit angstvollem Gesicht, es kam ihr vor, als ginge er unsicher die Treppe hinunter, als wäre sein Gang schwankend! Es war zu schrecklich, wie konnte er sich so weit vergessen! Sie war froh, daß es schon fast dunkel draußen war, da sah ihn wenigstens niemand.

„Röschen,“ sagte der Pastor unten zu ihr, „sage dem Kutscher, daß der Wagen aufgemacht wird, ich möchte beim Fahren in die Sterne sehen.“

Sie gab keine Antwort und riß die Wagentüre auf.

„Sage dem Kutscher, daß er den Wagen aufmacht, Kind,“ wiederholte er.

„Ich glaube, Herr Pastor,“ warf Althoff ein, „zum Fahren im offenen Wagen ist es heute abend zu kühl. Sie könnten sich erkälten.“

„Ich begreife überhaupt nicht, wie du auf diese Idee kommst, lieber Adolf,“ sagte Rosi unliebenswürdig, „wir sind doch nie im offenen Wagen gefahren. Aber bitte, nun beeile dich und steige ein, damit ich dir die Sachen zureichen kann.“ Sie drängte ihn zur Wagentüre. Er stieg aber nicht ein, sondern erklärte mit Bestimmtheit: „Der Wagen soll offen sein, sonst fahre ich nicht mit!“

„Herr Pastor, Ihre Frau hat recht,“ legte sich nun Nellie ins Mittel, die bei seinem Widerstand in Rosis Gesicht ein Ungewitter aufziehen sah, „es ist keine schöne Luft diese Abend, ein ander Mal können Sie der Sterne besehen.“

Sie sprach das erlösende Wort, denn der Pastor bestand nicht länger auf seinem Willen. Er ging auf Nellie zu und drückte ihr die Hand.

„Frau Doktor, vielen Dank, es war zu schön, zu schön,“ versicherte er voll Begeisterung. Und dann umarmte er Althoff, als nähme er Abschied, mindestens um nach Amerika zu gehen; dann übermannte ihn die Rührung, er konnte nicht mehr sprechen und stieg in den Wagen. Rosi sprang hinter ihm her, machte schnell die Türe zu, als hätte sie Angst, daß er wieder entschlüpfen könnte, und trieb den Kutscher zur Eile an. Sie sah noch flüchtig aus dem Fenster und nickte den draußen Stehenden zu, dann zog sie die verblichenen Gardinen dicht zusammen. Die schwerfälligen Gäule, durch einige Peitschenhiebe angetrieben, zogen langsam an, und die große Kutsche rumpelte von dannen.

Als die drei wieder im Zimmer waren, warfen sich Nellie und Ilse ungestüm ins Sofa und brachen in ein unbändiges Gelächter aus.

„Ihr seid doch noch recht alberne Kinder,“ sagte Althoff kopfschüttelnd. Aber Nellie sprang auf, hing sich an seinen Hals und drehte ihn im Kreise herum.

„Kein strenge Wort, Fred,“ rief sie lustig, „ich muß mir erst auslachen über den Pastoren-Ehepaar.“

„Ich finde, daß es hier nichts zu lachen gibt, Nellie,“ sagte er ernst. „Diese Szene zwischen den beiden war sehr peinlich, und ich habe mich über Rosi geärgert. Ich kenne sie nicht wieder; aus dem fügsamen sanften Mädchen ist eine herrische, anspruchsvolle Frau geworden, die mit ihren pedantischen, verkehrten Ansichten ihrem Manne das Leben schwer zu machen scheint.“

„Ich bin auch erstaunt, wie sehr sich Rosi verändert hat,“ sagte Ilse. „Sie hat ihren Mann vollständig unter dem Pantoffel.“

„O, wie wird es das arme Mann jetzt in die Gardinenkutsch' schlecht ergehen,“ rief Nellie. „Ich möcht nicht in seine Fell sitzen, wie viel artige Redens wird ihn Rosi halten. O, und er war so lustig, er tut mich leid!“

„Rosi hat nicht nur töricht, sondern auch unrecht gehandelt; sie hätte mit Scherz über die Sache weggehen sollen, statt durch ihr Fortlaufen solche Ungemütlichkeit hervorzurufen. Nur durch ihr albernes Benehmen ist es so weit gekommen. Sie hat sich lächerlich gemacht. Es ist durchaus unwürdig von einer Frau, wenn sie stets ihren Willen durchsetzen will.“

Ilse war bei diesen Worten ihres früheren Lehrers nachdenklich geworden. Hatte sie bis jetzt auch stets ihren Willen durchsetzen wollen und dachte sie nicht, daß es in der Zukunft auch so sein müßte? Ja, Doktor Althoff hatte recht, es machte einen lächerlichen, unwürdigen Eindruck, wenn die Frau herrschte und der Mann sich fügte. Heute hatte sie sich davon überzeugen können. Ein Pantoffelheld, wie gräßlich, nein, den möchte sie nicht zum Manne haben. Und doch, wenn sich Leo jetzt und künftig immer ihrem Willen fügen sollte, würde er etwas anderes sein? Hätte sie nicht so gedacht, wäre es so weit gekommen? Wäre es nicht besser gewesen, sie hätte nachgegeben? Vergab sie sich dadurch etwas? Fiel es ihr unangenehm auf, wenn sich Nellie den Wünschen ihres Mannes in bereitwilligster Weise fügte und war sie deshalb eine untergeordnete Natur ohne selbständigen Willen? Nein, durchaus nicht, Nellie war nur klug, sie verstand es, fügsam zu sein, und erreichte durch ihr Nachgeben mehr, als durch eigensinnigen Widerstand; das hatte Ilse schon oft bemerkt. – Ein Gefühl der Reue wallte plötzlich heiß in ihr auf, und sie gestand sich, daß alles anders wäre, wenn sie nur das eine Mal nachgegeben hätte.

„Du bist ja so still geworden,“ sagte Nellie, „an was denkst du?“

„Ach, an gar nichts,“ gab sie ausweichend zur Antwort.

„Nellie," fragte sie dann nach einer Weile plötzlich, „nicht wahr, du magst es doch auch nicht leiden, wenn der Mann unter dem Pantoffel steht?"

„O, eine Pantoffelmann ist mich zum Totlachen, ich verachte ihn," rief die junge Frau. –

Ilse ertappte ihre Gedanken an diesem Abend noch oft bei Leo, und die ganze Nacht träumte sie von ihm. Sie war mit ihm zusammen, er sah aber ganz anders aus, als sonst, seine hohe Gestalt hatte etwas von der Unterwürfigkeit des Pastors, und zu allem, was sie sprach, sagte er: „Ja, ganz wie du wünschest, mein Kind." Das fand sie schrecklich und wurde schließlich ärgerlich, bis er ihr sagte: „Du willst ja, daß ich mich dir in allem fügen soll. Nur weil ich es nicht tat, hast du mich doch verlassen." Sein blasses, demütiges Gesicht brachte sie zur Verzweiflung, und sie flehte ihn auf den Knien an, daß er doch wieder anders werden möchte, so wie er früher war; sie wollte sich auch ändern und sie könnten dann wieder so glücklich sein wie früher. Als sie hierauf sehnsüchtig die Arme nach ihm ausstreckte, um ihn an ihr Herz zu drücken, griff sie in die leere Luft, – das Traumbild war verschwunden. Da quälte sie die Reue und entlockte ihr heiße Tränen, und als sie endlich aufwachte, fühlte sie, daß sie wirklich geweint hatte, und der Traum zog noch einmal beängstigend an ihrem Geist vorüber. Sie fragte sich, ob sie, wenn er jetzt käme, ihn wohl mit offenen Armen empfangen würde? Ja, ach wie gern, antwortete ihr Herz. – „Aber er kommt ja nicht," dachte sie traurig, „denn er liebt mich nicht mehr. Und doch wollte ich anders werden, käme er mich zu holen, aber mich so weit erniedrigen und ihn um Verzeihung bitten, nein, das kann ich nicht, das darf er nicht von mir verlangen." –

*

Leo litt unsagbar unter der Trennung von seiner Braut.

Wie Ilse hoffte, daß er ihr schreiben oder zu ihr kommen würde, so begrüßte auch er jeden neuen Tag in der Hoffnung, ein Lebenszeichen von ihr zu erhalten und jeden Abend ging er enttäuscht zur Ruhe. Eine rastlose Unruhe ergriff ihn schließlich, er versuchte sich durch eine angestrengte Tätigkeit zu betäuben, aber es fehlte ihm die Lust am Arbeiten. Er suchte Zerstreuungen, aber er hatte kein Vergnügen daran. Nichts half ihm, sein jetziges Leben erträglicher zu machen, die peinvollen Zweifel zu verscheuchen, die in ihm auftauchten. Sollte er sich in Ilse geirrt haben? Diese Frage quälte ihn unzählige Male, und doch, – nein, nein, das war ja nicht möglich, so zuversichtlich kann man nicht auf einen Menschen bauen, um dann getäuscht zu werden. Aber warum schwieg sie? Glaubte sie wirklich, daß er nach diesem Fall eine Versöhnung zwischen ihnen herbeiführen könnte? Er hatte fest darauf gerechnet, daß sie einsehen würde, wie unrecht sie ihm getan habe, und daß sie umkehren würde auf dem gefährlichen Wege, den sie beschritten hatte. Sie unterwarf seine Liebe einer harten Prüfung. War sie derselben so sicher, oder war sie ihr gleichgültig?

Sein verschlossenes, verändertes Wesen fiel seinen Eltern auf, doch ohne Arg, den wahren Grund nicht ahnend, schoben sie es auf sein angestrengtes Arbeiten, das er auf ihre besorgten Fragen vorschützte. Sie wären tief betrübt gewesen, hätten sie gewußt, was zwischen dem Brautpaar vorgefallen war. Leo hatte ihnen gelegentlich kurz erzählt, daß Ilse einige Zeit bei ihrer Freundin zubrachte und bei seinen seltenen Besuchen im Elternhause wußte er das Gespräch immer von seiner Braut abzulenken. Eines Tages erklärte er seinen Eltern, daß er sich einige Zeit Urlaub genommen habe, da er fühle, wie er der Erholung, der Auffrischung bedürfe. Deshalb habe er vor, für einige Wochen mit einem Freunde nach Paris zu gehen, der dort seine Studien fortsetzen wolle.

Herr und Frau Gontrau waren über den plötzlichen Entschluß wohl etwas verwundert, aber Herr Gontrau billigte ihn vollständig und fand es sehr lobenswert, daß er Ilsens Abwesenheit zu dieser Reise benützte. Frau Annes kluge und diplomatisch abgefaßte Briefe an Gontraus ließen keinen Argwohn in ihnen aufkommen. Sie bestellte ihnen Grüße von Ilse, entschuldigte ihr Schweigen auf die beste, glaubhafteste Art und vertröstete sie immer von neuem auf einen baldigen Brief, dessen Ausbleiben sie dann wieder durch alle möglichen Ausflüchte erklären mußte; Ilse hatte nämlich auf ihre Anfrage, ob sie Leos Eltern, die so viel und oft nach ihr fragten, nicht einmal schreiben wolle, geantwortet, daß ihr dies unmöglich sei. Und Frau Anne dachte, es wäre am Ende auch besser, wenn sie nicht schriebe, denn das Gezwungene, was ein Brief unter diesen Verhältnissen haben würde, mußte die Eltern Leos, denen sie stets eine kindliche Liebe entgegen gebracht hatte, und die mit so großer Zärtlichkeit an der Schwiegertochter hingen, doch befremden.

Leo reiste fort, nachdem er sich zuvor noch von seinen Schwiegereltern verabschiedet hatte. Seit jenem Abend war er nur selten bei ihnen gewesen. Zwischen seinem Schwiegervater und ihm war eine Spannung entstanden, denn Herr Macket konnte es ihm nicht verzeihen, daß er seinem Liebling nicht nachgereist war und ihn wiedergeholt hatte. Frau Anne war es zwar gelungen, ihren Mann davon zu überzeugen, daß Leo über Ilsens kühnen Streich nicht mit Leichtigkeit hinweg gehen könnte, aber die Sehnsucht nach seinem Kinde packte ihn oft zu heftig und dann konnte er einen heimlichen Groll gegen Leo nicht ganz unterdrücken, wenn er schließlich auch einsah, daß derselbe ungerecht war.

Leo hatte seit jener Nacht nicht wieder mit seiner Schwiegermutter über Ilse gesprochen, und auch sie erwähnte sie nicht. Frau Anne teilte Nellie mit, daß Leo nach Paris gereist wäre. „Was wird Ilse dazu sagen?“ schrieb sie.

„Ich fürchte, sie wird mit dieser Reise wenig einverstanden sein. Ich aber halte eine Zerstreuung, eine Ausspannung für Leo notwendig, denn er ist blaß und ernst geworden, und ich lese in seinem Herzen, wie schwer der Kummer auf ihm lastet. Wann wird dieser Zustand ein Ende nehmen? Ich hege die besten Hoffnungen für Ilses Bekehrung, aber manchmal zage ich doch, und dann denke ich voll Angst und Zweifel, wenn sie nun ihren Trotz nicht bricht, was wird dann? Leo gibt diesmal nicht nach, das weiß ich, denn an einem einmal gefaßten Entschluß hält er mit eiserner Beharrlichkeit fest. Sollen die beiden jungen Menschen eines unglückseligen Mißverständnisses wegen für ihr ganzes Leben unglücklich werden? Es wäre schrecklich, und diese Strafe zu hart für Ilsens Unbeugsamkeit. Auf Sie, liebe Frau Doktor, baue ich am meisten und ich glaube, daß es Ihnen am besten gelingen wird, unser Kind auf den richtigen Weg zurückzuführen. Sie haben einen großen Einfluß auf Ilse, welche Sie schwärmerisch liebt, und darum hoffe ich innig, daß Sie es vermögen, ihren Trotz zu brechen. Ich leide sehr unter den jetzigen Verhältnissen und mag das meinem Manne nicht zeigen, dem die Trennung von Ilse ohnedies so schmerzlich ist. Darum komme ich zu ihnen, kleine Frau, und schütte mein Herz aus und hole mir Trost bei Ihnen! Der Himmel gebe, daß sich noch alles zum Besten wende!

Ihre mütterliche Freundin
Anne Macket."

Und Nellie verstand es, Trost zu spenden. Sie schrieb Frau Anne umgehend wieder, und in ihrer drolligen gemütvollen Weise schilderte sie ihr die Beobachtungen, welche sie bei Ilse anstellte.

„Es geht schon besser mit sie," hieß es in dem Briefe, „sie versinkt in eine tiefe Nachdenken und tut Fragen an mir, bei denen ich in ihr Inneres schaue. O, zagen Sie nicht, Ilschen liebt ihren Bräutigam noch, und wenn man sie in Ruhe läßt, wird sie eines Tages eine Einsicht haben und seine Verzeihung erbitten. Von der Reise nach Paris sage ich ihr nix, denn ich glaube auch nicht, daß sie dieser Reise gern sieht!" – –

*

Bei Flora war große Gesellschaft! Die Gäste waren schon zum Teil versammelt, als Althoffs mit Ilse eintraten. Sie wurden von Flora stürmisch begrüßt, und dann stellte sie Ilse vor, deren neue Erscheinung mit Neugierde gemustert wurde. Eine Dame in mittleren Jahren in steifem hartblauem Seidenkleid und grellrosa Rosen im Haar und vor der Brust, die ihre nicht mehr jugendliche Gesichtsfarbe unvorteilhaft hervorhoben, näherte sich Ilse sofort und überhäufte sie mit einer Menge Fragen, so daß das junge Mädchen kaum zu Atem kommen konnte und nicht imstande war, sie alle zu beantworten. Sie hatte auch gar keine Lust dazu, denn die Neugierde dieser Dame war ihr zu unangenehm, und sie wunderte sich, daß Nellie, welche daneben stand, oft statt ihrer in der liebenswürdigsten Weise die gewünschte Auskunft gab, und als sie von der Dame für einen der nächsten Nachmittage zum Kaffee eingeladen wurde, bereitwilligst zusagte.

„Da gehe ich aber nicht mit," dachte Ilse. Zu Nellie sagte sie später leise: „Wer ist denn eigentlich diese schreckliche Frau, die alles wissen muß? Ich hätte ihr an deiner Stelle keine ihrer neugierigen Fragen beantwortet."

„O, wär ich ein dummes Ding," entgegnete Nellie mit schlauem Lächeln, „denn diese Dame ist die Frau vom Direktor, hat viel Einfluß auf ihr Mann, und wenn ich unfreundlich bin gegen ihr, muß arme Fred büßen. Ich mag ihr auch nicht, aber ich bin klug."

„Zu ihrem Kaffee brauchen wir aber doch nicht zu gehen, nicht wahr?"

„Natürlich, darling, da müssen wir hin und uns fein brav benehmen," neckte Nellie die Freundin.

Ein junger Mann trat in diesem Augenblick zu den beiden und reichte Ilse den Arm, um sie zu Tisch zu führen. Es war der Assistent von Floras Mann, Doktor Andres, dessen liebenswürdiges Benehmen und kluges, vornehmes Gesicht Ilse schon vorhin bei der Vorstellung aufgefallen war.

Im altdeutschen Eßzimmer stand die lange gedeckte Tafel, die Ilse schnellen Blickes überflog. Zwei Lampen, deren schwaches Licht durch rosa Lampenschirme noch mehr gedämpft wurde, standen zu beiden Enden des Tisches. In der Mitte prangte ein phantastisch aufgeputzter Tafelaufsatz, mit Blumen und Früchten in wirrem Durcheinander gefüllt, der sein Haupt bedenklich nach der einen Seite neigte. Das war Florchens Werk, man sah es auf den ersten Blick. Jeder fand auf seinem Platz einen von Flora verfaßten Vers, in einem Blumensträußchen versteckt. Mit strahlenden Augen erntete sie jedes Lob ein, das ihr über ihre dichterische Begabung gespendet wurde; freilich die spöttischen Mienen dabei bemerkte sie nicht. Ilses Verschen besang in überschwenglicher Weise die junge Braut. Sie las den Zettel und legte ihn dann errötend neben sich hin. Ihr gegenüber saß Flora mit dem jungen Referendar, den sie damals getroffen hatte, als sie ihren ersten Besuch bei Flora machte. Er hatte eben das zusammengefaltete Papier aus seinem Blumenversteck hervorgezogen und las mit lächelnder Miene den für ihn bestimmten

Vers. Erwartungsvoll sah ihn Flora an und ließ sich dann mit vielem Behagen seine süßlichen Schmeicheleien gefallen. Das war ein Scherzen und Lachen, Flora schien während der ganzen Zeit bei Tische nur Auge und Ohr für ihren Nachbar zu haben. Wie unvorteilhaft sah die junge Frau heute wieder aus! Überladen mit Spitzen und Blumen war ihr Anzug. Unwillkürlich mußte Ilse an Floras griechische Haarfrisur denken, damals als sie in der Pension die erste Tanzstunde mit Herren hatten. Es war doch zu komisch gewesen, wie sie da alle vor der Tür standen und die mutwillige Grete dem klassisch frisierten Haupt einen Stoß gab, daß es gegen die Türe flog. Ein vergnügtes Lächeln huschte bei dieser Erinnerung über Ilsens Gesicht.

„Sie scheinen an etwas sehr Angenehmes zu denken," unterbrach die Stimme des jungen Arztes ihre Gedanken, während er die jugendlich frische Mädchengestalt im einfachen weißen Kleide mit Wohlgefallen betrachtete.

„Natürlich, Herr Doktor," rief Flora über den Tisch herüber, „Fräulein Ilse denkt an etwas sehr Schönes, an ihren Bräutigam nämlich." Und der Referendar hob sein Glas in die Höhe und hielt es ihr entgegen.

„Der Glückliche soll leben," sagte er. Eine heiße Röte stieg in Ilses Wangen, zögernd nahm sie ihr Glas und stieß mit ihm an. Der helle Ton der beiden Gläser tönte wie ein schriller Mißklang in ihrem Ohre, und der Blick, den ihr der junge Mann dabei zugeworfen hatte, war so durchdringend, als suchte er in ihrer Seele zu lesen, was sie in diesem Augenblick bewegte. Verlegen schlug sie die Augen nieder, aber selbst durch die gesenkten Lider fühlte sie seine brennenden Blicke auf sich gerichtet.

„Gnädiges Fräulein, darf auch ich mir erlauben, auf das Wohl Ihres Herrn Bräutigams anzustoßen?"

Wie liebenswürdig klang diese Bitte ihres Nachbars! Ohne Scheu sah Ilse auf und blickte in ein Paar ruhige ernste Augen, denen sie nicht auszuweichen brauchte.

„Ich danke Ihnen," sagte sie leise und griff nach ihrem Glase.

Doktor Andres glaubte ihr nichts lieberes erweisen zu können, als wenn er in dem Gesprächsthema fortfuhr; denn wovon konnte man eine Braut besser unterhalten, als von ihrem Bräutigam? Er fragte, wie lange Ilse schon verlobt wäre, wann sie heiraten würde und was ihr Verlobter wäre. Sie hätte ihm vielleicht unbefangener geantwortet, wenn sie die Augen ihres Gegenüber nicht unablässig auf sich ruhen gefühlt, wenn sie nicht empfunden hätte, mit welcher Aufmerksamkeit jedes ihrer Worte drüben belauscht wurde.

„Ich habe unter meinen Studiengenossen einen sehr lieben Freund," sagte der Arzt zu Ilse, „der auch Jurist war und jetzt schon längere Zeit wohlbestallter Assessor ist. Vor ungefähr zwei Jahren bekam ich seine Verlobungsanzeige, und er kündigte mir dabei mit wenigen Zeilen einen ausführlichen Brief an, der bald eintreffen sollte, aber bis heute noch nicht erschienen ist. Die alten Beziehungen scheinen zu erkalten, wenn man verliebt und verlobt ist, wahrscheinlich nehmen die Liebesbriefe zu viel Zeit in Anspruch. Sie müssen das ja aus Erfahrung wissen, gnädiges Fräulein. Ich bin von Heidelberg, wo wir einige Semester zusammen studierten, nach Berlin gegangen und seit einem halben Jahre bin ich hier am Hospital Assistent des Doktor Gerber. – Mein Freund wird sich wundern, wenn ich nächstens von hier aus einen Angriff auf ihn ausüben werde, denn ich möchte gern mal wieder etwas von ihm hören. Vielleicht ist er schon in den Hafen der Ehe eingelaufen und ein biederer, solider Ehemann geworden. Ich kann ihn mir als solchen nicht vorstellen, er war ein urfideles Haus, ein famoser Korpsbruder, der gute Gontrau."

Es war ein Glück, daß er sich eben jetzt zur Seite wandte, weil ihm seine Nachbarin eine Schüssel reichte, und daß er deshalb nicht bemerken konnte, wie Ilse bei der Nennung dieses Namens zusammenfuhr und blaß wurde. Und wieder begegnete sie den forschenden Blicken des Referendars, der wie auf der Lauer zu sitzen schien und dem, trotz der lebhaften Unterhaltung mit Flora, nichts von dem Gespräch des ihm gegenübersitzenden Paares entging. Ilses Zusammenschrecken bei dem bewußten Namen interessierte ihn augenscheinlich aufs höchste. Was für eine Bewandtnis mochte es damit haben? Plötzlich überflog ein triumphierendes Lächeln seine Züge, er beugte sich zu Flora hinüber und fragte sie, wie der Bräutigam von Fräulein Macket hieße. Trotzdem er leise gesprochen hatte, hörte Ilse doch seine Frage, und voller Angst, daß ihr Nachbar Floras Antwort vernehmen könnte, richtete sie schnell einige gleichgültige Worte an ihn. Erleichtert atmete sie auf, als gleich darauf die Tafel aufgehoben wurde und der junge Doktor sie in das andre Zimmer führte. Sie hätte so gerne Nellie gesprochen, aber die Freundin hatte ihr mit einem innigen Händedruck freundlichst zugenickt und saß jetzt neben einer alten Dame, mit der sie sich eifrig unterhielt. So mußte sie sich denn bis später gedulden und kam der Aufforderung eines jungen Mädchens, neben ihr Platz zu nehmen, gerne nach. Die Herren hatten sich zum Teil in das Rauchzimmer zurückgezogen, und Flora hüpfte von einem zum andern. Sie wollte durchaus die liebenswürdige Wirtin spielen, was ihr aber schlecht gelang, denn durch ihr fahriges Wesen versetzte sie ihre Gäste mit in Unruhe.

„Sie müssen uns etwas vorsingen," wandte sie sich jetzt an das junge Mädchen neben Ilse, die jedoch gegen diese Zumutung eifrig Einsprache erhob, da sie ganz heiser wäre und so lange nicht gesungen hätte. Mit diesen üblichen Ausreden suchte sie sich frei zu machen, aber Flora ließ nicht locker.

„Sie müssen, Liebste," entschied sie schließlich kurzweg und ging in ein kleines Nebengemach, wo ein Klavier stand, das sie öffnete. Nachdem sie noch die Lichter angezündet und aus einem Schrank einen Stoß Noten hervorgeholt hatte, den sie auf das Instrument warf, kam sie zurück und zog die junge Dame, die ihr wie ein Opferlamm folgte, mit sich fort. Eine geraume Zeit stöberten die beiden in den ungeordneten Noten herum, und als sie endlich etwas Passendes gefunden hatten, ertönte ein lauter Akkord, der energisch um Ruhe zu bitten schien. Die Unterhaltung im Damenzimmer verstummte denn auch sofort, und die Herren in Doktor Gerbers Zimmer dämpften ihre Stimmen. Einen Genuß konnte man die nun folgende musikalische Aufführung nicht nennen, denn die gänzlich ungeschulte Stimme war nur dünn und klein, und der ebenso mangelhafte Vortrag konnte dafür nicht entschädigen. Man brauchte ja nur das junge Mädchen mit der schlechten Haltung und der eingefallenen Brust anzusehen, aus der unmöglich ein freier Ton hervorquellen konnte. Die Damen hatten ihre Plätze verlassen und sich in dem Musikzimmer im Halbkreis dicht hinter der Sängerin gruppiert, was dieselbe vollends befangen machte und aus der Fassung brachte. Sie kam denn auch mehrere Male aus dem Takt, und es erklangen infolgedessen solche Disharmonien, daß einige der Zuhörerinnen das Taschentuch vor den Mund nahmen, um ihre Heiterkeit zu verbergen. Ilse fand den Gesang abscheulich, und da sie sich dabei langweilte, schlich sie sich leise von der offenen Türe, in welcher sie gestanden hatte, fort und trat an ein kleines Tischchen, das neben dem Blumentisch stand und mit Büchern und Bildern bedeckt war. Dorthin setzte sie sich und blätterte mechanisch in den Büchern.

Es war ihr sehr erwünscht, jetzt nicht sprechen zu müssen, denn der Gedanke, daß der junge Mediziner ein Freund Leos war, beschäftigte sie unaufhörlich. Sie entsann sich jetzt auch, von Leo den Namen Andres öfter gehört zu haben. Gerne hätte sie sich bei Tisch noch von ihm erzählen lassen, ihn nach manchem gefragt, aber der scharfe Beobachter gegenüber lähmte ihre Zunge. Der Gesang hatte jetzt auch teilweise die Herren herangelockt, nur Floras Mann ließ sich in seinem lebhaften Gespräch mit einem Kollegen nicht stören, und er mußte es sich daher gefallen lassen, daß seine Frau ihn zur Ruhe verwies.

„Dieses ewige Fachsimpeln von dir ist schrecklich,“ sagte sie halblaut und scheinbar im Scherz. „Du solltest doch auch für höhere Genüsse zugänglich sein, lieber Ernst.“

„Du weißt, Kind,“ antwortete er freundlich, „ich bin nun einmal ein Musikbarbar. Weil ich absolut nichts davon verstehe, habe ich auch kein Interesse dafür.“

„Ja, leider,“ sagte Flora, ihm verdrießlich den Rücken wendend, und ging wieder in das andre Zimmer.

„Es ist traurig,“ sagte sie mit einem vielsagenden Blick zu Herrn Lüders, „wenn alle Poesie, alles Höhere in dem Materiellen und Nüchternen untergeht. Mein Mann hat für nichts weiter Sinn als für seine Kranken.“

Der Referendar gab ihr eine zerstreute Antwort, er hatte jetzt Wichtigeres zu sehen und zu hören, als Flora mit ihrem Klagelied. Scheinbar ganz in die Musik vertieft, saß er auf einem Sessel und hatte den Kopf in die Hand gestützt, als wollte er sich von nichts ablenken lassen, was ihm den köstlichen Genuß stören könnte. Durch seine Finger aber sah er unverwandt nach dem kleinen Tisch hinüber, wo Ilse sich eingehend mit Doktor Andres unterhielt, der sich eben zu ihr gesetzt hatte. Ilse war heimlich darüber erfreut gewesen, denn nun bot sich vielleicht die Gelegenheit, ihn nochmals nach Leo zu fragen, und sie sann darüber nach, wie sie das Gespräch auf ihn bringen könnte, ohne daß er es auffällig fände.

„Sie lieben wohl die Musik nicht, gnädiges Fräulein?“ richtete der junge Mann das Wort an sie. „Ich vermute dies wenigstens, weil diese Bücher Sie viel mehr zu interessieren scheinen, als der Gesang.“

„O doch,“ erwiderte Ilse schnell, „aber offen gestanden, diese Stimme und der Vortrag sind doch zu schlecht, finden Sie nicht auch?“

Er nickte lachend.

„Übrigens ist mein Urteil gänzlich unzulänglich,“ meinte er dann, „denn ich habe es nur bis zu den Kneipliedern gebracht und selbst diese sang ich falsch; ich habe deswegen auch von meinen Heidelberger Freunden manchen Spott ertragen müssen.“

Ilse bebte vor innerer Erregung; jetzt konnte sie ihn wohl nach Leo fragen, ohne daß er Argwohn schöpfen würde.

„In Heidelberg ist es wohl sehr schön?“ fragte sie unbefangen.

„O,“ rief er entzückt, „wenn es ein paradiesisches Stück Erde gibt, so ist es Heidelberg. Sie müssen es sehen und kennen lernen und werden mir recht geben. Wenn ich mich mal verheiraten sollte, dann würde ich meine Hochzeitsreise entschieden nach Heidelberg machen.“

„Diesen guten Rat können Sie ja ihrem Freunde geben," unterbrach ihn jetzt Ilse, „von welchem Sie mir vorhin erzählt haben, der verlobt ist und dem Sie nächstens schreiben wollen. Wie hieß er doch, Gontring? Verzeihen Sie, ich habe den Namen wieder vergessen."

„Gontrau," verbesserte er.

„Richtig, Gontrau," wiederholte sie leise und schlug die Augen nieder, damit diese ihm nicht verrieten, welche Heuchlerin sie in diesem Augenblick war.

„Gontrau und ich," fuhr der Doktor fort, dem man die Freude an diesem Gespräch auf dem Gesichte las, „haben eine herrliche Studienzeit in Heidelberg verlebt. Er war ein ausgelassener lustiger Mensch; wie viel tolle Streiche haben wir zusammen ausgeführt! Gontrau ist ein hübscher Kerl, und die Heidelberger Schönen waren nicht blind dagegen, sondern machten ihm förmlich den Hof."

„Ach?" fragte Ilse etwas zögernd. Diese Eröffnungen waren ihr ja höchst interessant! Bisher war sie nie auf den Gedanken gekommen, daß auch andre Mädchen sich in Leo verliebt haben könnten und umgekehrt.

„Hat Ihr Freund den jungen Damen auch die Kur geschnitten?" forschte sie weiter.

„Nun natürlich," antwortete er mit Lachen, „ein flotter schneidiger Student wird doch für die Huldigungen der Damenwelt nicht unempfindlich bleiben, noch dazu in Heidelberg, wo es so reizende Mädchen gab, als wir dort studierten. Gontrau stellte uns immer in den Schatten, bei Bällen, Partien, Schlittenfahrten, überall war er die Hauptperson. Den einen Winter hatte er sich sterblich in eine junge Amerikanerin verliebt, welche die Freundin einer Professorentochter und bei dieser zum Besuch war."

Mit der gespanntesten Aufmerksamkeit hörte Ilse zu, und als er schwieg, fragte sie schnell:

„Sagen Sie mir, bitte, wirklich richtig verliebt war Ihr Freund in das junge Mädchen?"

So eindringlich war diese Frage, und in ihrer Stimme klang ein leises Beben, daß der junge Mann sie verwundert anblickte.

Sie merkte es und bezwang sich, wieder ruhig zu erscheinen.

„Bitte, sagen Sie," wiederholte sie möglichst unbefangen, aber mit schwer unterdrückter Neugierde, denn es brannte ihr auf der Seele, das weitere zu wissen.

„Ja, wirklich richtig verliebt war er." Doktor Andres gebrauchte Ilses eigene Worte und sprach sie mit Betonung aus, innerlich belustigt über ihre kindliche Frage. „Er hat ihr die schönsten Blumen geschickt, und wir hatten ihn sogar in Verdacht, daß er ihr Gedichte gemacht hat."

Gewiß sind das dieselben, die er mir nachher geschickt hat, dachte Ilse, und ein Gefühl eifersüchtiger Abneigung gegen diese Nebenbuhlerin stieg in ihr auf. – Leo hatte dieselbe nie erwähnt, – warum nicht? Ob sie wohl hübsch war?

„Wie sah denn das junge Mädchen aus?" fragte sie laut. „War sie schön, blond oder dunkel, groß oder klein? Bitte, bitte, beschreiben Sie mir dieselbe!"

Wieder mußte der junge Arzt lächeln, denn Ilses Neugierde kam ihm so echt weiblich vor; er konnte ja nicht wissen, daß hinter dieser ›weiblichen Neugierde‹ ein berechtigtes tiefes Interesse versteckt war.

„Sie fragen aber gründlich," sagte er lachend. „Man merkt, daß Sie eine Juristenbraut sind. Hier haben Sie die Personalbeschreibung der jungen Dame, also: sie war mittelgroß, zierlich und graziös. Sie hatte dunkle Haare und wundervolle schwarze, wahrhaft phänomenale Augen –"

„Also wirklich schön," unterbrach ihn Ilse.

„Ja, auffallend liebreizend, dabei klug, aber etwas kokett. Sie war sich zu genau bewußt, wie verführerisch sie war."

„Ihr Freund lag ihr natürlich zu Füßen?"

„Wenn Sie das wörtlich meinen, gnädiges Fräulein, so habe ich Gontrau in dieser Situation allerdings niemals gesehen; aber es ist wohl möglich, denn er war ein feuriger Anbeter."

Hätte der junge Mann nur eine Ahnung gehabt, welchen Sturm seine Worte in dem Herzen seiner Nachbarin hervorriefen, er hätte gewiß geschwiegen. Aber es plauderte sich zu angenehm über alte Erinnerungen, besonders da Ilse eine so eifrige Zuhörerin war. –

„Liebte denn das junge Mädchen Ihren Freund auch?" fragte sie weiter.

„O, natürlich! Der begeisterte Verehrer gefiel ihr sehr gut, das haben ihm ihre schwarzen Augen oft genug verraten. Es würde mich nicht gewundert haben, wenn sie sich verlobt hätten, aber die Amerikanerin reiste dann wieder fort, und ›aus den Augen, aus dem Sinn‹. Er hat sie jetzt gewiß längst vergessen, diese seine Studentenliebe. Daß seine Zuneigung keine ernstliche war, beweist ja schon seine Verlobung mit einer andern."

Ilse war aufgestanden, denn sie konnte ihre immer wachsende Aufregung nicht mehr verbergen.

„Mir ist es auch unbegreiflich, daß sich Ihr Freund nicht mit jener Dame verlobt hat," sagte sie mit blitzenden Augen. „Wie konnte er es wagen, sich mit einer andern zu verloben? Das ist doch merkwürdig, das ist unrecht! Er hätte seiner ersten Liebe treu bleiben müssen; warum hat er es auch nicht getan? Gewiß ist er doch jetzt recht, recht unglücklich geworden?"

Ihre Stimme erstickte unter hervorbrechenden Tränen, und sie stützte zitternd die Hand auf den Tisch.

Doktor Andres sprang nun ebenfalls in höchster Bestürzung auf.

„Aber, mein Fräulein," rief er ganz ratlos und erschrocken, „was ist denn geschehen? Ich verstehe Sie nicht, erklären Sie mir doch Ihre Aufregung! Habe ich Sie beleidigt? Ich bitte Sie, so sprechen Sie doch," drängte er, als Ilse ihm keine Antwort gab und noch immer mit den Tränen kämpfte. Sie antwortete nicht.

„Habe ich Sie denn beleidigt?“ fragte er nochmals mit verzweifelter Miene, ohne jede Ahnung, was er angestiftet hatte.

Sie schüttelte schweigend den Kopf.

„Kennen Sie denn das junge Mädchen, oder vielleicht meinen Freund Gontrau?“ fragte er endlich, denn er hatte sich überlegt, daß zwischen ihr und einer dieser Personen doch irgend eine Beziehung sein müßte.

Von seinem Platze aus hatte der Referendar das Gespräch der beiden belauscht, nichts war ihm davon entgangen, und er benutzte diesen Augenblick, um näher zu treten.

„Dachte ich es mir doch, als ich Sie mit dem gnädigen Fräulein so eifrig im Gespräche sah, daß von Assessor Gontrau, dem glücklichen Bräutigam des Fräuleins, die Rede sein würde,“ sagte er scheinbar harmlos und unbefangen, aber ein häßliches Lächeln umspielte seinen Mund.

Ilse war bei seinen Worten jäh erblaßt, und eine namenlose Verlegenheit bemächtigte sich ihrer. Mit unverhohlener Verachtung sah sie Lüders an; als sie aber seinen triumphierenden Blicken begegnete, wandte sie sich erschrocken ab. Was wollte er von ihr? Sie kannte ihn ja kaum und er sie auch nicht. Warum sah er sie so sonderbar an? O Gott, wenn er ihre Unterhaltung mit dem Doktor gehört hatte! Und was sollte sie jetzt zu diesem sagen, wie sich entschuldigen? In ihrer peinlichen Verlegenheit wagte sie nicht aufzublicken, denn sie fühlte, daß ihr die Schamröte heiß in die Wangen gestiegen war. Sie betrachtete es als ein Glück, daß Flora jetzt dazu kam und sie aus ihrer Pein erlöste.

Die junge Frau suchte den Referendar. Die Sängerin schien jetzt kein Ende finden zu können, nachdem sie nach so langem Sträuben einmal den Anfang gemacht hatte. Für jedes Lied erntete sie viel Beifall und dieser begeisterte sie zu immer neuen Vorträgen. Nun wollte sie gern die Trompeterlieder von Riedel singen, welche sie sich aber nicht selbst begleiten konnte. Herr Lüders sollte deshalb die Begleitung übernehmen. Er war damit durchaus nicht einverstanden, denn es war ihm viel interessanter zu erfahren, wie Ilse sich aus der Affäre ziehen, was sie zur Aufklärung sagen würde. Daß zwischen ihr und ihrem Bräutigam etwas vorgefallen war, unterlag für ihn keinem Zweifel mehr, und zu gern hätte er des Rätsels Lösung, die ihm jetzt sehr nahe zu sein schien, vernommen.

Mit Ausreden und Ausflüchten suchte er daher Floras Aufforderung zu entkommen. Er könne nicht begleiten, gab er vor, er spiele zu stümperhaft und sei besonders heute nicht zum Spielen aufgelegt. Aber Flora ließ sich nicht zurückweisen.

„Sie Heuchler!“ rief sie und schlug ihm kokett auf die Schulter, „nur Schmeicheleien wollen Sie hören, warten Sie nur! Zur Strafe müssen Sie uns nachher noch etwas deklamieren, wissen Sie, das kleine Gedicht von mir, das so unverdiente Gnade vor Ihren Augen gefunden hat. Kommen Sie, Bösewicht!“

Sie legte ihren Arm in den seinigen, und widerstrebend ging er mit, im Innern wütend auf Floras Dazwischenkommen.

Die beiden jungen Leute hatten wenig auf Floras Geschwätz geachtet. Ilse stand noch immer stumm und wagte nicht die Augen aufzuschlagen. Sie überlegte fortwährend, was sie Andres sagen solle; mußte er sich denn nicht mit vollem Recht über ihr Schweigen wundern? Sollte sie ihm die Wahrheit gestehen? Nein, das ging nicht, sie müßte sich unsagbar vor ihm schämen. Sie wußte keinen Rat und hatte nur den einen Wunsch, aus dieser so peinvollen Lage befreit zu werden. Wenn nur Nellie käme! Saß sie denn noch immer nebenan im Musikzimmer?

Suchend schweiften ihre Blicke umher.

„Suchen Sie jemand, gnädiges Fräulein?“ fragte Andres, „soll ich Ihre Freundin rufen?“

Sie schüttelte den Kopf.

„Nein, bitte bleiben Sie,“ bat sie fast flehend.

Ihm war die Lage, in der er sich befand, gleichfalls höchst unangenehm, und er hätte derselben gern ein Ende gemacht. Aber durfte er fortgehen, da sie ihn so flehentlich bat, zu bleiben? Daß sein Freund Gontrau wirklich der Bräutigam der jungen Dame war, daran konnte er nach Ilses Erschrecken nicht zweifeln. Hätte sie auch sonst dem Referendar nicht widersprochen, oder, wenn ein Irrtum vorlag, denselben aufgeklärt? Warum hatte sie ihm verschwiegen, daß sie die Braut Gontraus war, was sollte das bedeuten? Die ihm eigene wahre Herzensbildung sagte ihm aber, daß er sie nicht fragen dürfe, ohne sie peinlich, ja vielleicht schmerzlich zu berühren.

So standen denn die beiden wieder eine Weile schweigend nebeneinander. Ilse spielte mit dem Blatt einer Fächerpalme und Andres betrachtete eine Photographie, welche auf dem Tische stand.

Im Nebenzimmer sang das junge Mädchen in den schmelzendsten Tönen und mit einer fast ans Weinen grenzenden Rührung die Klage Margarethas: „O Lieb', wie bist du bitter, o Lieb', wie bist du süß!"

So wenig Ilse sonst zu sentimentalen Anwandlungen geneigt war, heute fanden diese Worte ein Echo in ihrem Herzen. Ja, süß war auch ihr die Liebe erschienen, aber mußte sie nicht jetzt die Bitterkeit kosten? Wenn sie die Menschen für eine glückliche Braut hielten, war es nicht eine Lüge, daß sie es mit lächelndem Gesichte zu bestätigen schien? Mußte sie nicht sagen: „Ihr täuscht euch, ich bin nicht glücklich, ich bin unglücklich, tief unglücklich?" War denn wirklich der Grund ihres Zerwürfnisses mit Leo wichtig genug, um solche Folgen zu haben, daß sie nun Komödie spielen mußte, was sie in die ärgsten Verlegenheiten brachte, ihr die größte Pein bereitete? „Ach, wäre es doch nicht so weit gekommen, hätte ich mich nicht zu der unglückseligen Flucht hinreißen lassen!" So dachte sie jetzt in ihrem Innern und seufzte schmerzlich auf.

Die schweigsame Nachbarin wurde dem Doktor auf die Dauer ungemütlich, und als er ihren Seufzer vernahm, ergriff er die Gelegenheit und fragte, ob er sie vielleicht zu den andern Damen führen solle.

Sie nickte zustimmend und legte ihre Hand in seinen Arm, doch nach dem ersten Schritt blieb sie schon wieder stehen. Was sollte er von ihr denken, wenn sie ihm nach ihrem vorausgegangenen Betragen kein erklärendes Wort sagte? Er würde sie mindestens für recht albern halten. Sie fühlte, daß seine Blicke fragend auf ihr ruhten. Ja, sie mußte ihr rätselhaftes Benehmen entschuldigen.

Sie sah zu ihm empor und blickte in seine Augen, die ernst und teilnahmvoll auf sie gerichtet waren und eine edle Seele, ein feines Zartgefühl verrieten. Sie hätte sehr bedauert, von dem ihr so sympathischen jungen Manne falsch beurteilt zu werden, was sie nach diesem Zwischenfall ja gar nicht anders erwarten konnte. Und darum wollte sie sprechen, so schwer es ihr auch fiel. „Bitte, Herr Doktor," sagte sie leise, „wir wollen uns noch einen Augenblick setzen, ich muß Ihnen etwas sagen."

Er erfüllte ihre Bitte und sah sie voller Erwartung an. Eine kleine Pause entstand, denn Ilse konnte sich nicht entschließen, Leos Namen über die Lippen zu bringen, den sie in der letzten Zeit gar nicht mehr ausgesprochen hatte, den sie wie ein Geheimnis tief verborgen im Herzen trug. „Sie halten mich gewiß für recht kindisch," begann sie endlich, „und wissen nicht, was Sie von mir denken sollen. Ja, es ist wahr, Assessor Gontrau ist mein Bräutigam. Es war nur ein Scherz von mir, wenn ich Ihnen das nicht gleich sagte. Ich wollte gern Ihre Überraschung sehen, wenn Sie es dann von mir erfuhren, und da – da ärgerte ich mich so, daß Herr Lüders mir den Spaß verdarb."

Der Augenblick hatte Ilse diese Ausrede eingegeben, und sie wunderte sich jetzt selbst, wo sie den Mut hergenommen hatte, dieselbe auszusprechen. Hinterher schämte sie sich ihrer Lüge und blickte verlegen vor sich nieder. Sie hatte gegen ihre Natur gehandelt, denn Offenheit war eine große Tugend von ihr. Daher kam sie sich verächtlich vor und schwankte, ob sie dem Doktor nicht die Wahrheit eingestehen solle, denn er hatte sie doch sicher ohnedies schon durchschaut. Aber als sie in sein Gesicht blickte, in dem sie keinerlei Zweifel über ihre Worte entdeckte, als sie in seine unbefangenen Augen sah, die jetzt mit einem freudigen Ausdruck auf sie gerichtet waren, da schwieg sie doch. Herzlich streckte er ihr die Hand entgegen und rief vergnügt:

„Wie freue ich mich, die Braut meines lieben Gontrau kennen gelernt zu haben! Von Herzen wünsche ich Ihnen zu solchem Manne alles Glück. Aber bitte, Fräulein, nun erzählen Sie mir von ihm. Wie geht es ihm, was tut und treibt er? Sobald ich Zeit habe, werde ich ihm schreiben."

Andres glaubte wirklich an Ilses Erzählung, und daß ihre Aufregung nur aus dem Ärger über den verdorbenen Scherz entstanden war. Deshalb plauderte er mit aller Unbefangenheit weiter und merkte nicht wie peinlich die junge Braut die Fragen nach ihrem Verlobten berührten. Sie saß wie auf Kohlen und antwortete, so geschickt sie konnte. Aber auf die Dauer wurde es ihr äußerst schwer, die Diplomatin zu spielen, zu der sie nicht geboren war. Sie wurde immer verwirrter, gab zerstreute Antworten, und als der Doktor sie fragte, ob sie und Leo sich täglich schrieben, und bat, sie möchte ihn in ihrem nächsten Briefe von ihm grüßen, da brachte sie es nicht mehr über das Herz, sich noch weiter zu verstellen.

„Ich – ich," stammelte sie, „schreibe meinem Bräutigam nicht und kann ihn deshalb auch nicht von Ihnen grüßen."

Er glaubte, sie scherze und fragte lachend, ob sie ihm denn überhaupt niemals schriebe.

Nun war es mit ihrer Fassung ganz zu Ende.

„Nein," wiederholte sie erregt, „überhaupt nicht! Ach, ich bitte, schweigen Sie, ich kann Ihnen jetzt nicht erklären, jetzt nicht sagen –"

Sie brach ab, denn zum ersten Male schämte sie sich ihres Zerwürfnisses mit Leo aus tiefstem Herzensgrunde; es kam ihr unwürdig vor, und in dieser Stimmung wußte sie nichts andres zu tun, als ihr Taschentuch herauszunehmen und wie ein Kind zu weinen.

Erschrocken und erstaunt über dieses neue Rätsel, das ihm seine Nachbarin aufgab, war Andres aufgesprungen, und er empfand es wie eine Erleichterung, als in diesem Augenblick Nellie hereintrat, welche die Freundin holen wollte, da ein allgemeiner Aufbruch stattfand. Sie war nicht wenig überrascht, Ilse in dieser Verfassung vorzufinden. Fragend blickte sie auf den jungen Arzt, der ihr mit einem Achselzucken antwortete, als wollte er sagen: „ich weiß auch nicht, was dieses bedeuten soll." Er entfernte sich hierauf rasch und die beiden Freundinnen waren allein.

„Um Gottes willen, Ilschen," flüsterte Nellie, „fasse dich, die Leute dürfen dir so nicht sehen. Was hast du, was ist geschehen?"

„Ach Nellie, ich habe mich furchtbar blamiert," schluchzte Ilse, „laß mich jetzt, ich erzähle dir alles, wenn wir zu Hause sind."

„Tu der dumme Tuch ins Tasch; die andern kommen, was sollen sie von dich denken? Sieh nur, wie der Referendar dir prüft."

„Der unverschämte Mensch," fuhr Ilse auf, „was fällt ihm ein? Er fixiert mich fortwährend, schon bei Tische hat er kein Auge von mir verwandt, der freche Bursche!"

„Still, Ilschen, nicht so laut," mahnte Nellie die Aufgeregte, „er hört ja, was du sagst."

„Und wenn er es hört," sagte Ilse absichtlich laut, mit einem drohenden Blick auf Lüders, „er soll es hören, ich würde es ihm auch ins Gesicht sagen."

Nellie hielt ihr den Mund zu. Sie war über Ilses Heftigkeit nicht sehr verwundert, kannte sie dieselbe doch hinlänglich und wußte, daß sie ebenso entschieden in ihren Abneigungen, wie in ihren Zuneigungen war.

Die übrige Gesellschaft umstand im Kreis die Wirte und nahm mit vielen Komplimenten Abschied.

„Nimm dir zusammen, wir müssen gehen," sagte Nellie leise zu Ilse.

„Na, was habt ihr beide denn wieder zu tuscheln?" fragte Althoff, der jetzt zu ihnen trat. „Kommt, Kinder, alle machen einen schönen Knix, jetzt ist die Reihe an uns. Ilse, Sie sehen ja so elegisch aus, was ist Ihnen denn? Hat Florchen Ihnen etwa ihre Gedichte zu lesen gegeben und sind Sie davon so gerührt geworden?"

Ilse lachte gezwungen zu diesem Scherz, denn ihr war nichts weniger als lächerlich zu Mute, fühlte sie sich doch beschämt und unzufrieden, daß sie sich soweit hatte hinreißen lassen, kurz und gut, sie wurde von den selbstquälerischsten Gedanken heimgesucht und dadurch in höchst unbehagliche Laune versetzt.

Auf dem Heimweg, den man gemeinschaftlich antrat, hätte sie zu gern den jungen Arzt noch gesprochen, denn ihr Benehmen ihm gegenüber lag ihr bleischwer auf der Seele.

Einer nach dem andern trennte sich von der Gesellschaft. Zuletzt hatten Althoffs nur noch Andres und den Ilse so verhaßten Referendar, welche beide in ihrer Nähe wohnten, zu Begleitern.

„Wenn dieser Mensch doch nicht mitginge," dachte Ilse; er machte es ihr unmöglich, mit Andres noch ein Wort zu sprechen, denn er wich nicht von dessen Seite.

Als sie vorm Hause angelangt waren, kam ihr noch eine günstige Gelegenheit zu Hilfe, ihr Herz zu erleichtern.

Althoff richtete eine eingehende juristische Frage an Lüders, und Nellie, am Arm ihres Mannes, hörte dem Gespräche zu. Diesen Augenblick benutzte Ilse, sich dem jungen Arzt zu nähern und ihm hastig zuzuflüstern: „Verzeihen Sie mir mein dummes Betragen von heute abend. Nicht wahr, Sie halten mich für recht kindisch?"

„Aber mein Fräulein!" rief er etwas verlegen über dieses offene Bekenntnis. „Warum sollte ich Ihnen böse sein? Ich –"

„Still!" unterbrach sie ihn, und ihre Augen blickten scheu zur Seite, denn die Unterhaltung zwischen den beiden Herren war beendet.

„Gute Nacht!" sagte Ilse und reichte Andres freundlich die Hand, während sie Lüders eine förmliche Verbeugung machte, ohne seine ihr entgegengestreckte Hand zu beachten; sie hätte sich nicht entschließen können, sie zu berühren, einen solchen Widerwillen flößte ihr dieser Mensch ein.

Noch lange saß sie in ihrem Stübchen und dachte nicht daran, sich auszuziehen. Die Vorgänge des Abends erregten sie noch zu sehr, als daß sie hätte schlafen können, wenn sie sich auch zur Ruhe gelegt haben würde. Von Nellie hatte sie sich schnell getrennt, ohne ihr eine weitere Aufklärung zu geben. Heute konnte und wollte sie nicht mehr von der

Geschichte sprechen. Desto mehr beschäftigte dieselbe ihre Gedanken. Sie konnte sich nicht beruhigen, daß sie sich so dumm benommen hatte.

Wenn der Doktor nur nicht von den Liebesgeschichten angefangen hätte, die ihr doch unmöglich gleichgültig sein konnten. Sie hatte niemals darüber nachgedacht, ob Leo wohl schon eine andere Neigung gehabt haben mochte, bevor er sich in sie verliebte. Und nun erfuhr sie zufällig, daß er ein flotter Kurmacher gewesen war und daß ihn die jungen Mädchen sehr umschwärmt hatten. Zum zweiten Male ertappte sie sich heute abend auf einem eifersüchtigen Gefühle, das ihr bis dahin völlig unbekannt gewesen; auf der andern Seite aber berührte sie es doch nicht unangenehm, daß Leo so begehrenswert erschien. Nur die schöne Amerikanerin wollte ihr nicht aus dem Sinn. Wieder stieg die Frage in ihr auf: warum hat er dir nie etwas davon erzählt? Warum hat er diese Bekanntschaft verschwiegen? Gewiß ist ihm die Erinnerung an das schöne Mädchen schmerzlich, die wohl so viel schöner und klüger war, als du.

Unwillkürlich trat Ilse vor den Spiegel und betrachtete sich eingehend. Es war ihr nie eingefallen, daran zu denken, ob sie wohl für Leo hübsch genug wäre; nie hatte sie Wert darauf gelegt, sich für ihn besonders zu schmücken, wie das andre Bräute für den Bräutigam tun. Aber heute prüfte sie ihr Gesicht Zug für Zug, und verglich sich im geheimen mit der reizenden Amerikanerin, deren Bild ihre Phantasie ihr so lebhaft vorführte, als hätte sie dieselbe schon in Wirklichkeit gesehen. Sie fand sich grundhäßlich gegen ihr Phantasiegebilde, welches sie mit einem überlegenen Lächeln anzublicken schien. Sicher hatte Leo eine Photographie seiner Angebeteten, die er immer bei sich trug, womöglich auf dem Herzen. Die Augen, so hatte Doktor Andres gesagt, wären geradezu ›phänomenal‹ gewesen. Wieder verglich sie im Spiegel die ihrigen damit, und wieder fiel der Vergleich zur größten Unzufriedenheit aus.

Ein leises Klopfen an der Tür hatte Ilse in der eifrigen Betrachtung ihres Spiegelbildes ganz überhört. Nellies Stimme ließ sie zusammenfahren.

„Warum siehst du dich denn so in den Spiegel, darling, mit so böse Augen, daß ich mir fürchten muß?“

Ilse war betroffen zurückgetreten in größter Verlegenheit, die aber von Nellie nicht bemerkt wurde, weil sie an ganz etwas anderes dachte.

„Es ist gut, daß du nicht schon schläfst und ich dein süßes Schlummer stören muß,“ sagte sie, „denn Ilschen, ich habe eine große Neuigkeit, die ich nicht bis morgen früh bei mich behalten konnte, ohne daß du ihr weißt. Lies hier dieses Brief!“

Ilse zitterte. „Eine große Neuigkeit,“ so sagte Nellie und brachte einen Brief. Von wem war er, was für eine Neuigkeit mochte er enthalten? Dann schalt sie sich töricht, daß sie bei der geringsten Gelegenheit an Leo dachte, als ob jede Neuigkeit von ihm handeln, jeder Brief von ihm kommen müßte. Er dachte gewiß nicht daran, ihr zu schreiben, ja vielleicht hatte er sie schon vergessen. Bei diesem tragischen Gedanken fühlte sich Ilse so weich werden, daß sie sich abwandte, damit Nellie ihr Gesicht nicht sähe.

Diese hatte inzwischen den Brief aus dem Kuvert genommen und entfaltet.

„Du rätst nicht, von wem er kommt, darling. Denke dich nur, er ist von unsre Orla!“

„Von Orla?“ fragte Ilse erstaunt.

„Ja, von ihr. Aber hier lies.“

Sie reichte ihr mit diesen Worten die eng beschriebenen Blätter mit den energischen, fast männlichen Schriftzügen.

„Lies laut vor,“ bat Nellie, „ich habe ihn so in der Flucht gelesen, weil neugieriges Fred ihn haben wollte.“

Ilse las wie folgt:

Liebste Nellie!

Ich sehe im Geiste dein erstauntes Gesicht beim Empfang dieser Epistel, denn leider ist unser brieflicher Verkehr seit deiner Verheiratung gänzlich eingeschlafen. Mein langer Brief, welcher dir meine Glückwünsche dazu brachte, blieb unbeantwortet. Aber du kennst mich wohl hinreichend, um zu wissen, daß ich ganz und gar kein Talent zur Empfindlichkeit besitze und trotz deiner Schweigsamkeit nicht einen Augenblick an deiner Freundschaft gezweifelt habe, von der ich heute den ausgiebigsten Gebrauch machen möchte. Doch davon später! Vor allen Dingen, liebe Nellie, wie geht es dir und deinem Gatten? Ich hoffe, daß euch diese Zeilen im besten Wohlsein antreffen. Ich denke viel an euch beide glücklichen Menschen und gönne euch von Herzen alles Gute dieser Erde, mit dem Wunsche, das Schicksal möchte euch immer so gnädig gesinnt bleiben.

Du wunderst dich, wie ich in diese bei mir so ungewöhnliche Stimmung geraten bin? Du sollst eine Erklärung haben. Warum fiel ich auch nicht sofort mit der Türe ins Haus und hielt mich erst bei großen Umschreibungen auf! Doch der Mensch ist nun einmal so wunderlich und hält sich das unangenehme gern so lange wie möglich fern. Mit wenigen Worten will ich dir erzählen, wie übel mir das Geschick mitgespielt hat. Du weißt ja, liebe Nellie, mein Großvater war reich, im Wohlstand bin ich aufgewachsen und erzogen. Mein Großvater glaubte dem einzigen Kinde seiner Tochter, das nur zu früh elternlos geworden, nichts versagen zu dürfen, er hat mich in jeder Beziehung verwöhnt. Ich dachte, obwohl sonst, wie du ja weißt, eine skeptische Natur, das müßte so sein und könne niemals anders werden. Aber, daß aus einer reichen Erbin mit einem Schlage ein armes Mädchen werden kann, muß ich an mir selbst nun bitter genug erfahren.

Ich will dir brieflich nicht auseinandersetzen, auf welche Weise wir unser ganzes Vermögen verloren haben. Mein armer Großvater ist vollständig fassungslos, und das mit anzusehen, ist mein größter Kummer. Der Mann, der noch so lebensfrisch war, ist gebrochen; er bildet sich ein, mein ganzes Glück zerstört zu haben und quält sich mit den größten Vorwürfen, trotzdem ich ihm immer wiederhole, daß ich, jung und kräftig wie ich bin, es wage, mit dem Leben aufzunehmen.

Das sage ich übrigens auch nicht nur ihm zum Trost, es ist meine wahre Meinung, die ich damit ausspreche. Ich zage nicht, und Sorge macht mir nur die Zukunft meines alten Großvaters, dem es ein schwerer Gedanke ist, nun von seinem Sohne abhängig zu sein, obgleich mein Onkel und dessen Frau ihn in der liebevollsten Weise aufnehmen werden.

Mein Onkel hat glänzende Einnahmen; er hat aber vier Kinder und führt ein großes Haus, denn mit der Aussicht auf die erhebliche Erbschaft seines Vaters brauchte er ja nicht ans Sparen zu denken.

Auch mir haben meine Verwandten in liebenswürdigster Weise ihr Haus geöffnet und mir ein Heim darin angeboten. Doch ich habe ihnen erklärt, daß ich mich auf meine eigenen Füße stellen wollte, und mein Onkel hat mir eine ansehnliche Summe zu meiner Ausbildung zur Verfügung gestellt. Mit meinen sogenannten ›noblen Passionen‹ ist es nun natürlich vorbei; ich ritt und fuhr mit großer Leidenschaft, war überhaupt dem Sport sehr ergeben. Tempi passati! Mein Reitpferd, ein Goldfuchs, ist bereits für einen hohen Preis verkauft, und auch für mein Pony-Dreigespann habe ich schon einen Käufer gefunden. Die schönen Tiere kommen zum Glück in gute Hände, das macht mir die Trennung von ihnen leichter! Aber wohin gerate ich? Ich glaube wahrhaftig, ich fange an zu klagen und doch liegt mir nichts ferner als das!

Gute Freunde haben mir geraten, eine Gouvernantenstelle anzunehmen, oder Gesellschafterin zu werden; dagegen sträubte ich mich mit aller Energie! Wenn ich mich auch vor den Verhältnissen beugen muß, so möchte ich mich doch nicht von den Stimmungen launenhafter Damen und den Unarten verzogener Kinder abhängig machen. Und dann, du weißt ja, bin ich zu offen und sage, wenn man mich danach fragt, jedem die Wahrheit ins Gesicht. Diese Tugend oder Untugend, wie man will, paßt aber nicht für eine Gouvernante oder Gesellschafterin. Nein, um keinen Preis ein solches Los! Meine guten Ratgeber haben sich auch schließlich überzeugen lassen, daß ich für solche Stellen nicht passe, und billigen jetzt einen andern Plan, den du gleich erfahren sollst. Erschrick aber nicht zu sehr, wenn ich ihn dir mitteile.

Ich will mich nämlich immatrikulieren lassen und zwar für die medizinische Wissenschaft, die mich von jeher sehr interessiert hat; vielleicht, weil mein Vater ein bedeutender Arzt war, erbte ich diese Neigung. Ich weiß, daß eine lange Zeit vergehen wird, bis meine Studien beendet sein können, aber ich schrecke davor nicht zurück. Meine Verwandten sind mit meinem Vorhaben einverstanden, und ich beabsichtige in Zürich mein erstes Semester anzutreten.

Jetzt kann ich endlich meine Bitte anbringen, nach dieser langen Einleitung, die nun einmal unumgänglich notwendig war. Die große Verehrung, die ich für deinen Mann, meinen früheren Lehrer, empfinde, hat den lebhaften Wunsch in mir wachgerufen, wieder seine Schülerin zu werden und die Zeit bis Ostern, wo ich nach Zürich gehe, damit auszufüllen, daß ich unter seiner Leitung die Lücken in meinen Kenntnissen auszufüllen suche.

Seitdem ich die Schule verlassen habe, bin ich nicht untätig gewesen: aus Liebhaberei nahm ich noch regelmäßig Stunden in allen möglichen Fächern der Wissenschaft und hoffe deshalb, daß ich deinem Manne nicht zu große Mühe machen werde. Ersuche ihn in meinem Namen, reiflich zu überlegen, ob er gesonnen ist, meine Bitte zu erfüllen, was mich sehr glücklich machen würde, denn ich habe die größte Hochachtung vor dem Wissen und pädagogischen Talente deines Gatten. Und ist er dann entschlossen, liebe Nellie, meinem Wunsche nachzukommen, dann verliere keine Zeit und benachrichtige mich sofort. Ich mache mich bereit, jeden Tag von hier abreisen zu können, und werde mich nach einer zusagenden Antwort von euch gleich auf die Eisenbahn setzen. Du bist wohl so gut und erkundigst dich nach einer passenden Pension für mich, bei netten Leuten. Du bist ja so praktisch, daß ich dir alles weitere überlasse. Meine Verwandten grüßen dich und deinen Mann unbekannterweise herzlich. Ich freue mich sehr, notabene, wenn etwas daraus wird, euch wiederzusehen und bleibe mit den freundschaftlichen Grüßen für euch beide, stets

St. Petersburg 17/29. 10. 18..

deine treue
Orla Sassuwisch.

„Arme Orla," sagte Nellie bedauernd, als Ilse zu Ende gelesen hatte, „ich hatte ihr stets so gern."

„O, ich auch!" rief Ilse. „Aber weißt du, Nellie, ich hatte immer ein bißchen Angst vor ihr; sie ist so klug und sieht einen so durchdringend und scharf an, als könnte sie die geheimsten Gedanken erraten. Zur Studentin paßt sie famos! Ob sie wohl noch raucht? Was sagt denn dein Mann dazu, daß sie studieren will, ist er damit einverstanden?"

„O, Fred will ihr gern das Unterricht geben, er meint nur, es wäre ein großer Schritt von einer Frau, zu studieren, und will ihr das auch vorstellen. Doch ich sage ihm, Orla hat eine feste Kopf; was sie will, das tut sie, du kannst ihr nicht abbringen. Morgen schreibe ich ihr gleich, sie soll kommen; wir nehmen ihr herzlich gern auf. Und nun, gute Nacht, darling, ich bin müde von die langweilige Flora-Gesellschaft und auch du hast schläfrige Augen."

Die Freundin war schon längst fort, und Ilse hatte sich gleichfalls zur Ruhe begeben, lag aber noch wachend im Bette; die Erinnerung an den ereignisreichen Abend raubte ihr den Schlaf. Orlas Schicksal beschäftigte sie lebhaft. Orla, eine Studentin, das war doch zu interessant! Was wird Flora dazu sagen und die artige Rosi, welche die freidenkende und energische Russin niemals verstanden hatte, sie wird über diese Emanzipation gewiß außer sich sein.

Als Gott Morpheus unsre kleine Ilse endlich in seine Arme schloß, träumte sie lauter wunderliches Zeug. Orla stand in Männerkleidern vor ihr und hatte das Cereviskäppchen flott auf das eine Ohr gesetzt. Mit einem kurzen Spazierstöckchen schlug sie an ihre hohen Stulpenstiefeln und blies aus einer Zigarette zierliche blaue Ringeln in die Luft. Dann wieder erschien Leo in Ilses Träumen. Er lag zu den Füßen der schönen Amerikanerin, die ihn mit ihren schwarzen Augen verführerisch anblickte. Ilse wurde bei diesem Anblick von einer wilden Eifersucht ergriffen, sie wollte dazwischen fahren, war aber wie festgebannt und konnte sich nicht vom Flecke rühren. –

Den Brief an Orla hatte Nellie am andern Tage in aller Frühe geschrieben; die Antwort war sofort in einem kurzen Telegramm erfolgt, das die Worte enthielt:

„Ich werde Montag abend 8 ½ Uhr dort eintreffen.

Orla."

Nach einer Wohnung für dieselbe hatte sich Nellie nicht umgesehen, denn selbstverständlich würde sie die Freundin nicht ausquartieren; sie sollte vielmehr das Fremdenstübchen mit Ilse teilen. Die bevorstehende Ankunft Orlas war jetzt ein lebhafter Gesprächsgegenstand. Flora fand die Idee, daß Orla studieren wollte, ›einfach genial‹ und war so begeistert darüber, daß sie behauptete: wenn sie nicht ›Hymens Fesseln‹ bänden, wie sie sich, stets poetisch, ausdrückte, würde sie ebenfalls studieren, wenn sie auch nicht gerade die medizinische Wissenschaft zu ihrem Studium wählen möchte, die nach ihrer Meinung nun einmal alles Ideale in der menschlichen Brust ersticke.

„Orla und ich verstanden uns von jeher gut, wir sind sozusagen ›geistig verwandt‹," sagte sie zu Nellie und Ilse, „ich freue mich deshalb schrecklich, sie wiederzusehen."

Im stillen dichtete sie an einem Sonett, welches sie in einem Blumenstrauß versteckt zum Empfange überreichen wollte und in dem sie in überschwenglichster Weise eine Heldin der Zukunft besang.

„Wißt ihr noch, Kinder," fragte sie die Freundinnen, „wie Orla die wirklich großartige Rede unter dem Lindenbaum hielt, und wie ich ihr damals schon prophezeite, daß einst etwas Großes aus ihr würde? Ich habe mich nicht getäuscht, ich ahnte, daß sie sich über das Niveau des alltäglichen Lebens erheben würde. Ihre groß angelegte Natur strebt nach Höherem, mit kräftiger Hand zerreißt sie die engen Fesseln der Weiblichkeit und stellt sich den Männern an die Seite. Ich begreife sie, ich verstehe sie voll und ganz, denn wer so wie ich den Drang nach etwas andrem, besserem in sich fühlt, der leidet beständig unter dem Druck der grauen Alltäglichkeit, welche eine nüchterne, kalte Oede im innersten Gemüt hinterläßt."

Ihre wasserblauen Augen waren bei dieser schönen Rede schwärmerisch gen Himmel gerichtet, und sie bemerkte deshalb nicht, daß Nellie unwillig den Kopf schüttelte.

„O Flora," sagte diese ernst, „du versündigst dir. Wie darfst du von einer kalte, graue Oede in dein Inneres sprechen und hast ein so guten Mann, ein herziges Baby –, o, wie süß ist das Kind! Wär es mein, wie wollte ich ihr hegen und pflegen. Warum hast du es so wenig um dir? Du mußt mit die Kleine spielen, ihr schöne Geschichtens erzählen, wie wir es mit unsere kleine Lilli taten."

„Verschone mich mit deinen weisen Reden," unterbrach sie Flora beleidigt, aber doch etwas verlegen. „Eine so alberne Mutter, wie du sie eben schilderst, bin ich Gott sei Dank nicht. Das Kind ist gut versorgt. Habe keine Angst, liebe Nellie, ich bin mir der heiligen Mutterpflichten wohl bewußt."

Das war wieder echt, wie Flora gesprochen, theatralisch und überspannt. Es war ihr offenbar unangenehm, daß Nellie hiervon angefangen hatte, und sie gab deshalb dem Gespräch möglichst schnell eine andre Wendung. In ihrem Innern dachte Nellie, daß sie es mit den ›heiligen Mutterpflichten‹ doch wohl nicht so genau nähme; das kleine verschüchterte, nachlässig gekleidete Stiefkind war der sprechendste Beweis dafür. Es war nicht fröhlich und vergnügt wie andere Kinder, ein wehmütiger Ernst lag in seinen großen Augen, und der kleine Mund war trotzig fest geschlossen. Nur wenn Käthchen bei ihrem Vater war, dann strahlte sie und ein glückliches Lächeln machte das Kindergesicht unendlich liebreizend. Um die Mittagszeit stand sie schon lange, bevor er kam, am Fenster und wartete auf ihn. Sah sie ihn kommen, so lief sie ihm entgegen und hing an seinem Halse. Über sein ernstes Gesicht flog es dann wie Sonnenschein, er küßte und liebkoste die Kleine.

„Du verwöhnst Käthe einfach grenzenlos," warf ihm Flora einmal vor, „sie ist bereits furchtbar verzogen, ein schrecklich unartiges Kind, man hat seine liebe Not damit."

„Flora, du vergißt, wie lange das Kind mutterlos gewesen ist," sagte er, und man sah ihm an, wie weh ihm ihr hartes Urteil über seinen Liebling tat, „ich konnte mich neben meiner Praxis wenig um dasselbe bekümmern, es war fremden Händen überlassen. Ist es da wunderbar, daß seine Erziehung vernachlässigt ist? Habe doch Geduld mit ihm."

Er wollte noch hinzusetzen: und bekümmere dich mehr darum, aber er sagte nichts, denn er kannte Floras Empfindlichkeit. Im Anfang ihrer Ehe, als er seine Frau immer am Schreibtische sitzend vorfand, wenn er nach Hause kam, hatte er sie sanft aber inständig gebeten, sich mehr um den Haushalt zu bekümmern, denn nie war das Essen zur rechten Zeit fertig, und wenn es auf den Tisch kam, war es nur zu oft ungenießbar. Da kam er aber schön an, sie warf ihm vor, er sei doch gar zu materiell und das Essen spiele bei ihm die Hauptrolle.

Er war mit Scherz über diese unangenehme Bemerkung hinweggegangen und hatte freundlich zu ihr gesagt: „In den Mußestunden, liebes Kind, kannst du so viel schreiben als du willst, aber nie darfst du darüber die Pflichten der Hausfrau und Mutter versäumen."

Das nahm Flora sehr übel und tagelang sprach sie kein Wort mit ihm. Aber ihre Lebensweise änderte sie in keiner Beziehung, ja seine Vorwürfe regten sie nur zu neuen Taten an, in langen Gedichten klagte sie ihr Leid, daß sie eine mißverstandene Frau sei. Sie dachte nur an sich; was lag auch daran, daß ihr Mann, wenn er hungrig und müde nach Hause kam, keine Behaglichkeit vorfand, und sich dann in sein Zimmer zurückzog? Wie konnte man überhaupt so prosaisch sein und sich durch solche Dinge die Laune verderben lassen! Sein liebevolles Zureden, seine eindringlichen Vorwürfe, nichts half, um Flora zu ändern. Da riß dem sonst so gutmütigen Manne die Geduld, er bat nicht mehr, er verlangte, und es kam zu heftigen Szenen zwischen den beiden Eheleuten. Flora spielte dann die schwer Beleidigte.

Doktor Gerber hatte nicht geahnt, als er noch verlobt war und Flora ihn mit überschwenglichen Gedichten überschüttete, die er nur flüchtig las, daß er einst unter dieser poetischen Ader zu leiden haben würde. Er sah es für eine Spielerei an, die ein Ende nehmen würde, wenn erst ernste Pflichten an die junge Frau heranträten. Wie bitter wurde er enttäuscht! Aus der sanften, hingebenden Braut, die ihn schwärmerisch anzubeten schien, in der er eine treue Lebensgefährtin, eine sorgende Mutter für sein Kind zu finden hoffte, wurde eine unfügsame, selbstsüchtige Frau, welche Mann und Kind vernachlässigte und sich obenein noch gekränkt fühlte, daß er ihrer dichterischen Beanlagung so wenig Interesse schenkte und so geringes Verständnis entgegenbrachte. „Sie mit ihrer idealen Natur passe nun einmal nicht in diese profane Welt," so tröstete sie sich schließlich. Ihr Mann ertrug jetzt alles mit ruhiger Ergebung, nachdem seine Liebe und Güte, dann seine Strenge, ja selbst sein Zorn nichts gefruchtet hatten. Er ging seinem anstrengenden Berufe nach und sagte nichts mehr; Flora war froh, daß sie keine Vorwürfe mehr hören mußte und Ruhe hatte. Einen Verehrer ihrer Muse hatte sie in dem Referendar gefunden, dem sie unter vielen Seufzern ihr Schicksal klagte und wie hart es sei, von dem eigenen Manne verkannt zu werden.

„Ich habe mir meine besondere Welt geschaffen, in der ich lebe," sagte sie zu Lüders, „denn wer versteht mich? Außer Ihnen niemand," fügte sie mit einem gefühlvollen Augenaufschlag hinzu. Auf Nellie blickte sie mit einer gewissen Geringschätzung herab, sie ging ja, nach ihrer Meinung wenigstens, vollständig in ihrem Mann und den Haushaltungssorgen auf.

Als sie ihr das einmal sagte, hatte Nellie erwidert: „Tut nix, von schöne Gedichte und Romans kann mein Mann nicht satt werden, ich bin nun mal ein prosaisches Frau, liebe Dichterin."

„Orla wird mit ihren geistigen Interessen wenig Anklang bei Nellie finden," dachte Flora im stillen und meinte, es wäre eigentlich besser, Orla wohne bei ihr. Sie beneidete Althoffs grenzenlos um ihren interessanten Besuch und nahm sich vor, mit Orla sehr viel zu verkehren. Ihrem Freunde, dem Referendar Lüders und ihren Bekannten erzählte sie mit großer Wichtigkeit und Ausführlichkeit von der bevorstehenden Ankunft der jungen Russin, die eine intime Freundin von ihr sei, da sie beide sozusagen ›geistesverwandt‹ wären, daß sie zusammen in der Pension gewesen seien, und wie sich Orla schon damals durch ihre hervorragende Begabung ausgezeichnet hätte. Sie umgab deren Persönlichkeit mit einem Nimbus, der darauf berechnet war, seinen glänzenden Schein vorteilhaft auf sie selbst zurückzuwerfen. Da war es denn bald stadtkundig geworden, welchen Besuch Althoffs erwarteten, und man sah demselben mit Spannung und Neugierde entgegen, ja sogar die Männer waren begierig, die junge Dame kennen zu lernen!

*

Nun war Orla schon einige Tage bei den Freunden, und da sie sich müde und abgespannt von der Reise fühlte, ging sie nicht aus dem Hause, ahnungslos, wie sehnsüchtig man im Städtchen auf ihr Erscheinen wartete und wie sehr sie die Geduld der Neugierigen auf die Folter spannte. Flora kam fast jeden Tag; sie war natürlich auch auf dem Bahnhof gewesen, als Orla ankam, hatte diese überschwenglich umarmt und ihr den Strauß mit dem bewußten Gedicht in die Hand gedrückt. Orla nahm diese Begrüßung etwas kühl und verwundert auf, war sie doch gerade mit Flora nie vertraut gewesen, deren Natur ihr vollkommen unverständlich und unsympathisch war. Dagegen freute sie sich aufrichtig, Ilse wiederzusehen.

„Nellie," hatte Ilse vor Orlas Ankunft gesagt, „bitte, erzähle Orla nur gleich alles –, du weißt schon, die Geschichte mit der Flucht. Wenn sie mich nach Leo fragte, das wäre mir schrecklich, denn gerade ihr gegenüber schäme ich mich doppelt, sie kann gewiß nicht begreifen, daß ich eines lumpigen Streites wegen fortlaufen konnte, sie denkt so erhaben über alles Kleinliche."

Nellie hörte mit heimlicher Genugtuung und Freude die Freundin an und sagte zu ihrem Manne: „Du Fred, Ilschen ist auf die Besserung, sie nennt den Streit mit ihre Schatz schon ›lumpig‹ und meint eine solche ›Kleinigkeit‹ könne Orla nicht begreifen."

Die drei Freundinnen hatten sich viel zu erzählen, und manche Stunde wurde mit alten Erinnerungen verplaudert. Waren diese im Grunde doch noch so frisch und neu; nur zwei Jahre lagen dazwischen und die hatten keine davon verwischen können. Die kurze Spanne Zeit hatte aber manche Veränderungen hervorgebracht, namentlich wollten Orla die drei würdigen Hausfrauen unter den Pensionsschwestern nicht recht in den Sinn.

„Ich komme mir gegen euch ehrbare Frauen – Ilse rechne ich mit – wie ein Wickelkind vor," sagte sie scherzend.

„Na Orla," neckte Ilse, „wie lange wird es dauern, und du bist auch verlobt und verheiratet, du bist so hübsch und klug –"

„Um Gottes willen, Ilse," fiel ihr Orla in die Rede, „du willst mir doch nicht etwa Schmeicheleien sagen, Kind! Du weißt doch, daß ich sie hasse."

Aber Ilse lag es fern, der Freundin schmeicheln zu wollen. Aus ihren Worten sprach die aufrichtigste Bewunderung und sie war viel zu offen, jemand etwas Angenehmes zu sagen, wenn es nicht ihre wirkliche Meinung war. Die ganzen Tage her hatte sie Orla verstohlen angeblickt, denn sie fand sie jetzt noch viel hübscher, als in der Pension. Sie war größer und voller geworden, dabei schlank und biegsam wie eine Tanne. Besonders gut gefiel Ilse Orlas ›interessante Blässe‹, und in der Tat bot der matte, aber warme Teint im Verein mit den dunklen geistvollen Augen, dem kurzen, leichtgelockten Haar ein unendlich anziehendes und reizvolles Bild. Ihr Profil war scharf geschnitten, ein keckes Stumpfnäschen verlieh ihrem Gesicht etwas Pikantes, und den kleinen vollen Mund mit den stolz geschwungenen Lippen hatte Flora schon in der Pension als ›vollendet klassisch‹ besungen. Trotz einer gewissen Schroffheit in Orlas Wesen konnte sie hinreißend liebenswürdig sein und jedermann bezaubern.

Am Tage nach ihrer Ankunft hatte sie den Freunden alles erzählt, was sie Trauriges betroffen hatte, und mit ihnen ihre Zukunftspläne beraten. Doktor Althoff machte sie schonungslos auf alle Schwierigkeiten ihres Entschlusses aufmerksam, und Orla war ihm für seine Aufrichtigkeit sehr dankbar, aber – so sagte sie ihm nach einer langen Auseinandersetzung unter vier Augen, so wenig Lichtseiten er ihr auch an ihrem zukünftigen Beruf gezeigt hätte, sie wäre trotzdem fest entschlossen, nicht wankend zu werden.

„Ich bin, wenn auch keine Pessimistin, doch weit entfernt davon, eine Optimistin zu sein," sprach sie, „ich weiß ganz genau und habe mir das auch reiflich überlegt, daß ich einen langen, beschwerlichen Weg vor mir habe, bis ich mein Ziel erreiche, und dennoch schrecke ich nicht zurück."

Nun, an Energie und Begabung fehlte es ihr nicht, das wußte er, denn schon in der Schule hatte er seine Freude an ihr gehabt und war oft überrascht gewesen, wie sie bei einem schnellen Fassungsvermögen für eine Frau auffallend klar und logisch dachte. Nie betrieb sie das Lernen oberflächlich, sie nahm alles sehr genau und erforschte die Dinge bis auf den Grund. Daß es ihr aber heiliger Ernst mit dem Studium war, daß kein Gedanke der Eitelkeit, noch die Sucht nach Außergewöhnlichem sie dazu bestimmt hatten, das konnte man alsbald merken, denn sie entwarf mit Althoff sofort einen genauen Stundenplan und er hatte sich in der Folge über seine eifrige und fleißige Schülerin nicht zu beklagen. Mit dem Unterricht wurde gleich am übernächsten Tage ihres Eintreffens begonnen.

„Willst du dir nicht erst ein wenig ruhen?" hatte Nellie gefragt, „du bist von die vielen Aufregungen in der letzte Zeit doch gewiß sehr angespannt?"

„Nein, nein, Nellie," gab sie zur Antwort, „ich darf keine Minute Zeit verlieren, außerdem ist gegen elegische Gedanken, wie sie jetzt manchmal in mir auftauchen wollen, Arbeit das beste Mittel."

Sie hatte sich entschieden gesträubt, bei Althoffs zu wohnen, indem sie behauptete, das ginge nicht, es wäre ihr peinlich. Sie würde sich daher in den nächsten Tagen selbst nach einer passenden Wohnung umsehen; sie schalt Nellie, daß sie es nicht vorher schon getan hätte. Vorläufig bewohnte sie mit Ilse das Fremdenstübchen, und wenn diese abends schon längst im Bette lag, saß Orla noch auf und arbeitete bis tief in die Nacht hinein.

„Aber Orla," sagte Ilse oft, „du darfst nicht so lange aufbleiben, du wirst sonst krank; komm und lege dich schlafen."

„Laß mich nur Kind," antwortete Orla, „schlafe ruhig weiter und habe keine Angst, ich werde nicht krank."

„Kind, sagt sie immer zu mir," dachte Ilse, „gerade als wenn sie viel älter wäre als ich, und sie ist doch erst neunzehn Jahre alt." Aber daß Orla, trotz des geringen Altersunterschiedes viel reifer und verständiger war als sie, das empfand sie nur zu oft und sie kam sich dann ihr gegenüber noch recht kindisch und albern vor.

„Gegen Orla bin ich doch furchtbar dumm," sagte sie einmal zu Nellie.

„O Ilschen," lachte die junge Frau, „du nicht allein, ich auch. Aber wir wollen ja doch keine Studentens werden und für die tägliche Gebrauch sind wir klug genug."

„Weißt du, Nellie, wenn Orla mich mit ihren großen Augen so prüfend und scharf ansieht, dann denke ich immer, daß sie mich in ihrem Innern gewiß recht verspottet und verhöhnt, weil ich davongelaufen bin. Was sagte sie denn eigentlich dazu?"

Nellie konnte sie darüber beruhigen, daß Orla sie weder verhöhnte noch verspottete. Sie hätte Ilse stets gerne gehabt, weil sie ›Temperament‹ besäße, und es täte ihr nur leid, daß sich der kleine Brausekopf selbst bittere Stunden bereitete.

„Selbst bittere Stunden bereitete," wiederholte Ilse Orlas Wort, „als ob ich daran schuld wäre."

Noch glaubte sie nicht an ihr Unrecht, noch war sie im Gegenteil überzeugt, daß sie in der Sache selbst im vollsten Recht sei. Allerdings hatte, wenn sie sich die Szene an jenem verhängnisvollen Mittag ins Gedächtnis zurückrief, wohl schon manchmal eine Stimme in ihrem Innern geflüstert: du hättest nachgeben müssen, du warst zu wiederspenstig; aber dann hörte sie im Geiste wieder deutlich Leos beschämende Worte, und ihre besseren Regungen hielten davor nicht stand. –

Als Orla zum ersten Male mit den Freundinnen ausging, flog ihr mancher bewundernde Blick zu, einige Vorübergehende blieben sogar stehen und sahen der neuen Erscheinung musternd nach. Auch Doktor Andres begegnete ihnen, der durch Flora von der ›interessanten russischen Freundin‹ schon viel gehört hatte und diese nun mit kritischen Blicken betrachtete. Er hatte sich ein anderes Bild von ihr gemacht, denn von Floras überschwenglichen Beschreibungen glaubte er immer nur die Hälfte, weil er sie längst durchschaut hatte. Er hatte sich unter der künftigen Berufsgenossin eine starkknochige, keineswegs anziehende Erscheinung vorgestellt und war nun angenehm überrascht, eine schöne junge Dame, deren Weiblichkeit schon aus ihrer anmutigen Erscheinung sprach, zu erblicken. Mit unverhohlenem Wohlgefallen sah er Orla an.

„Wer war der große stattliche Mann, der uns eben grüßte?“ fragte sie, nachdem er vorüber war.

Nellie nannte seinen Namen.

„Eine sympathische Erscheinung,“ bemerkte Orla noch. “Übrigens, Nellie, werden alle Leute, die neu hierherkommen, so angestarrt wie ich? Sie staunen mich ja an wie ein Wundertier. Sieh nur da drüben die Dame, wie sie dir zuwinkt und durch Zeichen zu verstehen gibt, daß du stehen bleiben sollst; wahrhaftig, sie scheut den Schmutz nicht und kommt über die Straße zu uns.“

Es war die Frau Direktor, die ihre Neugierde nicht bemeistern konnte und unbedingt den fremden Gast von Althoffs kennen lernen wollte.

„Liebe Frau Doktor,“ redete sie Nellie an, „ich habe Sie ja so lange nicht gesehen, es geht Ihnen doch gut, kleine Frau? Und Sie, liebes Bräutchen,“ wandte sie sich an Ilse, „ist die Sehnsucht nach dem Schätzchen nicht zu groß, halten Sie es so lange ohne ihn aus? Wie gefällt es ihm denn in Paris? Gontrau ist doch sein Name, nicht wahr? Ja? Dann habe ich mich nicht geirrt, als ich neulich zufällig durch einen Bekannten meines Sohnes, einen Referendar, erfuhr, daß Assessor Gontrau sich einen längeren

Urlaub zu einer Reise nach Paris genommen habe. Da wird er Ihnen jetzt gewiß viel Interessantes erzählen.“

Nellie hat Ilse bei diesen Worten erbleichen sehen und unterbrach die redsame Dame deshalb schnell.

„Frau Direktor,“ sagte sie, „darf ich Ihnen unsere Freundin Fräulein Orla Sassuwitsch vorstellen?“

Und nun ergoß sich über diese ein gleicher Redestrom; Orla verstand es jedoch geschickt, mit kühler, aber ausgesuchter Höflichkeit ihren Fragen auszuweichen, so daß die aufgeregte Fragerin wenig mehr erfuhr, als sie schon wußte. Die vornehme Zurückhaltung der jungen Dame imponierte ihr gewaltig, und sie bat sie dringend um ihren baldigen Besuch.

„Bitte, kommen Sie aber gleich des Nachmittags mit einer Handarbeit zu einer Tasse Kaffee,“ sagte sie, Orla die Hand schüttelnd, und verabschiedete sich.

„Ich kann diese Frau Direktor nicht ausstehen,“ meinte Ilse offenherzig, „wie unverschämt sie jeden ausfragt! Ich könnte ihr kein Wort erwidern, so furchtbar ärgere ich mich über sie.“

„Aber, beste Ilse,“ lachte sie Orla aus, „wenn man sich über solche Lappalien im Leben schon ›furchtbar ärgern‹ will, dann könnte man ja nie froh sein. Die gute Dame hat mich erheitert, das Fragen und Ausforschen scheint ihr Lebensbedürfnis zu sein. Du lieber Gott, ›jedes Tierchen hat sein Pläsierchen‹, also: lassen wir ihr das Vergnügen.“

„Nein,“ sagte Ilse erregt, „ich könnte mit dieser Frau nicht verkehren, und warum soll man denn auch jemand besuchen, den man nicht ausstehen kann? Nellie mag sie auch nicht leiden und ist doch so freundlich zu ihr.“

„Du bist doch ein recht weltunkundiges kleines Mädchen, Ilse, und hast noch sehr naive Ansichten, nimm mir das nicht übel! Von der ›konventionellen Lüge‹ hast du wohl noch nie etwas gehört? Weißt nicht, daß man den Personen, die man nicht leiden mag, nicht ins Gesicht sagen kann: geh mir aus dem Wege, denn du bist mir unangenehm. Man könnte leider beinahe sagen: je besser man lügen kann, desto weiter kommt man in der Welt. Man nennt das ›weltklug‹ sein."

„Siehst du, Ilschen," warf Nellie ein, „Orla spricht so, wie ich dich schon sagte. Ich mag ihr auch nicht, das neugierige Direktorsfrau, aber sie darf mich das nicht anmerken."

Ilse erwiderte nichts, nachdenklich ging sie neben den Freundinnen her.

Am Abend, als die beiden jungen Mädchen sich zur Ruhe begaben, fragte Ilse plötzlich:

„Orla, würdest du mit deinem Manne alle Besuche machen, die er wünscht?"

„Närrchen, warum nicht? Natürlich! Man braucht ja deshalb noch nicht mit denen, die einem mißfallen, zu verkehren. Wie kommst du überhaupt zu dieser Frage?"

„Ach, ich dachte eben nur so zufällig daran," antwortete Ilse ausweichend und schwieg dann.

Orla schlief schon längst, als Ilse noch wachend in ihrem Bette lag. Leo in Paris, daran mußte sie immer denken. Was wollte er dort, warum reiste er dahin? Um sich zu amüsieren, natürlich nur deshalb. Sie hatte Nellie gefragt, ob es wahr sei, was die Frau Direktor ihr mitgeteilt hatte, und ob sie auch wüßte, daß Leo in Paris sei. Nellie bestätigte es; sie wußte es ja schon länger, hatte ihr aber diese Nachricht bisher absichtlich verschwiegen. Ilse fragte nichts weiter, sondern hatte das Gespräch schnell abgebrochen und von etwas andrem gesprochen, denn Nellie sollte nicht etwa denken, daß sie sich ärgerte oder grämte. Aber ihre Gedanken beschäftigten sich fortwährend mit dieser Reise und raubten ihr selbst den Schlaf. Sie warf sich unruhig von einer Seite zur andern. War es denn nicht der beste Beweis, daß er sie nicht mehr liebte, daß er keinen Kummer empfand, wenn er Lust hatte, zu seinem Vergnügen nach Paris zu reisen? Paris – er hatte ihr schon so oft davon vorgeschwärmt und dabei gesagt, wenn wir erst verheiratet sind, dann reisen wir nach Paris. Und nun reiste er ohne sie, dachte wahrscheinlich garnicht mehr an sein damaliges Versprechen und unterhielt sich gewiß herrlich. Ihr Interesse für diese Stadt wurde plötzlich wach, sie hätte gar zu gern etwas näheres über Paris gewußt. Ob Orla wohl schon dort gewesen war? Sie hatte mit ihrem Großvater weite Reisen gemacht und schon so viel von der Welt gesehen; gewiß war sie auch in dieser Weltstadt gewesen und konnte ihr davon erzählen. Die Neugierde ließ ihr keine Ruhe, und halb in Gedanken rief sie Orlas Namen.

„Ja, was denn, was ist denn, hast du mich gerufen, Ilse?“ fragte diese noch halb im Schlafe.

Ilse war es nun doch peinlich, Orla zu fragen, denn was würde diese dazu sagen, wenn sie jetzt mitten in der Nacht eine Beschreibung von Paris haben wollte?

„Was willst du denn?“ fragte Orla und richtete sich im Bett auf, da sie keine Antwort erhalten hatte. „Warum hast du mich denn geweckt?“

Endlich faßte sich Ilse ein Herz und erkundigte sich zaghaft, ob Orla wohl schon in Paris gewesen sei und wie es dort wäre, sie möchte ihr doch davon erzählen. Sie war froh, daß es Nacht war und Orla sie nicht sehen konnte, denn sie fühlte, wie rot sie bei dieser Frage wurde.

„Mein Gott, Ilse, du phantasierst doch nicht, oder hast du etwa geträumt?“ rief Orla erstaunt.

„Ach nein, ich habe überhaupt noch nicht geschlafen,“ gab Ilse kleinlaut zur Antwort, „und da dachte ich so zufällig an Paris.“

„Ach ja,“ sagte Orla, „nun begreife ich, du beschäftigst dich natürlich deshalb in Gedanken lebhaft mit Paris, weil dein Bräutigam dort ist?“

Ilse erschrak; sie hatte geglaubt, Orla habe es nicht gehört, als die Frau Direktor ihr die Neuigkeit von Leos Reise mitteilte, da sie gerade in dem Schaufenster eines Kunstladens, vor welchem sie standen, die Bilder einiger Professoren betrachtete. Sie hatte dabei nicht gedacht, daß die neugierige Dame eine sehr helle und durchdringende Stimme besaß, so daß Orla recht wohl hören konnte, was sie sagte. Übrigens war dieser erst jetzt bei Ilses Frage die Angelegenheit wieder eingefallen, der sie zuerst keine weitere Aufmerksamkeit geschenkt hatte.

Ilse wußte nicht, was sie auf Orlas Frage antworten sollte, und schwieg deshalb still. Es wäre ihr jetzt sogar lieb gewesen, wenn Orla das Gespräch abgebrochen hätte, aber diese fuhr nach einer kleinen Pause fort:

„Paris ist sehr schön, Ilse, und ich bin überzeugt, daß es deinem Bräutigam dort vorzüglich gefallen wird."

„Ja, das glaube ich auch," fiel ihr Ilse mit spöttischem Auflachen ins Wort, „er wird gewiß furchtbar vergnügt und ausgelassen sein, natürlich, warum sollte er denn auch nicht?"

„Aber Ilse," sagte Orla, die jetzt erst merkte, wie ihre Freundin über diese Reise dachte und empfand, „ich bitte dich, warum soll sich denn dein Verlobter nicht amüsieren?"

Die Gefragte schwieg, aber ein mühsam unterdrücktes Schluchzen klang zu Orla herüber.

„Du kleines leidenschaftliches Mädchen," sprach Orla liebevoll und sanft zu ihr, „vor allen Dingen werde etwas ruhiger. Ich muß jetzt mal in einem weisen Tantenton mit dir reden. Sieh, liebe Ilse, das Leben bringt ohnedies Schweres genug, warum da noch unnütz Grillen fangen und es sich durch Nichtigkeiten verbittern? Nellie hat mir auf deinen Wunsch alles erzählt, und ich sage dir aufrichtig, ich bedaure dich und deinen Bräutigam, daß es soweit zwischen euch gekommen ist. Ich weiß ja nicht, was vorgefallen ist, aber etwas Schlimmes kann es nicht sein, denn in deinen Augen habe ich gelesen, daß du ihn noch liebst, daß du mit allen Fasern deines Herzens noch an ihm hängst, mit allen deinen Gedanken noch bei ihm bist. Nicht wahr, du bist böse auf ihn, weil er fortgereist ist und nicht als echter Ritter Toggenburg hintrauert? Das würdest du lieber sehen, das würde dir besser gefallen, gestehe es, Ilse! Aber sei gerecht, nicht kleinlich, und denke mal ruhig nach. Die Sehnsucht nach dir, der Schmerz, daß du ihn verlassen hast, sie machen, daß er es nicht mehr daheim aushält, eine unbezwingliche Unruhe treibt ihn fort, weit fort; er muß andre Menschen, andre Dinge sehen und je größer der Strudel der

Vergnügungen, die ihn sein Leid vergessen machen sollen, desto besser. Kannst du nicht mit ihm empfinden, siehst du nicht darin nur einen Beweis, wie tief und innig er dich liebt? Handelt nicht so ein rechter Mann voll Kraft und Stolz, welcher der Welt nicht zeigen mag, wie es in ihm aussieht? Glaubst du, daß er wirklich genießt, was er sieht und hört, daß ihn nicht überall sein Kummer, der Gedanke an dich begleitet? Ilse, du bist mit Blindheit geschlagen, glaube es mir. Sei nicht böse, daß ich offen spreche, aber ich meine es wahrhaftig nur gut mit dir."

Ilse hatte bebend zugehört. Orlas Worte machten einen tiefen Eindruck auf sie. War es nicht richtig, was sie sagte, verstand sie Leo nicht besser, als seine eigene Braut es tat? Ja, Orla hatte recht! Und nun kam sie sich auf einmal so kleinlich, so ungerecht vor, es ging ihr plötzlich wie ein Licht auf. Ja, Leo war nur fortgereist, um seinen Schmerz durch neue Eindrücke zu betäuben. Kannte sie ihn so wenig, vermochte sie so wenig in seiner Seele zu lesen? Keine Silbe von dem, was ihr Orla gesagt hatte, hätte sie bestreiten mögen. So eindringlich und schonungslos hatte Nellie noch nie mit ihr gesprochen; die viel zu gutmütige junge Frau konnte nicht sehen, wenn Ilse so traurig war, und hatte dann gleich tausend zärtliche Trostesworte für sie, aber um keinen Preis hätte sie ihr das Herz durch Vorwürfe noch schwerer gemacht. Orla sagte ihr erbarmungslos die Wahrheit, so war es recht! Es tat ihr wohl zu wissen, wie das kluge Mädchen über sie urteilte, und sie war ihr dankbar, daß sie so offen mit ihr gesprochen hatte.

„Gute Nacht, liebe Orla!" rief Ilse innig.

Keine Antwort.

Schlief sie schon wieder, oder stellte sie sich schlafend?

Ilse erhob sich leise und ging an Orlas Bett. Die gleichmäßigen Züge verrieten, daß sie fest schlief. Ilse betrachtete mit Entzücken das schöne Gesicht der Freundin, welches von den hereindringenden Mondesstrahlen matt beleuchtet wurde. Die dunklen Augenwimpern warfen ihren Schatten auf die blassen, im Mondeslicht fast marmorweißen Wangen. Ilse drückte einen leisen Kuß auf die Stirn der Schläferin und schlich sich dann auf den Zehen zurück nach ihrem Lager.

*

Nach den herbstlich rauhen Tagen stellte sich jetzt der Winter ein, der mit Schnee und Eis sein Recht behauptete. Seit einigen Tagen schneite es unaufhörlich, leise und sacht fielen die weißen Flocken zur Erde nieder. Baum und Strauch mußten sich unter der Schneelast beugen. Flora, deren Poesie mit den Jahreszeiten Schritt hielt, besang jetzt den „gestrengen Winter“, und das tanzende, wirbelnde Schneegestöber wurde für sie ein unerschöpfliches Thema mit den verschiedensten Abwechslungen. Sie ward nicht müde, an ihrem Schreibtisch zu sitzen und in das flimmernde Flockengewirr zu sehen. Eines Tages aber lachte ihr der klare blaue Himmel entgegen und die freundliche Wintersonne schien ins Fenster herein.

Gegen Mittag kam der Referendar, um zu fragen, ob man nicht das herrliche Winterwetter benutzen und mit mehreren Bekannten eine Schlittenpartie unternehmen wolle, es wäre die schönste Bahn. Voller Begeisterung begrüßte Flora diesen Gedanken, sie fand ihn himmlisch und war sofort bereit, nach Althoffs zu gehen, um sie zu dieser Partie aufzufordern.

„Ihrer reizenden kleinen Freundin, Fräulein Ilse wird gewiß eine Schlittenfahrt auch Spaß machen. Ich werde mir erlauben, das Fräulein selbst zu fahren.“

Ärger und Enttäuschung kamen bei diesen Worten in Floras Gesicht zum Ausdruck.

„Finden Sie Ilse wirklich reizend? Ich begreife das nicht? Sie hat ein frisches, glattes Gesicht, aber Sie müssen doch gestehen, daß demselben jede Vergeistigung fehlt, die ein Antlitz doch erst anziehend und interessant macht. Ohne diesen Ausdruck kann ich kein Gesicht schön finden und deshalb läßt mich auch das von Ilse kalt, es ist mir langweilig.“

Wie hart und schroff sie urteilte, wenn sie sich in ihrer Eitelkeit verletzt fühlte! In Gedanken hatte sie an sich gedacht, als sie Lüders auseinandersetzte, wodurch ein Gesicht erst seine wahre Schönheit bekäme, und sie erwartete, daß auch er so denken und ihr das jetzt sagen werde. Aber er blieb stumm und ein ironisches Lächeln zuckte um seinen Mund.

Erregt stand Flora auf.

„Gehen Sie mit?“ fragte sie. „Ich will zu Althoffs. Übrigens – Sie wissen doch, Ilse ist Braut! Kühlt das Ihre Begeisterung nicht etwas ab?“

Auch er hatte sich erhoben und gab auf Floras spöttische Frage keine Antwort; er dachte nur daran, um jeden Preis mit dem jungen Mädchen zusammenzukommen. Er verabschiedete sich von Flora, indem er ihr sagte, daß er gegen Abend wiederkommen würde, um das nähere über die Partie zu erfahren.

„Adieu,“ sagte Flora schnippisch und drehte ihm den Rücken, ohne seine ausgestreckte Rechte zu berühren.

„Nun, bekomme ich keine Patschhand?“ fragte er.

„Nein, Sie sind zu unartig gewesen,“ sagte sie und sah ihn über die Schulter mit kokett schmollender Miene an.

„Aber wenn ich verspreche, jetzt wieder artig zu sein, Frau Flora, auch dann nicht?“

„Eigentlich haben Sie keine verdient, aber ich will gnädig sein. Hier!“

Sie reichte ihm ihre Hand. Er führte sie mit einem scheinbar demütig um Verzeihung flehenden Gesicht an seine Lippen und ging dann fort.

Ein triumphierendes Lächeln umspielte ihren Mund; voller Selbstbewußtsein sah sie ihm nach. Sie hielt alles bei ihm für bare Münze, die arme, blinde Flora, und keine noch so leise Ahnung sagte ihr, daß er in seinem Innern ganz anders über sie dachte, als er äußerlich zeigte. –

Pünktlich um zwei Uhr sollten sich die Teilnehmer an der verabredeten Schlittenpartie vor dem Althoff'schen Hause am andern Tage versammeln. Außer Flora mit ihrem Manne, Referendar Lüders und Althoffs mit den beiden jungen Mädchen, hatte man noch den Assistenzarzt von Doktor Gerber zu der Partie aufgefordert. Es wurde beschlossen, nach dem Dorfe zu fahren, in welchem Rosis Mann Pastor war, weil dorthin die beste Bahn sei und man erwarten konnte, daselbst, was Essen und Trinken betraf, gut aufgehoben zu sein. Der Pastor und seine Frau waren natürlich benachrichtigt und gebeten worden, zur angegebenen Zeit pünktlich in dem Gasthaus zu sein und dort für ein warmes Zimmer und guten Kaffee zu sorgen.

„Orla, du wirst dir staunen, unsre artige Rosi wiederzusehen, nicht wahr, Ilschen?“ sagte Nellie lustig, während sie zur Schlittenpartie gerüstet vor dem Spiegel stand und noch einen langen weißen Schleier um ihre Pelzmütze legte, den sie unter dem Kinn zu einer großen Schleife zusammenband, welche ihrem rosigen Gesicht reizend stand.

Ilse lachte.

„Ja wahrhaftig, Orla, du wirst dich wundern, wie die ihren Mann unter dem Pantoffel hat. Ich sage es ja immer, die Sanften haben es faustdick hinter den Ohren. Sieht Rosi nicht aus, als könnte sie kein Wässerchen trüben? Sie hat ein Gesicht wie eine Madonna mit dem Heiligenschein und dabei ist sie mindestens ebenso widerspenstig, wie meine Wenigkeit.“

„Selbstbekenntnis einer edlen Seele,“ deklamierte Orla feierlich, worauf alle drei in ein Gelächter ausbrachen.

„Still, Kinder,“ mahnte Nellie und lief ans Fenster, „die Schlittens kommen, ich höre ihnen klingeln.“

Durch die Türe rief sie:

„Fred, bist du fertig?“

„Ja, Kind,“ antwortete er und kam herein.

„Hier bin ich.“

Vergnügt eilten die jungen Menschen die Treppe hinunter. Vor der Türe hielten vier mäßig elegante, aber mit guten Pferden bespannte Schlitten.

In dem ersten saßen Gerbers, in dem zweiten der Referendar und Andres. Flora, die mit verdrossener Miene neben ihrem Manne saß, hatte verweinte Augen und begrüßte in kläglichem Tone die Freundinnen. Erst als Nellie sie fragte, ob ihr etwas fehle, erwiderte sie mit weinerlicher Stimme:

„Denkt nur, beinahe wäre mir das ganze Vergnügen verdorben worden. Mein Mann wollte nicht mit, er behauptete, sich nicht wohl zu fühlen, er hätte Kopfschmerzen, Fieber und wer weiß was alles noch. Aber man muß nur die Männer kennen. Wenn ihnen der kleine Finger weh tut, stellen sie sich gleich furchtbar an. Nein, die Schlittenpartie, auf die ich mich so riesig gefreut habe, wollte ich mir deshalb nicht vereiteln lassen. Wahrhaftig, Männchen, ich wäre ohne dich mitgefahren."

Sie sah ihren Mann mit trotziger Herausforderung an und zog die Oberlippe in die Höhe, wie ein ungezogenes Kind.

„Ich machte dir ja selbst diesen Vorschlag, Flora," entgegnete ihr Mann ruhig, „aber du sagtest, dann müßte eine Person allein fahren, weil nur zweisitzige Schlitten bestellt wären. Das sah ich ein, und um dir das Vergnügen nicht zu verderben, fahre ich mit. Nun ist die Sache wohl abgetan, ich bitte darum."

Es war ihm offenbar unangenehm, daß Flora erzählte, was zwischen ihnen vorgefallen war, aber er bezwang seinen Unmut und nur die tiefe Falte zwischen seinen starken Brauen und der bestimmte Ton, mit welchem er sprach, verrieten, daß er sich ärgerte.

Flora bemerkte und empfand es nicht, sie hatte nur den einen Gedanken und der war – die Schlittenpartie! Sie stürzte auf Orla zu und umarmte sie auf offener Straße, denn sie wollte immer zeigen, wie ›intim‹ sie mit ihr war. „Die geistige Verwandtschaft zwischen meiner Freundin und mir," hatte sie zu Lüders gesagt, „schlingt ein festes unauflösliches Band um uns."

Orla, welche überhaupt keine Zärtlichkeiten liebte, wehrte unwillig ab und sagte mit Entschiedenheit: „Ich bitte dich, Flora, laß doch diese

Liebesbeweise auf offener Straße, du bereitest vielen Zuschauern nur ein Schauspiel. Sieh doch die Köpfe an den Fenstern."

In diesem Augenblick trat Althoff mit dem jungen Arzt heran.

„Fräulein Orla, erlauben Sie mir, Ihnen Herrn Doktor Andres vorzustellen. Und hier, Doktor: Fräulein Orla Sassuwitsch, eine liebenswürdige Kollegin in spe." Über Orlas Gesicht flog bei diesen Worten eine leichte Röte, und ihre Augen senkten sich zu Boden. Sie ahnte nicht, wie schön sie gerade in diesem Augenblick war, und daß die Blicke des jungen Mannes bewundernd auf ihr ruhten. Eigenartig und vornehm sah die Russin aus. Sie trug ein dunkelgrünes, eng anliegendes Tuchkleid, dessen Saum mit Otterpelz besetzt war. Von gleichem Pelz waren auch der kostbare Schulterkragen, der Muff und das Mützchen, das tief in die Stirn gedrückt war.

„Um Gottes willen, Orla, willst du denn in diesem luftigen Aufzuge fahren?" fragte Flora, „du hast ja nicht einmal eine Jacke an, du erfrierst ja. Hu!"

Zusammenschauernd wandte sie sich ab.

„O nein, Flora, ängstige dich nicht, ich bin abgehärtet und zog mich in Rußland bei viel strengerer Kälte niemals wärmer an."

„Na," erwiderte Flora, „da bin ich doch zarter besaitet, als du, ich muß mich ordentlich einhüllen, sonst friert mich."

Ordentlich eingehüllt, ganz vermummt vielmehr sah die junge Frau allerdings aus in ihren Mänteln, Tüchern und Schleiern.

„Ich meine, wir fahren nun los. Messieurs, engagez les dames," rief Althoff scherzend.

Ilse, welche sah, daß der Referendar auf sie zukam, trat schnell auf Nellies Mann zu.

„Bitte, bitte, Herr Doktor," flüsterte sie hastig, „darf ich mit Ihnen fahren?"

„Das wird mir nicht nur eine hohe Ehre, sondern auch ein großes Vergnügen sein," antwortete er mit einer drollig feierlichen Verbeugung.

Lüders wurde von Ilse ziemlich ungnädig und von oben herab abgewiesen und zog mit langem Gesicht ab. Was blieb ihm nun anders übrig, als mit Flora zu fahren, denn Nellie saß mit Gerber im Schlitten und Orla mit Doktor Andres. Floras Augen waren ihm gefolgt, als er zu Ilse trat. Sie war voller Freude darüber, daß ihm diese einen Korb gab, und mit siegesgewisser Miene sah sie ihn jetzt auf sich zukommen. Seine Verdrossenheit über Ilses Abweisung malte sich deutlich in seinen Zügen, aber Flora schien das nicht zu bemerken. Mit ihrem liebenswürdigsten Lächeln nickte sie ihm zu und kletterte dann ungeschickt und steif in den Schlitten, wo sie fast ganz in ihren Umhüllungen verschwand, so daß nur die von der Kälte bläulich angehauchte Nase hervorschimmerte.

„ All right?" rief Althoff jetzt.

„Ja, ja, yes, oui," antworteten die lachenden Stimmen durcheinander, die Pferde zogen an, und mit lustigem Schellengeläut flogen die Schlitten über die glatte Bahn dahin. Bald hatte man die letzten Häuser der Stadt im Rücken, und große Schneeflächen, von der Sonne beschienen und wie mit Diamanten übersät, breiteten sich zu beiden Seiten des Weges aus.

„Ein weißes, großes Leichentuch ist über die tote Natur ausgebreitet," trug Flora mit tragischem Augenaufschlag vor. Aber sie machte heute keinen Eindruck auf ihren Nachbar, der einsilbig neben ihr saß und ihr nur zerstreute Antworten gab.

„Lüders, Sie sind heute langweilig," sagte sie schließlich, „nun, ich brauche glücklicherweise die Unterhaltung andrer nicht, um mich zu amüsieren. Meine Gedanken sind mir die liebsten Gesellschafter," fügte sie spitz hinzu und wandte sich von ihm ab zur Seite. In demselben Augenblick traf ein Schneeball empfindlich ihre Nase und Nellies helles Lachen über den gut gelungenen Wurf verriet die Anstifterin. Flora verstand keinen Scherz, sie drehte sich deshalb entrüstet um und schoß Nellie einen bitterbösen Blick zu, indem sie ärgerlich den Schnee von ihrem Mantel abschüttelte.

„Ich glaube, Ihre Frau zürnt mich über die kleine Spaß," sagte Nellie zu Doktor Gerber.

Er schüttelte mit mattem Lächeln den Kopf, denn er wollte der jungen Frau nicht recht geben, trotzdem er überzeugt war, daß Flora den harmlosen Scherz ernstlich übel genommen hatte. Seine müden Bewegungen fielen Nellie auf, er hatte sonst etwas Energisches und Kraftvolles in seinem Wesen.

„Fühlen Sie sich sehr unwohl?" fragte sie ihn teilnahmsvoll.

„Ja," erwiderte er, „es geht mir heute nicht gut, ich weiß, daß ich Fieber habe, und fühle heftige Stiche in der Brust beim Atemholen. Aber wir wollen nicht mehr davon sprechen, es wird schon wieder besser werden. Ein Arzt darf ja überhaupt nicht krank sein, er überläßt das lieber seinen Patienten, selbst hat er keine Zeit dazu."

Er sprach scherzend, aber die feinfühlende Nellie empfand, daß er sich heute zu einem heiteren Ton zwingen und sich sehr elend fühlen mußte.

„O wenn Ihnen nur der kalte Zugluft nicht schadet," sagte sie besorgt, „hier, bitte nehmen Sie dieser Tuch um Ihren Hals, bitte erlauben Sie mich."

Er wollte ihr abwehren, aber sie hatte schon ein seidenes Tuch aus ihrer Tasche hervorgeholt und band es ihm eigenhändig um.

Fast gerührt blickte er sie an.

„Sie sind eine fürsorgliche kleine Frau, tausend Dank!"

Er ergriff ihre Hand und führte sie an seine Lippen. Nellie wurde rot und entzog ihm schnell ihre Hand.

„O," sagte sie, „Sie müssen mir nicht für eine Kleinigkeit ein so großer Dank geben. Ich bin es von mein Mann so gewohnt, ich muß für ihn an alles denken und sorgen. O, er ist so leichtsinnig, er sieht nie nach die Thermometer, ob es kalt oder warm draußen ist."

Doktor Gerber dachte unwillkürlich an den Unterschied zwischen seiner Frau und Nellie. Er schätzte letztere hoch, ihr echt weiblicher Sinn, ihre häuslichen Gaben hatten ihn oft entzückt. Im stillen hatte er gehofft, Flora würde von ihr lernen, aber bald mußte er einsehen, daß auch das beste Beispiel sie nicht ändern konnte. Sein Beruf ließ ihm zum Glück nicht viel Zeit zum Grübeln übrig, aber in den wenigen Erholungsstunden litt er schwer unter dem Druck der Ungemütlichkeit in seinem Heim, und nur wenn er in die unschuldigen Augen seines Kindes sah, fiel es wie ein Lichtstrahl in die öde Leere seiner Brust. Nellie betrachtete voller Mitleid ihren stummen Nachbar, dessen Gedanken sich deutlich in seinen Zügen verrieten. Sie hatte schon oft traurig empfunden, daß dieser Ehe die Weihe des wahren, echten Glückes fehle, und fragte sich dann: liebt ihn Flora nicht und ist sie blind dagegen, daß er leidet? Nein, die wahre Liebe kannte sie nicht, – würde sie sonst stets nur an sich denken und über ihre elende Stümperei Mann und Kind vergessen? Wußte sie nicht, wie schön es ist, den Beruf des liebenden Weibes mit heiliger Pflichttreue zu erfüllen? Nellie war sich desselben tief bewußt, für sie gab es keinen andern Wunsch, als ihren Mann zu beglücken, seine Liebe war ihr das Höchste, Herrlichste auf dieser Welt! Der einzige Fred! In dem liebe- und glückerfüllten Gedanken an ihn wandte sie sich nach ihm um, sie mußte ihn in diesem Augenblick sehen, einen Blick von ihm erhaschen.

„Fred!“ rief sie und nickte ihm innig zu. Er war im lebhaften Gespräch mit Ilse, die ihrer heiteren Laune die Zügel schießen ließ, weil sie froh war, dem Schicksal entronnen zu sein, mit dem ihr so verhaßten Referendar fahren zu müssen. Sie erzählte sich mit ihrem früheren Lehrer lauter Witze und Scherze, und immer von neuem ertönte ihr fröhliches Lachen.

Plötzlich jagte der letzte Schlitten, in welchem Orla mit ihrem Begleiter saß, in sturmesähnlicher Geschwindigkeit an ihnen und den andern vorüber. Orla hatte die Zügel in der Hand, sie saß kerzengerade aufgerichtet. Die scharfe Luft hatte ihre Wangen gerötet, Feuer und Lebenslust blitzten aus ihren Augen. Als ihr Schlitten an Flora vorbeisauste, fuhr diese mit einem Aufschrei zusammen und schloß wie ohnmächtig die Augen. Lüders aber schien die Schwäche seiner Nachbarin nicht zu bemerken, er war nicht im mindesten besorgt um sie, im Gegenteil, mit einem kalten höhnischen Lächeln blickte er sie von der

Seite an. Als Flora die Augen wieder aufschlug, sah sie, wie sich Orla umdrehte und ihr mit dem heitersten Gesicht zurief, ob sie sich von ihrem Schrecken erholt habe. Sie hatte die Zügel straff angezogen und ließ die Pferde in langsamem Tempo gehen.

„Hoffentlich habe ich nicht auch Sie erschreckt," wandte sie sich an ihren Nachbar, „ich vermute es fast, weil Sie mir die Zügel entreißen wollten. Sie dachten gewiß, die Pferde gingen durch?"

„Natürlich glaubte ich es, und ist mir das zu verdenken, da ich doch keine Ahnung haben konnte, welche kühne Rosselenkerin Sie sind? Wie harmlos sagten Sie zu mir: bitte lassen Sie mich doch einmal die Zügel nehmen, ich möchte auch mal versuchen zu fahren. Offen gesagt, das war recht hinterlistig von Ihnen."

„Nein," lachte sie, „es war nicht hinterlistig von mir, denn ich wußte in der Tat nicht, ob ich das Fahren nicht verlernt hatte; ich habe so lange keinen Zügel in der Hand gehabt. In dem Augenblick aber, als Sie mir dieselben gaben, da kam das Bewußtsein der Sicherheit wieder über mich, die alte Leidenschaft erwachte in mir, ich war wieder daheim in Petersburg, ich saß in unserm Schlitten, es waren unsre Ponys, die ihn zogen, kurz und gut, es war meine lebhafte Einbildungskraft, die mich fortriß und Ihnen diesen Streich spielte. Verzeihen Sie?"

„O, von Verzeihen kann hier keine Rede sein. Sie haben mir ja einen riesigen Spaß bereitet, gnädiges Fräulein. Ich bleibe jetzt bequem in meiner Ecke sitzen und lasse mich von schönen Händen spazieren fahren, denn Sie verstehen es ja weit besser als ich. Sie reiten wohl auch?"

„Und wie gern," versetzte sie mit blitzenden Augen.

„An Unerschrockenheit fehlt es Ihnen nicht, dafür habe ich Beweise. Für ihren künftigen Beruf ist das übrigens viel wert, denn es gibt da vieles zu überwinden, selbst für einen Mann."

„Ja, ja, ich weiß," gab sie kurz und halb verlegen zur Antwort.

Wie merkwürdig, es war ihr peinlich, wenn er davon anfing. Es kam ihr vor, als läge ein gewisser Spott in seinen Worten, als umspiele ein mitleidiges Lächeln seine Lippen, wie wenn er dächte, du eine schwache Frau willst dich an eine solche Aufgabe wagen? Schon verschiedene Male hatte er sie heute über ihre Zukunftspläne befragt, die natürlich ihn interessierten, da er selbst Arzt war, sie hatte ihm aber immer ausweichend geantwortet. Mit Althoff und Gerber besprach sie doch eingehend denselben Gegenstand und holte ausführlich ihren Rat ein; warum hatte sie eigentümliche Scheu, mit Andres darüber zu sprechen? Sie wußte sich das selbst nicht zu erklären.

Das für mitleidig gehaltene Lächeln um seinen Mund deutete sie aber falsch. Er lächelte, weil er sich über das junge schöne Menschenkind freute, sowie über ihre klugen durchdachten Antworten, die sie ihm gab, und die so ganz anders lauteten, wie bei den hiesigen Damen seiner Bekanntschaft. Er war überzeugt, daß sie keine oberflächliche Jüngerin der Wissenschaft werden, daß sie leicht und gründlich erfassen und lernen würde. Und dennoch, – er bedauerte sie, denn der jungfräuliche Hauch, der sie trotz ihres männlichen Geistes umgab, würde abgestreift werden. Voll Bewunderung folgte er ihren kraftvollen anmutigen Bewegungen und verglich sie auch hierin wieder im stillen mit den zimperlichen Kleinstädterinnen, welche vor der Zeit schlaff und alt wurden, weil sie ohne Mark und Kraft waren, was ihre schlechte Haltung und der schleppende, aller Spannkraft entbehrende Gang auf den ersten Schritt bewiesen. In Orla vereinten sich jugendliche Kraft mit Anmut, und wie sie so dasaß, wurde er nicht müde sie anzuschauen.

Sie fuhren jetzt dicht am Walde hin, manchmal streiften sie mit dem Kopf einen unter der Schneelast tief gebeugten Zweig, und der kalte, prickelnde Schnee stäubte ihnen ins Gesicht. Die Dämmerung brach schon frühzeitig herein, während der Himmel noch von der untergehenden Sonne in ein zartrosa Violet getaucht war, und matt glänzend stand der Mond am Himmel Der zauberhafte Anblick der entzückenden Winterlandschaft, das tiefe Schweigen ringsum, nur unterbrochen durch das Schellengeklingel, das aus der Ferne von den andern weit zurückgebliebenen Schlitten wie ein Echo herübertönte, hielt die beiden jungen Menschen wie in einem magischen Bann umfangen. Sie saßen schweigend nebeneinander, als fürchteten sie den Zauber durch Worte zu zerstören. Erst als sie von weitem rote Ziegeldächer schimmern sahen und fernes Hundegebell schon die Ankömmlinge begrüßte, erwachten beide wie aus einem Traum, und Orla wandte sich zu ihrem Nachbar mit den Worten:

„Ich glaube, wir sind am Ziel. Wissen Sie Bescheid, wo sich das bewußte Gasthaus befindet, das uns aufnehmen soll?"

Er bejahte, und schon nach wenigen Minuten hatten sie dasselbe erreicht. Mit einem festen Ruck zog Orla die Zügel an, schnaubend und dampfend standen die Pferde still. Der Wirt eilte dienstfertig herbei, und auch seine wohlbeleibte Ehehälfte begrüßte die jungen Leute unter vielen unterwürfigen Knixen.

„Herr und Frau Pastor würden Herrn und Frau Doktor im Zimmer empfangen," sagte sie zu den beiden, die eben ins Haus treten wollten.

„Nein, das ist zu komisch," rief Orla laut lachend, war aber rot geworden und konnte eine gewisse Verlegenheit nicht verbergen.

„Wir sind nicht Herr und Frau Doktor, liebe Frau," erklärte Andres ebenfalls lachend der Wirtin. „Sie verwechseln uns mit den Herrschaften, die auch gleich kommen werden."

Die Frau entschuldigte sich vielmals und sagte dann mit einem vielsagenden Blick auf das junge Mädchen:

„Na, was nicht ist, kann noch werden," denn sie war nun einmal der Meinung, daß das schöne Paar zusammengehören müßte. Orla wurden die Reden der geschwätzigen Alten ungemütlich, sie wollte deshalb ins Haus gehen, um ihre Freundin zu begrüßen.

Andres ging mit ihr hinein.

Rosi und ihr Mann kamen ihnen schon auf dem Flur entgegen. Rosi umarmte Orla mit steifer Würde und gab ihr einen Kuß auf die Wange.

„Ich war ganz überrascht, wie ich von Nellie erfuhr, daß du hier bist," sagte sie, als sie im Zimmer waren, „aber ich freue mich sehr, dich wiederzusehen. Kamst du nur nach Deutschland, um Althoffs zu besuchen, liebe Orla oder führt dich noch ein andrer Zweck hierher?“

„Du erlaubst wohl,“ unterbrach sie Orla, „daß ich dir Herrn Doktor Andres vorstelle und dich bitte, mich mit deinem Manne bekannt zu machen.“

Rosi war innerlich empört über die Zurechtweisung, wie sie Orlas Bitte nannte. Mit einer kaum merklichen Neigung ihres Kopfes erwiderte sie die Verbeugung des jungen Arztes und stellte dann ihren Mann vor, dessen Augen unablässig auf Orlas Gestalt geruht hatten. Rosi hat mir ja niemals erzählt, wie schön diese Freundin von ihr ist, dachte er, und es wäre doch wahrhaftig der Mühe wert gewesen.

Lautes Sprechen und Lachen draußen kündigte jetzt die Ankunft der Zurückgebliebenen an. Orla lief ans Fenster und die andern folgten ihr dahin nach. Sie klopfte an die Scheiben und nickte den Freunden grüßend zu. Leicht, wie ein Vogel vom Zweig, war Ilse aus dem Schlitten gehüpft, und Flora, welche das mit neidischen Blicken beobachtet hatte, nahm jetzt einen Anlauf, ebenso graziös, wie Ilse, herunterzuspringen. Aber, verwickelte sie sich in ihre vielen Hüllen und Tücher, oder war ihre Ungelenkigkeit daran schuld, kurz und gut, sie stolperte und fiel, so lang sie war, in den Schnee. Man lachte über diesen kleinen Unfall und kam ihr unter Scherzen diensteifrig zu Hilfe. Flora machte denn auch gute Miene zum bösen Spiel.

„Ich begreife nicht, wie man über solches Mißgeschick auch noch lachen kann,“ sagte Rosi kopfschüttelnd und ging Althoffs und Gerbers entgegen, welche soeben eintraten. Ilse eilte auf Orla zu.

„Himmlisch, kannst du aber fahren,“ rief sie voller Begeisterung, „so gut wie du kann ich es allerdings nicht.“

„Auch ich mache Ihnen mein Kompliment, Fräulein Orla,“ sagte Althoff hinzutretend.

„Jetzt laßt eure schönen Komplimente bis nachher,“ unterbrach ihn Nellie, „und kommt zum Kaffeetrinken.“

„Du bist wohl eifersüchtig, Nellie, daß dein Mann zu tief in Orlas schöne Augen sieht?“ neckte sie Flora.

„O nein,“ lachte Nellie, leicht errötend, aber sie fühlte sich doch etwas getroffen, denn sie besaß wirklich eine kleine Anlage zur Eifersucht.

Lebhaft plaudernd setzte man sich an den Kaffeetisch, und Nellie übernahm die Rolle der Wirtin. Die mächtige weiße Kaffeekanne, welche mitten auf dem Tische prangte, erregte allgemeine Heiterkeit. Althoff meinte, sie sähe nicht vertrauenerweckend aus, und als ihr der erste Strahl so durchsichtig und hell entströmte, sank er mit einem komisch geseufzten „Ach, du lieber Gott“ in seinen Stuhl zurück.

„O, du leckres Mann,“ verwies ihn Nellie, die sich innerlich selbst über diesen Trank entsetzte, „du darfst nicht unbescheiden sein, der Kaffee ist ganz schön.“

„Ich glaube auch, daß der Kaffee gut ist,“ ergriff der Pastor ernsthaft das Wort, „wir trinken ihn nie stärker. Meine Frau meint, starker Kaffee wäre ungesund, nicht wahr Rosi?“

Sie schien seine Frage zu überhören.

„Ich hätte euch so gern gebeten, in unserem bescheidenen Hause fürlieb zu nehmen,“ wandte sie sich an Nellie, „aber die Räume sind so eng, wir wohnen so beschränkt, da dachte ich, das würde nicht gemütlich für euch sein.“

Den wahren Grund, weshalb sie keine Gäste haben wollte, verriet sie natürlich nicht. Als die Nachricht von Nellie eintraf, daß sie kommen würden, hatte Adolf ihr gesagt, daß sie Althoffs und die andern doch eigentlich einladen müßten, da sie von ihnen schon so oft und so freundlich aufgenommen worden waren. Er dachte dabei an den vergnügten Sonntag bei Althoffs, den er nicht vergessen konnte, denn er war wie ein Lichtstrahl in sein einförmiges Leben gefallen. Mit diesem Vorschlag war er aber bei Rosi schlecht angekommen. Sie hatte soeben eine gründliche Hausreinigung glücklich vollendet, tagelang gescheuert; und nun sollten ihr die Fußböden wieder schmutzig getreten, alles wieder in Anordnung gebracht werden! Nein, auf keinen Fall! Der Pastor wurde durch ihre Entschiedenheit so eingeschüchtert, daß er keine weiteren Einwendungen wagte, trotzdem er die Freunde sehr gern bei sich gesehen hätte. Um ihr möglichstes zu tun, hatte sie einen großen Kuchen gebacken. Derselbe prangte jetzt, in dicke Streifen geschnitten, die quer übereinandergelegt und hoch aufgeschichtet waren, auf dem Kaffeetisch.

„O, dieses furchtbare Bauernkuchen," flüsterte Nellie Ilse heimlich ins Ohr und nahm aus einem Körbchen feines Gebäck heraus, das sie mitgebracht hatte.

„Er sieht so trocken aus," erwiderte Ilse „wir müssen aber davon essen, sonst wird Röschen böse."

Nach der langen Fahrt in der Kälte schmeckte es allen herrlich, selbst Rosis Kuchenberg verschwand, und die große Kaffeekanne wanderte schon zum zweiten Male hinaus, um frisch gefüllt zu werden. Sogar Althoff ließ sich zu einer zweiten Tasse herab, begleitete aber jeden Schluck mit einer drolligen Grimasse.

Als die Wirtin die Tassen forttrug und den Tisch abräumte, verschwand Flora mit geheimnisvoller Miene. Die Herren blieben sitzen und zündeten sich eine Zigarre an, die Freundinnen aber gingen plaudernd Arm in Arm im Zimmer auf und ab. Das Gasthaus war schon einige Jahrhunderte alt, das Gebäude gehörte früher zu einem Kloster, und erst die Großeltern der alten Wirtsleute hatten eine Wirtschaft darin errichtet. Baulich war wenig verändert, und gerade das Altertümliche gab dem Ganzen etwas ungemein Gemütliches. Der Saal, in welchem die Gesellschaft sich befand, mochte einst das Refektorium gewesen sein; es war ein großer Raum, ringsum mit Eichenholz getäfelt, das die Zeit fast schwarzbraun gefärbt hatte. Ebenso dunkel waren auch die massigen, dicken Balken in der Decke; ein alter Kronleuchter in Gestalt eines Reifes, welchen heute brennende Kerzen schmückten, hing am mittelsten Balken. Die dicken Mauern bildeten an den Fenstern tiefe Nischen, mit molligen Plätzchen, zu welchen man eine Stufe hinaufsteigen mußte. Die niedrigen Fenster gingen nach dem Garten hinaus und lagen nicht hoch über der Erde, so daß man draußen bequem mit der Hand hineinreichen konnte. In einem der Erker war zu beiden Seiten Efeu in niedrige, lange Kasten gepflanzt. Die grünen Ranken hatten sich fest an die alten Mauern angeklammert und waren so üppig gewachsen, daß sie die ganzen Wände bedeckten und eine reizende Laube bildeten. Hohe korbgeflochtene Wände zu beiden Seiten, ebenfalls mit Efeu bewachsen, ließen nur einen schmalen Eingang frei. Dahinter saß man auf dem alten geschnitzten Eichenholzstuhl mit verblichenem Lederbezug vollständig verborgen. Man konnte sich kein lauschigeres Versteck denken.

Die jungen Damen blieben bewundernd davor stehen und waren entzückt über diese grünende Laube mitten im Winter. Sie malten sich aus, wie schön es sein müßte, hier so abgeschlossen und ungestört über einem Buche zu sitzen.

Da wurden sie plötzlich durch erstaunte ›Ah's‹ und ›Oh's‹ der Herren aufgeschreckt. Sie sahen sich um und erblickten Flora im weißen Kleide, das überall mit gläsernen Eiszapfen behängt war; einen weißen Schleier, mit kleinen Watteflöckchen besetzt, hatte sie um den Kopf geschlungen, und das alles war mit glitzerndem Silberstaub bestreut. Man konnte keinen Augenblick im Zweifel sein, daß sie ein Sinnbild des Winters vorstellen wollte.

In der Mitte des Saales blieb sie stehen und deklamierte mit vielem Pathos ein langes Gedicht, das natürlich ihrer Feder entstammte. Es war darin viel vom kalten Winter, von Schnee und Eis die Rede. Als sie geendet hatte, blickte sie siegesgewiß umher und sah in lauter vergnügt lachende Gesichter. Sie glaubte natürlich, die Freude über ihr schönes Gedicht wäre es, welche die Zuhörer so heiter gestimmt hätte, und als man sogar in die Hände klatschte und ihr ›bravo‹ zurief, strahlte sie, und ein triumphierender Blick flog zu ihrem früheren Lehrer hinüber; er sollte ihn daran erinnern, wie er damals in der Pension ihre Dichtung zu der Vorsteherin Geburtstag so schnöde abgewiesen hatte. Jetzt mußte er doch einsehen, wie er ihr großes Talent verkannt und wie tiefes Anrecht er ihr zugefügt hatte.

Auf eine Person aber hatte ihr Gedicht einen wirklichen Eindruck ausgeübt, und das war die alte Wirtin. Sie hatte Tränen der aufrichtigsten Rührung in den Augen, über die sie öfter verstohlen mit dem Schürzenzipfel fuhr. Flora weinte beinahe mit, als sie die Frau sah, und versprach, ihr das Gedicht zu schicken.

„Es wohnt doch oft in einfachen Leuten der wahre Sinn für Poesie; der Geist, noch ungekünstelt und natürlich, begreift leichter das Edle, Schöne."

„Unbescheiden bist du gar nicht, Flora," lachte Orla. „das muß ich gestehen."

„Orla," versetzte Flora ernst, fast feierlich, „du, der die enge Welt des Weibes zu klein wurde, wie mir, du welche die Schranken durchbrachst, wie ich es tat, du, welche eine Jüngerin auf dem Gebiete der Wissenschaft werden willst, du solltest nicht spotten, wo es sich um so wichtige Dinge handelt."

„Was meint denn Flora mit der Jüngerin der Wissenschaft?" fragte Rosi neugierig.

„Nun, ganz einfach," versetzte Orla kurz, „ich will Medizin studieren."

„Du willst" – Rosi prallte förmlich zurück. „Du willst unter die Studenten gehen?"

„Wie, Sie wollen studieren?" fragte jetzt auch der Pastor. „Das ist ja famos!"

Ein verweisender Blick seiner Frau traf ihn als Strafe für seinen begeisterten Ausruf; er bemerkte ihn aber nicht, da er Orla anstaunte. Wahrscheinlich beneidete er im stillen die Studenten, die nächstens neben so viel Schönheit und Geist sitzen durften. So etwas war ihm während seiner Studienzeit leider niemals vorgekommen. Rosi konnte sich von ihrem Entsetzen über Orlas Entschluß noch nicht erholen, sie fragte Nellie, ob Orla nicht Spaß gemacht hätte, und wollte es nicht glauben, als diese ihr fest versicherte, daß Orla wirklich im Ernst gesprochen habe.

„Unbegreiflich,“ murmelte Rosi vor sich hin, und laut sagte sie zu Orla:

„Nun, Orla, dann wünsche ich dir viel Glück bei den Studenten. Da mußt du natürlich auch das Kneipen und Raufen lernen, was doch wohl die Hauptsache im Studentenleben ist. Ich an deiner Stelle würde am liebsten gleich Männerkleidung anlegen, denn als Frau unter den Studenten wirst du dir gewiß manches gefallen lassen, manches aushalten müssen.“

Man hätte der sanftblickenden Rosi eine so spöttische Bemerkung kaum zugetraut. Orla hatte ihre beleidigenden Worte ruhig mit angehört und wollte ihr eben darauf antworten, als ihr Andres zuvorkam.

„Frau Pastorin,“ sagte er sehr bestimmt, „Sie trauen Ihrer Freundin“ – er betonte das Wort – „ja ungeheuer wenig Taktgefühl zu und scheinen das Studieren so aufzufassen, als ob es nur aus Kneipen und Raufen bestände. Gewiß, der Student führt ein lustiges Leben, wenn er nicht ein geborener Philister ist, er kneipt und rauft mitunter. Ihr Herr Gemahl, der gewiß auch eine fröhliche Studienzeit verlebt hat, wird Ihnen davon am besten erzählen können.“

Hier räusperte sich der Pastor vernehmlich. Mein Gott, woher wußte denn dieser Mensch etwas von seiner Studentenzeit? Sollte Althoff geplaudert haben? Er würde sich wohl hüten, seiner Rosi etwas davon zu erzählen.

„Ich versichere Sie, Frau Pastorin,“ fuhr der junge Mann fort, „es sind nicht die schlechtesten Menschen, welche Sie als Raufbolde verachten, und ebensowenig sind diejenigen die besten, welche tun, als könnten sie kein Wässerchen trüben. Die Jugend muß austoben und kann auch mal über den Strang schlagen. Wer inneren Gehalt und Charakter besitzt, dem wird die ernste Pflicht zu arbeiten schon zur rechten Zeit einfallen, der wird trotzdem ein brauchbares Mitglied der Menschheit werden. Doch, was ich vor allen Dingen sagen wollte, Frau Pastorin: der Student mag raufen, oder auf den Bänken der Hörsäle sitzen, niemals wird er die Ritterlichkeit gegen eine Dame vergessen. Und deshalb braucht Ihre Freundin keine Männerkleidung anzulegen, sie braucht die Weiblichkeit nicht abzustreifen, wenn sie auch das hergebrachte Gebiet der Frau verläßt. In dieser Beziehung wird Fräulein Sassuwitsch nichts zu befürchten haben, denn keiner ihrer künftigen Studiengenossen wird ihr jemals zu nahe treten. Wehe dem, der das wagte!"

Bei den letzten Worten hatten seine Augen fast drohend gefunkelt und alle waren erstaunt über diese warme Verteidigung. Flora aber eilte stürmisch auf ihn zu und drückte ihm unter überschwenglichen Dankesworten die Hand, weil er so lebhaft für das Weib eingetreten sei, welches sich aus den alltäglichen Verhältnissen befreit habe, um einem höheren Triebe zu folgen.

Sie geriet förmlich in Verzückung und klagte ihm immer wieder vor, wie bitter und schwer sie oft darunter zu leiden hätte, daß sie sich noch mit andern Dingen beschäftige, als mit Kochen und Strümpfestopfen. Es hätte ihr so wohl getan, ein solches Urteil aus seinem Munde zu hören. Sie sprach und geberdete sich dabei so lebhaft, daß die Eiszapfen an ihrem Kleid beständig aneinander klirrten. Er hörte aber nur halb auf die schwatzende unruhige Gestalt vor ihm und nickte nur mechanisch einige Male mit dem Kopfe, indem er sich willenlos von ihr die Hand drücken ließ. Seine Augen suchten Orla, welche an den Efeu-Erker getreten war und die Blätter und Ranken spielend durch die Finger gleiten ließ. Warum ertappte sie sich gerade diesem Mann gegenüber auf einer Befangenheit, die ihr sonst fremd war, warum scheute sie sich aufzusehen und seinem Blicke zu begegnen? Es war ihr unbehaglich, dieses Gefühl, und doch, wie ein Echo tönten seine Worte in ihrem Herzen fort.

„Orla, du bist ja so in Gedanken versunken," sagte da Ilse neben ihr. „Komm, ich glaube Rosi ist ärgerlich auf den Doktor, sieh nur, was sie für ein böses Gesicht macht!"

Sie hing sich an Orlas Arm und führte sie mit sich fort. Sie selbst war voller Begeisterung über Andres, weil er die Freundin so warm verteidigt hatte, und wunderte sich nur, daß diese so wenig darauf einging, ja nicht einmal damit einverstanden zu sein schien, daß der junge Mann so lebhaft ihre Partei ergriffen hatte. Ilse verglich ihn im stillen mit Leo; ganz so würde auch er gesprochen und gleich offenmütig eine gute Sache verteidigt haben. Sie gönnte Rosi die Abfertigung, denn sie hatte sich über deren schroffes Urteil sehr geärgert.

Die Frau Pastorin saß neben ihrem Mann und machte in der Tat ein sehr böses Gesicht. Leise und aufgeregt sprach sie auf ihn ein, und versuchte in ihrer Empörung, daß ihr so etwas gesagt worden war, ihn zum Fortgehen mit ihr zu bereden.

„Aber Kind, es war doch nicht so böse gemeint," suchte er sie zu beruhigen, „was sollen sie denken, wenn wir jetzt fortgehen!"

„Du hättest für mich eintreten müssen," sagte sie erregt, „aber natürlich, deine Frau kann beleidigen wer will, dir ist es gleichgültig."

„Aber Rosi," verteidigte er sich, „wie kannst du nur so etwas sagen! Ich fand, der Doktor hatte ganz recht."

„Natürlich, nun gibst du ihm auch noch recht, da hört doch alles auf."

Wütend drehte sie ihm den Rücken zu.

Eine rechte Stimmung wollte nach diesem Zwischenfall in der Gesellschaft nicht wieder aufkommen. Nun wurde auch noch Floras Mann, dessen Anwesenheit im Dorfe begannt geworden war, zu einem schwer Kranken geholt. Er zögerte selbstverständlich keinen Augenblick und sah sich suchend nach Flora um, die abermals verschwunden war, diesmal mit dem Referendar. Er bat daher Nellie, sie möchte Flora mitteilen, daß er in kurzer Zeit wieder zurück sein würde. Kaum war er fortgegangen, als sich die Türe öffnete, und aus einem Nebengemach die Klänge eines Strauß'schen Walzers ertönten. Flora erschien auf der Schwelle, während man Lüders vor einem alten Klavier sitzen sah.

„O, das ist schön!" rief Nellie vergnügt über diesen Einfall. „Florchen, du bist eine Engel mit deine Überraschungen heute. O, das herrliche Walzer!"

Sie wippte mit dem Fuße den Takt und summte halblaut die Melodie dazu.

Mit den Klängen der ›schönen blauen Donau‹ war wieder Leben in den kleinen Kreis gekommen. Die Herren sprangen auf und holten sich die Damen zum Tanze. Eben wirbelten Althoff und Ilse an Nellie vorbei, ihnen folgten Andres mit Orla, und als sich die beiden Mädchen endlich mit heißen Wangen niederließen, tanzte Nellie mit ihrem Mann und der junge Arzt forderte Rosi zum Tanze auf. Sie nahm bei seiner Bitte eine unnahbare und beleidigte Miene an und lehnte dankend ab, aber er bat so liebenswürdig, daß sie sich schließlich von dem Zauber seiner Persönlichkeit hinreißen ließ und einwilligte, mit ihm zu tanzen. Ganz versöhnt und sogar heiter lächelnd kehrte sie auf ihren Platz zurück. Welche Frau bliebe auch unempfindlich gegen die kleinste, ihr dargebrachte Huldigung eines schönen Mannes!

Der Pastor hatte sich schleunigst Ilse zum Tanze geholt, als ihm seine Frau entführt wurde, er tanzte aber so ungeschickt, daß Ilse seinen kühnen Sprüngen kaum folgen konnte und verschiedene Male mit ihm stolperte. Als er sich ganz bestürzt entschuldigte, sagte sie freundlich, er tanze ja sehr gut, denn sie wollte ihm das Vergnügen nicht verderben. Dem flotten Walzer folgte eine Polka, dann ein Galopp und so weiter; man wurde nicht müde, alles plauderte, scherzte und lachte, die lustigste Laune war wieder eingekehrt. Nellie löste jetzt den Referendar ab, der sofort zu Ilse eilte, um sie zum nächsten Tanz aufzufordern. Sie schützte aber Müdigkeit vor, und wieder mußte er mit einem Korbe abziehen. Eine zornige Röte stieg ihm ins Gesicht und er biß sich wütend auf seine schmalen Lippen.

„Nun ist's genug," entschied Althoff, als eben ein neuer Tanz beginnen sollte. „Wir müssen an das Abendessen denken, Herr Pastor, wollen wir zusammen den Punsch brauen? Und du, Nellie, hast ja noch allerhand Delikatessen mitgebracht und solltest dich mit der Wirtin verständigen!"

„O yes, darling, ich werd schon machen. Die Herren brauen den Punsch, wir Damens decken den Tisch, – o, es wird fein. Kommt Kinder!"

Die Wirtin war schon dabei, im Nebenzimmer den Tisch zu decken, als Nellie sie aufsuchte. Die jungen Damen halfen der alten Frau unter

Lachen und Scherzen, so daß diese meinte, eine so lustige Gesellschaft sei lange nicht bei ihnen eingekehrt.

Nur Rosi bewahrte ihre steife Würde, ihr pedantischer Sinn verstand keine harmlose Heiterkeit.

Floras Mann hatte durch einen Boten bestellen lassen, daß man mit dem Abendessen nicht auf ihn warten solle, da er noch längere Zeit fortbleiben müsse.

„Habe ich nun nicht recht?“ seufzte Flora. „Wird mir nicht jedes Vergnügen vergällt? Wahrhaftig, wer die Frau eines Arztes wird, übernimmt damit die Rolle einer Entsagenden.“

Heute abend jedoch fiel Florchen gänzlich aus dieser Rolle, sie vergaß die Abwesenheit ihres Gatten sehr bald und stimmte in die Ausgelassenheit der andern mit ein. Mitten auf dem Tisch prangte die dampfende Terrine, und Doktor Althoff forderte Flora scherzend auf, in ihrem weißen Gewande heut abend die Hebe zu spielen. Sie ließ sich das nicht zweimal sagen, stellte sich aber bei diesem Amt so ungeschickt an, daß sie jedesmal vorbeigoß und der Punsch am Glase herunterlief, bis schließlich Nellie sagte: „Laß mir nur machen, Flora,“ wobei sie ihr den Löffel aus der Hand nahm.

Vergnügt lächelnd saß der Pastor hinter seinem Glase. Rosi hat ihn zu Anfang beiseite gezogen und sich fest von ihm versprechen lassen, daß er nicht, wie damals bei Althoffs, zu viel trinken würde. Sie selbst nippte kaum am Glase, indem sie behauptete, keinen Wein vertragen zu können, da er ihr zu Kopf stiege.

Ilse war merkwürdig still geworden. Sie wußte selbst nicht, wie es kam, daß ihre Gedanken diesen Abend immer in die Ferne schweiften und an einem Wesen haften blieben, welches Leos Züge trug. Erinnerten sie die leuchtenden Augen des jungen Arztes, der neben Orla saß und in eifriger Unterhaltung keinen Blick von dieser wandte, an die Augen ihres Leo, die mit so viel Glück und Innigkeit auf ihr zu ruhen pflegten? Oder war es das silberne Mondeslicht, das Erinnerungen in ihr wachrief? Liebten sie doch beide im Mondenschein zu schwärmen. Oft war sie mit ihm Hand in

Hand weit hinaus über die Felder und Wiesen gegangen und sie hatte sich ganz dem Zauber eines Mondscheinabends hingegeben. Oder sie lehnten zusammen am Fenster und sahen zu, wie die Strahlen des Mondes durch das Blätterwerk im Garten brachen. Ob er jetzt wohl auch an sie dachte, ob er, wie sie, solche Bilder an seinem Geiste vorüberziehen ließ?

Das Lachen und Stimmengewirr rief sie in die Wirklichkeit zurück, und doch hätte sie gern so noch weiter geträumt. Sie blickte durch die offene Tür in den Saal, wo die Kerzen erloschen waren und statt dessen das Mondlicht voll hereinflutete. Wie magnetisch davon angezogen, stand sie auf und ging hinein. Sie hatte den dringendsten Wunsch, jetzt allein zu sein, um sich ungestört in die Vergangenheit senken zu können. In dem efeubewachsenen Erker auf dem alten Stuhl ließ sie sich nieder und schmiegte den Kopf an die hohe Lehne. Hier übergoß der Mond alles mit einem bläulichen Lichte, welches auf den dunklen Blättern glänzte. Nun war es fast wie daheim, wenn sie und Leo auf der von wildem Wein umlaubten Veranda saßen und er ihr unter dem grünen Blättergewirr tausend süße Liebesworte zuflüsterte. Es kam ihr vor, als wäre sie plötzlich alt und diese Zeit läge weit, weit hinter ihr. Würde sie denn noch einmal wiederkehren, oder war Liebe und Glück für immer vorbei? Dann allein durch ihre Schuld, raunte ihr eine innere Stimme zu. Sie mußte sich die Hand auf das unruhig klopfende Herz pressen.

Flora hatte dem Verschwinden Ilses mit den hochtrabendsten Worten eine Erklärung gegeben. „Die Sehnsucht nach dem Ferngeliebten," sprach sie theatralisch, „zaubert ihr sein Bild hierher. Sie ist nun mit ihm vereint, und wir dürfen das glückliche Paar nicht stören."

Sie erhob die Arme und streckte sie aus, wie wenn sie als Schutzengel über die beiden zu wachen hätte.

„Hu, hu, du siehst ja wie ein Geist aus, ich fürchte mir," rief Nellie und brachte damit Flora, die wie geistesabwesend vor sich hinstarrte, in die Wirklichkeit zurück.

Der Referendar, welcher sich Ilse beim Abendessen nicht mehr genähert hatte, nachdem er heute wiederholt von ihr abgewiesen worden, war ihr mit seinen stechenden Augen in den Saal gefolgt, und so sah er auch, wie sie in dem Erker verschwand. Sofort nahm er sich vor, ihr dahin nachzugehen, und als nach einer Weile Althoff nach der Uhr sah und zum Aufbruch mahnte, ergriff er schnell die Gelegenheit und erbot sich, das Anspannen besorgen zu lassen. Beim Hinausgehen lehnte er wie zufällig die offene Türe, die zum Saal führte, an. Als er dann zurückkehrte, klinkte er leise die andre Tür auf, die vom Hausflur in den Saal führte, und schlich sich auf den Zehen nach dem Platze, wo Ilse saß.

Sie hatte ihn nicht kommen hören und erschrak nun um so mehr, als sie plötzlich seine Stimme vernahm und ihn zwischen den Efeuwänden stehen sah. Sie sprang auf und wollte forteilen, aber er ließ sie nicht vorbei und drückte sie mit sanfter Gewalt auf ihren Platz zurück.

„Was wollen Sie hier?“ fragte sie in einem nicht mißzuverstehenden Tone, der deutlich bewies, wie fatal ihr seine Gegenwart war.

„Wie Sie, mein teures Fräulein, möchte ich den herrlichen Mondenschein genießen und dabei in Ihre schönen Augen sehen.“

„Was fällt Ihnen ein!“ rief sie empört und schnellte wieder empor.

„So bleiben Sie doch, ich tue Ihnen ja nichts,“ sagte er mit einschmeichelnder Stimme, indem er ihr den Ausgang versperrte. „Gestatten Sie mir nur eine Frage: Sind Sie glücklich?“

Sie gab keine Antwort, weil ihr eine namenlose Angst die Kehle zuschnürte, und sie nur den einen Gedanken hatte, wie sie ihm entfliehen könnte. Er aber deutete ihr Schweigen anders. War es nicht auch eine Antwort auf seine Frage?

„Ich wußte es ja,“ hub er wieder an, „ich las es in Ihren Augen, daß Sie nicht glücklich sind. Sie finden in mir eine mitfühlende Seele, welche Sie leider nur zu gut begreift. Auch ich bin an ein Wesen gekettet, das mich zu dem Unglücklichsten der Unglücklichen macht. Meine Braut, – o Himmel, daß ich ihr diesen süßen Namen geben muß –, nun, sie ist reich und sie wissen ja, ›nach Golde drängt, am Golde hängt doch alles.‹ Auch meine Existenz hängt von dem leidigen Mammon ab, denn ich bin ehrgeizig und strebe nach hohen Zielen, aber ich bin arm und habe mich deshalb mit dem reichen Mädchen verlobt. Das arme Ding, sie ist so in mich verschossen!“

Ilse hatte schon einige Male versucht, ihn zu unterbrechen und sich durchzudrängen, – vergebens! Ekel und Abscheu erfaßte sie.

„Lassen Sie mich fort,“ sagte sie bebend vor Zorn.

„Wenn Sie mich angehört haben und den Kummer meines Herzens kennen, dann sollen Sie den Weg frei haben, aber erst müssen Sie mich hören und vielleicht gönnen mir Ihre Lippen ein Wort des Trostes.“

„Ich will Sie nicht hören,“ stieß Ilse in höchster Aufregung hervor; „lassen Sie mich gehen, oder ich rufe laut um Hilfe.“

„Sie werden doch keine Szene machen, den andern kein Schauspiel gönnen,“ sagte er höhnisch lachend.

„O mein Gott!“ stammelte Ilse und fiel in den Stuhl zurück, indem sie ihre Augen mit beiden Händen bedeckte.

„So, nun bleiben Sie ruhig sitzen, bis ich Ihnen zu Ende erzählt habe. Wie gesagt, meine Verlobte ist närrisch in mich verliebt, mir ist sie aber gleichgültig. Ich ertrug diese Fessel mit Geduld und Fassung, bis ich Sie sah, Ihre süße Stimme hörte, in Ihre himmlischen Augen schaute, die mir verrieten, daß auch Sie ein Band umschlingt, das Sie zerreißen möchten. Sah ich es nicht oft und deutlich aus Ihrem Erröten, aus ihrem gesenkten Blick bei der Nennung desjenigen, dem Sie ohne Liebe ihre Hand reichen wollen?

Wie fühlte ich mich schon in dem Gedanken gehoben, in Ihnen eine gleichgestimmte Seele gefunden zu haben. Ilse, sagen Sie mir ein Wort des Trostes, der Hoffnung!“

Er näherte sich ihr. Sie hatte sich ganz in die Ecke gedrückt, unfähig, ein Wort hervorzubringen. Ihre Augen hatten einen starren Blick, ihr Atem stockte und ihr Puls flog wie im Fieber. Nun ergriff er ihre Hand, die sie, wie von einer Viper gestochen, zurückschleuderte.

„Sie kleine Spröde!“ sagte er mit äußerster Ruhe und beugte sich zu ihr herab, daß sein Atem sie streifte. In qualvoller Angst sprang sie auf und stieß ihn mit kräftiger Hand zurück, daß er taumelte. Dann schob sie die Efeuwand zur Seite. In dem Augenblick aber, als sie an ihm vorüber wollte, versuchte er seinen Arm um ihre Taille zu legen.

„Unverschämter!“ keuchte Ilse mit blitzenden Augen. In ihrer Todesangst wußte Ilse nicht, was sie tun sollte, sah nur sein Gesicht, das ihr wie das eines Teufels erschien, sie fühlte seine Berührung. Schon wollte sie um Hilfe schreien, da fiel ihr Blick auf das Fenster. Sie riß es auf, und ehe er es hindern konnte, war sie auf den Stuhl gesprungen, von da auf das Fensterbrett, und im nächsten Moment war sie draußen. Bis über die Knie versank sie in dem weichen Schnee. Sie raffte sich aber auf und lief, als folge er ihr auf den Fersen, so schnell als möglich weiter. Fort, nur fort aus seiner Nähe! Furcht und Scham trieben sie unaufhaltsam vorwärts. Sie kletterte über die niedrige Gartenhecke und rannte noch eine Strecke auf der Straße weiter, die ins Dorf führte. Endlich blieb sie erschöpft stehen, die Hand auf das pochende Herz gedrückt.

„O mein Gott,“ rief sie laut, „es ist zu schrecklich! O Leo,“ schluchzte sie in den stillen Winterabend hinein, „warum bist du so fern? Ach, wärst du doch jetzt hier, könnte ich bei dir sein!“

Und sie dachte, wie er doch so gut und edel sei. So hätte er nie gehandelt, wie der Erbärmliche, nie, niemals! Und würde er sie jetzt noch lieben, nachdem sie ihm so tiefes Leid zugefügt hatte, würde er vergessen können, was sie ihm getan? Und wenn er sich von ihr wandte, wenn sie für immer seine Liebe verloren hatte, mit der sie ein frevles Spiel getrieben, wie sie sich jetzt selbst in qualvoller Pein gestand! Sie bedeckte ihr brennendes Antlitz mit den kalten Händen. So trostlos mußte es einer Verstoßenen und Verlassenen zu Mute sein, wie ihr in diesem Augenblick.

Plötzlich hörte sie Schritte in ihrer Nähe, und in ihrer Angst, es könnte ihr der Schreckliche gefolgt sein, wagte sie kaum aufzublicken. Gott sei Dank, er war es nicht, es war Doktor Gerber, der von seinem Krankenbesuch zurückkam. Sie schlüpfte hinter den nächsten Baum, denn sie wollte in dieser Verfassung nicht entdeckt werden. Der Stamm des Obstbaumes konnte sie aber nicht ganz verdecken, auch hatte Gerber bemerkt, daß bei seinem Nahen eine Gestalt sich scheu zu verbergen gesucht hatte, er blieb stehen und sah forschend hinüber.

Ilse rührte sich nicht.

„Wer ist da?“ fragte er.

Keine Antwort.

Da stapfte er durch den hohen Schnee, als er aber dicht vor ihr stand und sie erkannte, prallte er förmlich zurück.

„Fräulein Ilse, wie kommen Sie hierher, was wollen Sie hier?“ fragte er erstaunt.

Und als er ihr bleiches, entstelltes Gesicht sah, fragte er nochmals.

„Was ist Ihnen denn, ist Ihnen etwas begegnet? Und ohne Mantel, ohne Hut! Sie werden sich erkälten.“

Sie blickte ihn flehend an, als wollte sie sagen: o, dringen sie nicht weiter in mich. Er verstand ihre stumme Bitte.

„Kommen Sie,“ sagte er und ergriff ihre zitternde Hand.

Schweigend gingen sie die mondhelle Dorfstraße hinunter. Kaum konnte Ilse ihre Aufregung bemeistern, so tobte und kämpfte es in ihrem Innern; ihre Gedanken konnten sich von dem schrecklichen Erlebnis nicht losreißen. Einige Male versuchte sie mit ihrem Begleiter ein gleichgültiges Gespräch anzufangen, aber die Worte wollten nicht über ihre Lippen. Sie beherrschte sich krampfhaft, denn bevor sie das Gasthaus erreichten, wollte sie ganz ruhig sein, damit die andern nichts merken sollen. Sie durften um Gottes willen nicht erfahren, was sie Beschämendes erlebt hatte. Zu welchen Auseinandersetzungen würde es sonst zwischen Doktor Althoff und dem Verhaßten kommen? Nein, nur das nicht, schon der Gedanke allein regte sie auf.

Ilses kühner Sprung aus dem Fenster hatte dem Referendar keinen geringen Schrecken eingejagt.

„Donnerwetter, das tolle Ding!“ hatte er bestürzt und ärgerlich zwischen den Zähnen gemurmelt. Aber seine Geistesgegenwart verließ ihn darum nicht. Schaden konnte Ilse nicht genommen haben, beruhigte er sich, das Fenster war ja nur wenige Fuß über der Erde, und außerdem lag tiefer Schnee. Er beugte sich hinaus und sah sie in großen Sprüngen über die weiße Fläche hineilen. Leise schloß er hierauf das Fenster wieder.

„Temperament hat die Kleine,“ sagte er halblaut vor sich hin mit einem unangenehmen Lächeln. Unbedingt mußte er jetzt in die Gesellschaft zurückkehren, wenn sein Ausbleiben nicht auffallen sollte. Trotz der Ruhe, die er nach diesem amüsanten Abenteuer, wie er es innerlich nannte, empfand, konnte er doch ein gewisses unbehagliches Gefühl nicht unterdrücken, denn sicher würde Ilse plaudern, – wie fatal! Da galt es vorher überlegen, wie er ihre Anschuldigungen geschickt parieren sollte. Nun, an jesuitischer Spitzfindigkeit fehlte es ihm nicht, er wollte sich schon aus der Angelegenheit ziehen.

Ebenso leise, wie er den Saal betreten, schlich er sich jetzt wieder hinaus und erschien dann vergnügt lächelnd in der Türe, durch welche er vorhin die Gesellschaft verlassen hatte. Er setzte sich zu den andern und nahm dankend das dampfende Glas Punsch entgegen, welches ihm Flora mit verführerischem Lächeln reichte. Er berichtete, daß er alles gut besorgt habe, und daß die Kutscher, die er sehr gemütlich bei Bier und Grog angetroffen habe, jetzt dabei wären anzuspannen.

„Nun müssen wir auch Ilse in ihrer Einsamkeit stören,“ sagte Nellie und war im Begriff, in den Saal zu gehen, als sich die Türe, die nach dem Flur führte, öffnete und Ilse leichenblaß eintrat, gefolgt von Floras Mann, der sich ebenfalls blaß und erschöpft niederließ.

Erschrocken eilte Nellie ihr entgegen.

„Was hast du, darling, ist dich nicht wohl?“ fragte sie leise und blickte verwundert in das starre Gesicht des jungen Mädchens.

„Mir fehlt gar nichts, Nellie, ich bin ganz wohl,“ erwiderte Ilse ruhig und setzte sich neben Orla.

Aus Lüders' Antlitz war bei Ilses Eintreten doch die Farbe gewichen. Er lächelte krampfhaft und stand wie ein Fuchs auf der Lauer, indem er gespannt auf jedes ihrer Worte horchte. Gott sei Dank, dachte er nach einer Weile erleichtert, sie scheint vernünftig zu sein und schweigt.

Nellie fühlte sich durch die Antwort der Freundin nichts weniger als beruhigt, sondern sah dieselbe besorgt an. Jetzt fiel ihr Blick auf Ilses durchnäßte Kleider, und als sie nach ihrer Hand faßte, bemerkte sie, wie kalt diese war.

„Ilse, du bist ja ganz feucht und kalt, wo bist du gewesen?“ fragte sie ängstlich.

„Gewiß hast du draußen im Mondenschein vom Herzallerliebsten geschwärmt,“ sagte Flora neckend, „gestehe es nur, Ilse.“

„Du hast ganz recht, Flora,“ gab sie zur Antwort, „ich sehnte mich nach frischer Luft und bin eine Strecke in das Dorf gegangen, wo ich deinen Mann traf.“

Sie wunderte sich selbst über die Ruhe, mit welcher sie diese Worte sprechen und auch die Fragen und Neckereien der andern ertragen konnte. Als aber der Referendar versuchte, mit ihr zu scherzen, traf ihn ein so verächtlicher, drohender Blick aus ihren Augen, daß er verlegen fortsah und schwieg.

Abgespannt und teilnahmlos saß Doktor Gerber da; auf die Frage, ob ihm etwas fehle, gab er zur Antwort, daß er sich ganz wohl fühle und nur etwas müde wäre. Sogar seiner Frau, welche sich umgezogen hatte und jetzt zurückkam, fiel seine Blässe und Mattigkeit auf; sie fragte ihn besorgt, ob es mit seinem Befinden schlimmer geworden sei. Seine verneinende Antwort beruhigte sie indessen schon wieder, und sie meinte, sein schlechtes Aussehen rühre gewiß nur von dem Aufenthalt in der dumpfen Krankenstube her. Man war allgemein froh, als die Schlitten angespannt vor der Tür standen, denn wie ein Alp lag es auf der vorher so lustigen Gesellschaft, seitdem Ilse und Gerber so bleich und still unter ihnen saßen und sichtbar ungeduldig auf den Aufbruch warteten. Ilse war die erste, welche aufsprang, als gemeldet wurde, daß alles zu der Abfahrt bereit sei.

Während die andern sich von Pastors verabschiedeten und die wärmenden Hüllen umlegten, war Ilse zu Nellie getreten und fragte sie leise, ob sie mit ihr zusammen fahren dürfe.

„Ich muß dich sprechen," flüsterte sie hastig, „dringend muß ich dich sprechen."

„ Darling, wie kommst du mich vor diesen Abend, so zerstört, was hast du?"

„Nachher erzähle ich dir alles, jetzt frage mich nicht," gab Ilse zur Antwort.

Mit Entsetzen vernahm Nellie unterwegs, was der Freundin begegnet war. Glücklicherweise war der Kutscher, der die beiden fuhr, etwas schwerhörig und hatte sich obenein den Pelzkragen ganz über die Ohren gezogen, so daß er nicht verstehen konnte, was die Damen sprachen. Er hätte sonst eine spannende Geschichte zu hören bekommen, denn Ilse sprach in ihrer Aufregung so laut, daß Nellie sie öfter ermahnte, vorsichtiger zu sein. Das Blut stockte ihr fast in den Adern bei Ilses Erzählung, und sie unterbrach diese oft mit dem ihr eigenen Ausruf ›o, o‹!

„Du armes, armes Kind," sagte sie, als Ilse zu Ende war, „was hast du durchgemacht, schrecklich! Das infame Mann, was wird Fred sagen, wenn ich ihm das erzähle? Es bleibt ihm weiter nichts übrig, als ihm ein Ohrfeig zu geben auf der Straße, wenn alle Leute es sehen."

„Um Gottes willen," fuhr Ilse auf, „so etwas darf dein Mann nicht tun, es würde einen öffentlichen Skandal geben, die Stadt würde davon sprechen, – bitte, bitte nicht Nellie! Aber Flora werde ich sagen, daß ich ihr Haus nicht wieder betrete, wenn ich diesen Menschen noch einmal bei ihr treffe. Oder – nein, es ist besser, auch sie erfährt nichts von dieser Geschichte. Sie setzt sich sonst womöglich hin, dichtet eine Schauer-Ballade und liest sie dem Menschen noch obenein vor. Aber warnen will ich sie, warnen vor diesem Teufel!"

Die dunklen Augen in dem bleichen Gesicht funkelten und spiegelten einen leidenschaftlichen Haß wieder, der dem jungen Antlitz etwas Düsteres verlieh. Schweigend blickte sie in die sternenklare Winternacht, ohne zu bemerken, daß Nellie sich noch wärmer einhüllte und ihre Füße fester in die Decke wickelte.

Die beiden sprachen wenig während der übrigen Fahrt, und auch aus den andern Schlitten tönte kein fröhliches Lachen, wie bei der Hinfahrt. Lüders, der wieder neben Flora saß, meinte, es wäre zu kalt zum Sprechen und zog seinen Rockkragen in die Höhe, so daß sein Gesicht fast ganz verschwand. Flora vergaß seine Schweigsamkeit, denn der Mondesglanz, die Sterne, die klare Winternacht gaben ihr unzählige poetische Gedanken ein, die sie am andern Tage auf das Papier bringen wollte.

Althoff bekam von seinem Nachbar, Doktor Gerber, auch nur kurze Antworten, man merkte, daß ihm das Sprechen schwer wurde. Nur in dem Schlitten, in welchem Andres und Orla saßen, schien die schönste Harmonie zu walten. Orla hielt wieder die Zügel in ihren Händen, denn der Kutscher hatte zu tief in das Glas gesehen und war in eine Art Halbschlummer verfallen, aus welchem ihn Andres von Zeit zu Zeit aufschreckte, damit der müde hin und her Taumelnde nicht unversehens vom Sitze fiele und ihnen verloren ginge.

Scherzend hatte er zu dem jungen Mädchen gesagt, daß es eigentlich nicht in der Ordnung wäre, sich von einer Dame nach Hause fahren zu lassen, worauf sie lachend erwiderte, daß sie nach der Meinung ihrer Freundin Rosi gar nicht mehr unter die Frauen gehöre und er sich deshalb getrost ihre Leitung gefallen lassen möge. Den beiden verging unter lebhaftem Geplauder die Zeit so schnell, daß sie ganz erstaunt waren, schon in die heimatlichen Straßen einzufahren und bald darauf vor der Althoffschen Wohnung zu halten. –

Als sich die beiden jungen Mädchen zur Ruhe begaben, fielen Ilse die seltsam glänzenden Augen der Freundin auf und ein heimliches Lächeln um ihren Mund, das ihr Antlitz wunderbar verklärte. Sie gab auch einige Male zerstreute Antworten auf Ilses Fragen, ganz gegen ihre sonstige Art.

„Gute Nacht, Ilse,“ sagte sie schon im Bette liegend und bemerkte erst jetzt, daß diese noch nicht angefangen hatte sich auszuziehen.

„Willst du noch nicht zu Bette gehen?“ fragte sie.

„Nein, Orla, ich bleibe noch etwas auf, ich bin noch nicht müde.“

Sie wartete noch eine Weile bis Orla fest eingeschlafen war, und holte dann ihre Schreibmappe hervor. Hierauf stellte sie die Lampe auf den Tisch am Fenster, an welchem Orla oft bis tief in die Nacht arbeitete, nahm einen Briefbogen, tauchte die Feder langsam in das Tintenfaß und schrieb nach langem Besinnen die Worte: ›Lieber Leo!‹ auf das Papier, dann stützte sie wieder den Kopf in die Hand und starrte gedankenvoll auf das weiße Blatt vor ihr. Wie schwer wurde ihr der Anfang, und doch war das Herz ihr zum Zerspringen voll. Es lastete wie ein Verbrechen auf ihr, sie kam sich erniedrigt und nach dem heutigen Erlebnis wie treulos gegen ihren Bräutigam vor, weil sie das schändliche Bekenntnis des ihr fremden Mannes mit angehört hatte. Welche Worte hat er zu ihr gesprochen, – noch tönten sie in ihren Ohren fort –, wie konnte er das wagen, wie durfte er ihr so etwas bieten und sie unglücklich nennen! –

Und doch, konnte sie das alles so wunderbar finden, hatte sie den Leuten nicht genügend Veranlassung gegeben, sie für eine unglückliche Braut zu halten? Ihr ›gesenkter Blick‹, ihr ›Erröten‹, wie der Abscheuliche gesagt, und dann die Szene mit Andres, die er, – jetzt wußte sie es, – belauscht hatte, alles dieses waren für ihn Beweise gewesen, daß sie nicht glücklich sei. Und hatte er denn unrecht? Hatte sie sich nicht selbst für unglücklich gehalten, für tief unglücklich? Warum empörte sich denn ihr Inneres darüber, daß ein anderer ihre geheimsten Gedanken erraten hatte, war sie denn vielleicht nicht mehr unglücklich?

Nein, tausendmal nein, rief es in ihr! Seit sie draußen in der kalten Winternacht die brennendste Sehnsucht nach ihm, nach seinem Schutz empfunden, fühlte sie, daß sie allein an diesem Unglück die Schuld trug, daß es in ihrer Hand lag, ihn und sich wieder glücklich zu machen. Und sie hatte sich vorgenommen, ihn noch heute abend zu bitten: vergiß, was ich dir getan, – und ihm alles erzählen, was sie hatte erleben müssen, dann würde ihr leichter, sie würde dann ruhiger werden. Unterwegs hatte sie sich den Inhalt des Briefes im Geiste überlegt und immer wiederholt, aber jetzt, da sie ihre Gedanken in Worte kleiden und diese niederschreiben sollte, konnte sie nicht damit fertig werden.

Endlich nach langem Zaudern überwand sie den schwierigen Anfang und schrieb fließend weiter, ohne nur einmal innezuhalten. Sie hörte nicht auf, bis sie einen heftigen Schüttelfrost bekam und nun erst daran dachte, daß sie die feuchten Kleider und Schuhe noch nicht ausgezogen hatte. Sie verschloß nun die Mappe mit dem Briefe in ihrem Koffer und begab sich zur Ruhe. Aber auch im warmen Bett noch überlief sie ein Frösteln, Hände und Füße waren eiskalt, und nur ihr Kopf brannte wie Feuer; sie legte ihre Hand auf Stirn und Wangen, was ihr wohl tat. Den brennenden Durst, der sie quälte, konnte sie kaum löschen, immer von neuem schenkte sie sich Wasser ein und trank das Glas auf einen Zug leer. Endlich, nachdem sie lange wachend gelegen, nahm sie der erlösende Schlaf in seine Arme, und sie wachte erst auf, als Orla bereits fertig angezogen vor ihrem Bette stand.

„Guten Morgen, du Langschläferin!“ rief sie ihr entgegen. „Endlich ausgeschlafen? Aber Kind, was hast du in dieser Nacht für einen Spektakel gemacht, du hast fortwährend geredet, bald fuhrst du in die Höhe, und warfst dich dann wieder hin, nicht fünf Minuten lang hast du ruhig gelegen. Ich war einige Male an deinem Bett und wollte dich wecken, aber du schliefst so fest. Übrigens hattest du entschieden Fieber, dein Puls ging schnell und die Haut war heiß und trocken. Gib mir mal deine Hand, wie sie sich heute morgen anfühlt? – Immer noch fiebrig, dein Puls schlägt nicht normal.“

„Die künftige Doktorin,“ neckte Ilse.

„Na, um das zu erkennen, braucht man kein Arzt zu sein. Ich an deiner Stelle bliebe im Bett liegen, du siehst so elend und angegriffen aus, – hast du auch Schmerzen?“

„Ich habe Kopfweh, Orla. Aber bitte, gehe du nur zum Kaffeetrinken und entschuldige mich, wenn ich heute erst spät erscheine.“

Daß sie auch heftige Schmerzen im Hals hatte, verschwieg sie.

„Also du willst wirklich aufstehen?“ fragte Orla.

„Natürlich, so schlimm ist es ja gar nicht.“

Aber sie war doch matter, als sie dachte, das empfand sie erst, als sie das Bett verlassen wollte. Erschöpft sank sie einige Male wieder zurück, sie fühlte Schwindel, der Kopf war ihr schwer und die Schmerzen im Halse quälten sie. Sie zog sich nur ihren Morgenrock über und ging dann in das Eßzimmer. Doktor Althoff war schon fortgegangen, Nellie und Orla saßen noch am Kaffeetisch. Die junge Frau erschrak über Ilses Aussehen.

„O darling, wie schaust du aus, so weiß wie diese Tischtuch und ganz blau unter der Auge, du mußt dir sehr krank fühlen.“

Lächelnd versuchte Ilse die Besorgnis der Freundin abzuwehren, aber sie konnte dieselbe nicht täuschen. Nellie wollte durchaus, daß sie sich wieder zu Bette legen solle, wozu sie sich indessen nicht bewegen ließ. Als aber Nellie den bequemen Diwan aus ihres Mannes Zimmer in das ihrige bringen ließ, da bedurfte es keines langen Nötigens, daß sich Ilse darauf legte, da sie sich immer schlechter fühlte. Sie ließ es auch geschehen, daß Nellie eine wollene Decke über ihre Füße breitete, und fügte sich bald ganz ihren Anordnungen, trank kühle Limonade und legte ihren Kopf auf das weiche Kissen, das ihr Orla brachte. Es war ihr jetzt ganz recht, daß sie still liegen konnte, denn sie hatte nur das eine Bedürfnis nach unbedingter Ruhe. Ja, sie sträubte sich sogar nicht dagegen, als Nellie ihr Mädchen nach Doktor Gerber schickte, well sie selbst fürchtete, ernstlich krank zu werden.

Müde schloß sie die Augen, und der gestrige Tag zog noch einmal beängstigend an ihrem Geist vorüber. Was hatte sie gelitten, welche Qualen ausgestanden, als sie die leidenschaftlichen Augen des Referendars dicht vor den ihrigen sah, seinen heißen Atem fühlte und festgebannt wie eine Gefangene ihm nicht entrinnen konnte. Sie dachte sich in der Braut des Verhaßten ein stilles, sanftes Mädchen, das mit zuversichtlicher Liebe und in vollem Vertrauen zu ihm aufblickte. Wenn sie wüßte, wie sie hintergangen, auf die erbärmlichste, niedrigste Weise getäuscht wurde! Sie hätte nicht gedacht, daß ein Mensch so schlecht sein könnte, denn das Leben hatte ihr bis jetzt nur seine lichten Seiten gezeigt; die dunklen hatte sie noch nicht kennen gelernt, sie wußte noch so viel wie nichts von Schlechtigkeit und gemeiner Gesinnung. Treu sorgende Eltern hatten von ihr alles fernzuhalten gewußt, was ihr kindlich reines Gemüt hätte trüben können.

Wie umstrahlt von hellem Licht erschien ihr jetzt Leo, zum ersten Male kamen ihr seine guten und edlen Eigenschaften so recht zum Bewußtsein. Ob er wohl je so von ihr sprechen würde, wie dieser Lüders über seine Braut sprach? Nein, nie, das wußte sie. Kein bitteres Wort über sie würde aus seinem Munde kommen, trotzdem sie im Zorn und Groll von ihm geschieden war. Wann sehe ich ihn wohl wieder? dachte sie, und die bange Sorge um ihn erweckte ihr die Vorstellung, daß er krank sein könnte, ja vielleicht sterben müßte, ohne daß sie ihn jemals wiedergesehen und erfahren hätte, ob er ihr noch gezürnt habe. Ihre krankhafte Phantasie malte dieses Ereignis in den grellsten Farben aus, es entlockte ihr heiße Tränen, Tropfen auf Tropfen stahl sich durch ihre geschlossenen Augenlider und fiel auf ihre Wangen herab. –

Im Nebenzimmer wurden jetzt Schritte hörbar und sie hörte Nellie sagen:

„Bitte, Herr Doktor, treten Sie hier herein."

Schnell fuhr Ilse in die Höhe und wischte sich mit dem Tuch über ihre Augen. Orla, die am Fenster saß, sah von ihrem Buche auf, als sich jetzt die Tür öffnete. Als aber statt des erwarteten Doktor Gerber sein junger Assistenzarzt erschien, entglitt das Buch ihren Händen und sie bückte sich schnell, um es aufzuheben. Wieder konnte sie eine Verlegenheit nicht verbergen, als er jetzt vor ihr stand und ihr die Hand reichte. Sie war ärgerlich auf sich selbst, und als er sie freundlich fragte, wie ihr die Schlittenpartie bekommen sei, gab sie ihm nur eine kurze Antwort und lenkte dann schnell die Aufmerksamkeit von sich auf Ilse ab.

„Hier sehen Sie nur, Herr Doktor, unsre arme Ilse, welche Folgen die Schlittenpartie für sie gehabt hat; da liegt sie nun, ein Bild des Jammers und der Leiden. Übrigens," sie hatte jetzt ihre volle Fassung wiedergewonnen, „wie kommt es, daß Sie uns besuchen, da doch nach Doktor Gerber geschickt worden war?"

„O ja, Orla, höre nur," fiel Nellie ein, „lauter Patienten! Das arme Mann liegt krank im Bette und hat der ganze Nacht phantasiert. Als unsre Botschaft kam, war gerade Herr Doktor Andres bei ihm und kam gleich hierher, arm Ilschen zu kurieren."

„Er ist doch nicht gefährlich erkrankt?" fragte Orla, als sie bemerkte, daß sein Gesicht bei Nellies Bericht merkwürdig ernst geworden war.

„Ich fürchte fast; noch läßt sich keine bestimmte Diagnose stellen, aber alle Anzeichen sind vorhanden, daß eine Lungenentzündung im Anzuge ist."

Er hatte Ilses Handgelenk umfaßt, zog die Uhr heraus und zählte die Pulsschläge. Dann untersuchte er ihren Hals und erklärte, daß eine leichte Halsentzündung vorhanden wäre. Sie sollte sich einige Tage schonen und würde dann bald wieder gesund sein. Er traf noch einige Anordnungen, verschrieb ihr was zum Gurgeln und sagte scherzend zu Orla, daß sie jetzt sein Assistent sein und ihm morgen genauen Bericht über seine Patientin erstatten möge.

Jeden Tag erschien Andres pünktlich zu derselben Stunde, und stets fand sich auch Orla ein, wenn er kam Ilse mußte noch immer auf dem Sofa liegen, obgleich sie behauptete, sich wieder ganz wohl zu fühlen. Aber da es der Doktor so anordnete, wagte sie nicht, sich zu widersetzen, und ließ es sich schließlich ganz gern gefallen, daß sie auf das liebevollste gepflegt und verhätschelt wurde. Einige Male hatte sie Orla dabei ertappt, daß sie zu der Zeit, wenn Andres zu kommen pflegte, erwartungsvoll durchs Fenster blickte. Sie teilte ihre Beobachtungen Nellie mit und auch diese hatte schon bemerkt, daß der junge Mann Orla nicht gleichgültig geblieben war, und daß auch seine Augen strahlten, wenn er mit der Russin sprach. Und als Ilse wieder gesund war und seine ärztlichen Besuche aufhörten, da war er ein Freund des Hauses geworden, ein häufiger, gern gesehener Gast bei Althoffs.

*

Leider ging es Floras Mann nicht so gut, wie Ilse, sein Zustand hatte sich von Tag zu Tag verschlimmert, er war schwer an einer Lungenentzündung erkrankt. Andres hatte noch einen zweiten Arzt hinzugezogen und beide blickten mit großer Besorgnis in die nächste Zukunft. Die Freundinnen standen Flora in dieser schweren Zeit treu zur Seite, täglich kam eine, um zu helfen und zu raten; denn Flora war in der Krankenpflege ganz unerfahren und ungeschickt. Sie hatte im Anfang die Krankheit ihres Mannes mit großer Sorglosigkeit angesehen; als aber das hohe Fieber nicht weichen wollte, die Kräfte ersichtlich abnahmen und sie die besorgten Gesichter der beiden Ärzte sah, da fiel es ihr plötzlich wie Schuppen von den Augen, und eines Tages war sie Nellie weinend um den Hals gefallen und hatte ihrem geängstigten Herzen Luft gemacht. Nellie hatte sie auf das liebevollste getröstet und ihr Mut eingesprochen. Als sie dann aber den einst so kräftigen Mann abgemagert und teilnahmlos in den Kissen liegen sah, da vermochte sie selbst die Tränen nicht zurückzuhalten, und auch nachher konnte ihr Gatte sie kaum beruhigen, als sie nach Hause kam und ihm erzählte, wie Gerber verändert und kaum wieder zu erkennen sei.

Wieder vergingen Tage, ohne die so heiß ersehnte Besserung zu bringen, und Flora, welche jeden Halt verloren hatte, weinte nur und klagte, selbst im Krankenzimmer konnte sie sich nicht beherrschen. Nellie hatte sich erboten, Käthchen mitzunehmen, da sie es nicht mehr mit anzusehen vermochte, wie das Kind am Bett seines Vaters kauerte, die großen Augen angstvoll auf sein eingefallenes Gesicht gerichtet, und leise seine Hände streichelte.

„Laß das Kind mit mich gehen,“ hatte Nellie gebeten, „es ist hier keine Ort für ihr.“ Und auch Andres, der zugegen war, meinte, es wäre besser für die Kleine, wenn sie in andre Umgebung käme, der fortwährende Aufenthalt in der Krankenstube könne ihr nur schaden.

Flora nahm Nellies Anerbieten gern an, und die junge Frau war sofort daran gegangen, Käthchens Sachen zusammenzupacken und alles Nötige zu besorgen. Aber so leicht, wie sie dachte, ließ sich das Kind nicht mitnehmen; es sträubte sich und wollte durchaus bei seinem lieben Papa bleiben. Nach unendlicher Mühe und vielen Liebkosungen Nellies gelang es ihr schließlich, Käthchen gegen das Versprechen, daß sie ihren Papa bald wiedersehen würde, und auf die Versicherung hin, daß dieser selbst wünschte, sie möge ein artiges Kind sein, zum Mitgehen zu bewegen. Alles war zum Empfang der Kleinen auf das reizendste vorgerichtet. Nellie hatte hübsche Spielsachen eingekauft, und die beiden jungen Mädchen versuchten, mit ihr zu spielen und zu scherzen. Es glückte ihnen aber nicht, ein Lächeln auf dem ernsten Kindergesicht hervorzurufen. Die Spielsachen blieben unberührt, und Käthchen fragte nur immer, ob ihr lieber Papa bald wieder gesund würde. Die weichherzige Ilse mußte sich abwenden, um ihre Rührung zu verbergen, sie konnte den traurig fragenden Blick in Käthchens Augen nicht ertragen. Als Nellie sie am Abend in das Bettchen brachte, das sie dicht neben das ihrige gestellt hatte, und die Kleine mit gefalteten Händen ihr Abendgebet hersagte, das mit der rührenden Bitte schloß: „Lieber Gott, mache meinen Papa recht bald wieder gesund," da ahnte das unschuldige Kindergemüt nicht, daß bereits der Todesengel unheilschwer über dem Haupte des Vaters schwebte.

„Nicht wahr, liebe Tante, der liebe Gott hat mich gehört?" fragte sie Nellie, und als diese unter Tränen lächelnd nickte, legte sie das Köpfchen voll Vertrauen in die Kissen. Nellie blieb so lange am Bettchen sitzen, bis Käthchen fest eingeschlafen war. Die blassen Bäckchen hatten sich zart gerötet, und der kleine Mund lächelte im Schlafe. Fast andächtig blickte die junge Frau auf das schlummernde Kind, – konnte es etwas Süßeres, etwas Lieblicheres geben? Sie streichelte die kleinen Hände und lauschte den ruhigen, gleichmäßigen Atemzügen. Wie eine Mutter strich sie mit der Hand über die Kissen, daß auch kein Fältchen den Schlummer des kleinen Geschöpfchens stören sollte. Dann erhob sie sich, drückte einen leisen Kuß auf die reine Kinderstirn und schlich sich aus dem Zimmer.

„O, es liegt wie eine Engel, das kleine Mädchen," sagte sie zu Orla und Ilse.

Spät am Abend kam Doktor Andres, bleich, mit verstörter Miene. Es hatte ihn gedrängt, den Freunden noch mitzuteilen, daß man sich auf das Schlimmste gefaßt machen müßte. Das Fieber blieb trotz aller angewandten Mittel auf gleicher Höhe und die Kräfte verfielen zusehends. Alle waren über diese Botschaft tötlich erschrocken, und Nellie zeigte sich sofort bereit, zu Flora zu eilen.

„O nein, ich darf ihr nicht verlassen!" rief sie, als man sie zurückhalten wollte. „O, Fred, laß mich! Ich rege mir viel mehr auf, wenn ich hier bleibe, während meine Gedanken doch bei ihr sind."

„Dann gehe ich mit dir," entschied Althoff, der es schließlich auch ganz natürlich fand, daß seine Frau Flora in den schweren Stunden, vielleicht den schwersten ihres Lebens, nicht verlassen wollte. Der junge Arzt verabschiedete sich, er mußte wieder zu dem Kranken eilen. Orlas Hand behielt er länger als gewöhnlich in der seinen, und sein tiefer, ernster Blick ruhte mit Innigkeit auf ihrem Antlitz.

„Auf Wiedersehen!" sagte er leise und ging fort.

Ilse hatte Nellies Sachen hereingeholt und half der Freundin mit zitternden Händen beim Anziehen. Wie ein Alp lastete es auf allen, und nur das Nötigste wurde gesprochen.

Das junge Ehepaar war fortgegangen, und es herrschte jetzt eine fast unheimliche Stille in dem Zimmer, in welchem sonst heiteres Lachen und Plaudern ertönte. Orla saß am Tisch, tief über ein Buch gebeugt. Ilse lehnte in der Sofaecke, die gefalteten Hände lagen in ihrem Schoß. Sie fürchtete sich grenzenlos, aber sie wagte nicht, Orla dies einzugestehen. Die kleine niedrige Lampe mit dem breiten Schirm beleuchtete hell den runden Tisch. Aber die übrigen Gegenstände im Zimmer außerhalb dieses Lichtkreises verschwanden in einem matten Halbdunkel. Nichts störte die nächtliche Ruhe, als das gleichmäßige Ticken der Uhr. Orla saß unbeweglich, scheinbar in ihre Lektüre vertieft, kaum daß sie mit der Wimper zuckte. Aber ihre Gedanken weilten heute nicht bei dem Inhalt des Buches, den sie mechanisch ablas. Sie hafteten an einer hohen, schönen Gestalt, von der sie sich nicht losreißen konnte, deren Bild sie im Wachen nicht verließ und bis in ihre Träume verfolgte. Mit doppeltem Eifer, als wollte sie es gewaltsam zurückdrängen, hatte sie gelesen und studiert. Sie war fast unzugänglich und sehr schweigsam gewesen, hatte immer hinter ihren Büchern gesessen, so daß ihr Lehrer, so sehr er sich über ihre Fortschritte freute, sie doch ernstlich ermahnte, ihre Kräfte zu schonen.

Nur wenn Andres kam, dann sprudelte sie über von Geist und Witz. Er erkundigte sich nach ihren Studien, sie fragte nach den Erlebnissen in seiner Praxis. Beide schienen dann nur für einander da zu sein, sie vergaßen völlig ihre Umgebung, und die sonst so kluge, überlegene Orla dachte nicht daran, daß die Freunde merken mußten, was sie als tiefstes Geheimnis in ihrem Herzen verschlossen zu halten glaubte.

Kleine harmlose Neckereien ließ sie sich lächelnd gefallen, aber jede ernste Anspielung wies sie entschieden zurück. Sie meinte, wenn zwei Menschen zusammen übereinstimmten und gemeinsame Interessen hatten, müßten sie nach der Ansicht der anderen natürlich gleich ineinander verliebt sein. Sie wäre überhaupt keine Natur zum Lieben geschaffen.

Nellie und Ilse als Erfahrenere in dieser Beziehung lächelten sich bei diesen Worten überlegen an und schwiegen.

Orla glaubte sich wirklich gefeit gegen die Liebe. Die kleinen Tändeleien und Liebschaften, welche andern so viel Freude und auch wohl kindliche Schmerzen bereiten, waren ihr fremd geblieben. Außer Doktor Althoff, für den in der Pension alle Mädchen schwärmten, hatte sie nie eine sogenannte „Flamme“, wie es die andern nannten, gehabt. „Kalt wie eine Hundeschnauze“, diesen sehr drastischen Vergleich hatte Annemie einmal gebraucht, worüber die ästhetische Flora ganz entsetzt gewesen war.

An die Ärmste dachte Orla jetzt voller Mitleid! Die Lust zum Dichten würde ihr wohl jetzt, da ihr das Leben zum ersten Male seine ernsten

Seiten zeigte, vergehen. Wie es wohl um diese Zeit bei Gerbers aussah? Orla sah Andres im Geist neben dem Bette des Kranken sitzen, ruhig und sicher seine Anordnungen treffend. Diese Ruhe und Sicherheit, sein rücksichtsvolles Wesen, wo es galt, Rücksicht zu nehmen, – stempelten ihn diese Eigenschaften nicht zum echten, menschlich fühlenden und denkenden Arzte, zu welchem die Kranken mit unbedingtem Vertrauen aufblicken konnten? Vielleicht waren jetzt gerade Floras um Hoffnung flehende Augen auf ihn gerichtet, und, – o Gott, wie schwer mußte das sein, – vielleicht konnte er ihr keine mehr geben, vielleicht war schon alles vorbei!

Wenn sie nur wüßte, wie es ging, die Stunden schlichen so langsam dahin, eben schlug es draußen von den Türmen in langsamen Schlägen zwölf Uhr. Die Geisterstunde, wie Ilse schaudernd dachte. Ihre lebhafte Phantasie war von den schaurigen Bildern erfüllt. Bald starrte ihr aus einer Ecke das totenblasse, verzerrte Gesicht des Doktor Gerber entgegen, oder Leo erschien ihr, und seine Augen schauten sie traurig und vorwurfsvoll an. Aus allen Winkeln grinsten sie Fratzen und Gestalten an; die weißen Gardinen erschienen ihr wie wallende Gewänder von Gespenstern, wo sie hinblickte, sah sie etwas Gräßliches. Nein, so hielt sie es nicht länger aus! Sie erhob sich aus ihrer dunklen Ecke und trat an den Tisch.

Orla blickte auf.

„Es ist spät geworden, wollen wir zu Bett gehen, Ilse?“

„Ach Orla, ich kann doch nicht schlafen, ich bin zu aufgeregt.“

„Ich bleibe gern mit dir auf,“ erwiderte Orla und erhob sich. „Komm, wir wollen nach der Kleinen sehen, ob sie ruhig schläft.“

Ilse schmiegte sich dicht an die Freundin, als sie über den Vorplatz gingen, und sah sich fortwährend furchtsam um. Als Orla beim Vorbeigehen den Schirmständer streifte, schreckte Ilse bei dem Geräusch jäh zusammen und umklammerte die Russin mit beiden Händen.

„Kind, ich glaube wahrhaftig, du fürchtest dich,“ sagte Orla erstaunt, da ihr Furcht etwas ganz unbekanntes war.

„Ach nein, nur heute abend," stotterte Ilse verlegen, die sich gerade von Orla nicht gern dabei ertappen ließ, daß sie ein Hasenfuß war.

Das Zimmer, in welchem Käthchen schlief, war nur schwach durch eine Nachtlampe erleuchtet, deren matter Schein auf dem weißen Bettchen lag. Die jungen Mädchen beugten sich darüber und betrachteten das sanft schlummernde Kind.

„Wie entzückend!" flüsterte Ilse.

„Armes, kleines Ding!" sagte Orla und küßte es auf das weiche Bäckchen.

„Wie es nur bei Gerbers aussehen mag," meinte Ilse und ließ sich auf einen Schemel zu Füßen Orlas, die sich neben das Bettchen gesetzt hatte, nieder. Die Freundin konnte nur mit einem Achselzucken antworten; auch sie beschäftigte sich innerlich fortwährend mit dieser Frage.

„Ich kann mir gar nicht denken, daß er nicht wieder gesund wird," fuhr Ilse fort. „Es wäre doch schrecklich, so jung sterben zu müssen."

„Danach fragt der Tod nicht," sprach Orla leise wie in Gedanken versunken vor sich hin. „Meine Eltern waren auch noch jung, als sie starben und mich als Waise zurückließen."

Ilse blickte zu der Freundin empor und sah es feucht in deren Augen schimmern, die heute einen seltsam weichen Ausdruck hatten. Schmeichelnd legte sie ihren Kopf in Orlas Schoß.

„Liebe, liebe Orla," flüsterte sie leidenschaftlich und hätte sich ihr in der Stimmung, in welcher sie sich befand, am liebsten um den Hals geworfen, um sich dort auszuweinen. Aber sie wußte, daß Orla eine Feindin solcher Szenen war, und deshalb begnügte sie sich damit, ihr die Hände zu streicheln und ihre Wange darauf zu legen. So saß sie ganz still mit geschlossenen Augen und als Orla ihr liebkosend über das braune, lockige Haar fuhr, da war es ihr, als ruhte sie an Leos Brust und dieser ließe ihre Locken durch seine Finger gleiten, was er so gerne tat. Die zärtlichen, rosigen Stunden ihrer Brautzeit drängten sich in ihre Erinnerung, und sie empfand im Geiste wieder das wohlige Gefühl, von den Armen eines geliebten Mannes umschlossen zu sein. Hatte ihr Herz in solchen Momenten nicht höher geschlagen vor Freude und Seligkeit? Und warum war es denn anders geworden, warum sollten diese glücklichen Zeiten vorbei sein? Wie ein Nebel zerfloß vor ihren Augen die kleinliche Ursache ihres Streites, und sie wollte es sich gar nicht mehr eingestehen, daß sie deshalb ihr Glück auf das Spiel gesetzt hatte. Wie viele Stunden und Tage hatte sie sich und ihm verbittert, welch lange Trennung herbeigeführt! Wann wird diese ein Ende nehmen?

Auf einmal empfand sie, wie bitter unrecht das alles war, da doch das Leben nur kurze Dauer hat und die schweren Zeiten ohnedies nicht ausbleiben. Konnte sie nicht ein gleiches Schicksal treffen wie Flora, welche auch achtlos in den Tag hinein lebte und nun vielleicht zu spät erkannte, welche Pflichten sie hätte erfüllen müssen? Wenn jetzt deren Mann stürbe, würde dann nicht die Reue sie ewig peinigen und ihr mitleidlos zurufen: du hast deinen Mann vernachlässigt, du hast sein Dasein nicht erhellt. Mit diesem schrecklichen Vorwurf im Herzen leben zu müssen, dachte Ilse, nein, das könnte sie nicht, da würde sie eher vergehen.

Aber hatte sie nicht auch Liebe und Glück besessen und beides mit leichtsinniger Hand beiseite geworfen? Würde sie wohl wieder aufrichten können, was sie zerstört hatte, oder war es schon zu spät dazu? Nein, das durfte, das konnte nicht sein! Es packte sie mit wahnsinniger Angst, und der Gedanke, daß Leo jetzt sterben könnte, stand drohend vor ihrer Seele und verfolgte sie wie eine fixe Idee. Um Gottes willen, nur das nicht, nur das nicht, dachte sie bebend, und sie gelobte sich in diesem Augenblick feierlich, anders werden, ihm nie wieder solches Leid zufügen zu wollen.

Und nun dachte sie auch daran, wie sie ihre Eltern gekränkt hatte, wie diese darunter leiden und mit welcher Sorge sie wohl in ihre Zukunft blicken mochten. Dennoch aber hatte sie nie ein Tadel oder Vorwurf getroffen, ihre Briefe waren stets liebevoll und zärtlich gewesen, aus zarter Rücksicht hatten sie niemals ihr Zerwürfnis mit Leo berührt. Und wie vergalt sie solche Liebe und Güte, war sie dankbar dafür?

Beschämt hielt sie Einkehr in ihrem Innern, sie fühlte, wie unrecht sie gehandelt hatte und noch handelte; immer klarer wurde es in ihr, ihre bessere Natur gewann wieder die Oberhand in ihrem Herzen, von welchem sich Trotz und Eigensinn wie rauhe Schalen von einem guten Kern lösten.

Vor ihren Augen zogen Bilder aus der Vergangenheit vorüber, die Rückkehr aus der Pension in das Elternhaus, ihre Verlobung. Sie sah die Eltern, das kleine Brüderchen, sie hörte dieses jauchzen, war mit Leo zusammen und fühlte sich glückselig und froh, wie sie es lange nicht gewesen. Die lieblichsten Erinnerungen wiegten sie endlich sanft in Schlummer und begleiteten sie in ihren Träumen, aus denen sie erst erwachte, als sie plötzlich ihren Namen rufen hörte.

Schlaftrunken fuhr sie empor und sah Doktor Althoff, der eifrig mit Orla sprach. Sie wurde sich bewußt, daß sie sehr lange geschlafen haben mußte, denn die Morgendämmerung stahl sich schon durch die Fenster herein und überzog alles mit einem grauen, fahlen Schein.

„Komm Ilse, steh auf," sagte Orla und half ihr sich erheben. Mit einem traurigen Blick auf das schlafende Kind neigte sie sich dicht zu ihrem Ohr und sagte mit leiser Stimme: „Der arme Doktor Gerber ist tot."

„O, mein Gott!" rief Ilse so laut, daß Orla sie aus dem Zimmer zog, weil das Kind nicht aufwachen sollte.

„Ist es denn wahr?" fragte sie Althoff mit tränenerstickter Stimme; „das ist ja fürchterlich." Er nickte und ließ sich in einen Stuhl fallen, indem er den Kopf müde in die Hand stützte.

„Die arme, arme Flora, das süße kleine Käthchen," jammerte Ilse, während sie aufgeregt hin und her ging.

Orla war inzwischen hinausgegangen und hatte dafür gesorgt, daß Althoff Kaffee bekäme. Sie brachte ihm jetzt selbst eine Tasse herein und setzte sie vor ihn hin.

„Bitte, trinken Sie, Herr Doktor, ich habe den Kaffee recht stark gemacht, er wird Sie erfrischen."

Er dankte ihr herzlich und trank. Dann zog er seine Uhr heraus.

„Schon bald acht Uhr, da ist es Zeit, daß ich gehe.“ Er erhob sich.

„Die arme Nellie, sie ist so erregt, es ergreift sie tief,“ sagte er.

„Sie muß entschieden jetzt Ruhe haben,“ versetzte Orla, „ich werde zu Flora gehen und sie ablösen.“

„Ich gehe mit,“ rief Ilse und hing sich an Orlas Arm.

Die beiden gingen mit Althoff zusammen fort. Dieser war froh, daß Nellie nun nach Hause gehen konnte, denn er fürchtete, daß die entbehrte Nachtruhe und die Aufregung ihr schaden könnten.

Als die Freundinnen das Trauerhaus betraten, zögerte Ilses Fuß auf der Schwelle; sie mußte die Hand auf das klopfende Herz legen. Schon hier beschlich sie das unheimliche Gefühl, welches der Ort, an dem ein Toter liegt, hervorruft, und sie wäre am liebsten wieder umgekehrt, wenn nicht Orla, welche die Treppe schon hinaufgegangen war, sie leise gerufen hätte. Oben an der Tür kam ihnen Nellie mit verweinten Augen entgegen und die drei jungen Wesen umarmten sich stumm, keine vermochte zu sprechen. Sie traten in Floras Zimmer ein. Heute lagen keine bunt verstreuten Blätter auf dem Schreibtisch herum, wie bei Ilses erstem Besuche, auch glich die schweigsame Nellie am Fenster nicht im geringsten der Nellie von damals, deren übermütiger Spott so belustigend gewesen war. Der düstere Wintermorgen paßte so recht zu der Stimmung in dem stillen Gemach. Fröstelnd, kalt und unbehaglich war es heute, der einförmig graue Himmel sah nicht aus, als ob er auch im klarsten Blau strahlen und heiter lächelnde Sonnenblicke schicken könnte.

„Wo liegt er?“ fragte Orla endlich nach langem Schweigen.

Nellie bezeichnete ihr das Zimmer.

„Ist Flora dort?“

„Sie ruht sich ein wenig,“ gab Nellie zur Antwort.

Orla ging hinaus. Sachte klinkte sie die Türe zum Sterbegemach auf und trat ein. Durch die weit geöffneten Fensterflügel strömte ihr die kalte Luft erfrischend entgegen, und sie atmete tief auf, denn die dumpfe Luft in Floras Zimmer war beängstigend gewesen und hatte sie beklommen gemacht.

Noch erinnerte in dem Raum nichts daran, daß hier ein Toter lag, noch hatte keine ordnende Hand den Eindruck des Krankenzimmers verwischt. Auf dem Tischchen vor dem Bett stand noch das halbgeleerte Glas, aus welchem er zuletzt getrunken, daneben lag das Thermometer, das mit grausamer Genauigkeit die hohe Temperatur des Kranken gezeigt hatte. Alles war noch unberührt geblieben, und man konnte glauben, daß der stille Mann dort im Bett ein Schlafender wäre.

Orla war näher getreten und sah mit wehmütigen Blicken auf ihn nieder. Ruhig und friedlich war der Ausdruck seines Gesichtes, das wachsbleiche Profil hob sich scharf von dem dunklen Grund der Wand ab, die Hände lagen über der Brust zusammengefaltet. Sie ließ sich auf einem Stuhle nieder, der dicht am Bett stand, und betrachtete lange das Antlitz des Verblichenen. So im besten Mannesalter zu sterben, das mußte schrecklich sein, – und doch, konnte man ihn beklagen, der das Leben verließ, dem Unglück und Leid nun nichts mehr anzuhaben vermochten? Nein, zu beklagen waren die, die ihn beweinten, die trauernde Witwe, das verwaiste Kind. Ihnen hatte der erbarmungslose Tod den Gatten, den Vater geraubt.

Ein leiser Schritt hinter Orla ließ sie aufblicken; es war Andres, der ihr ernst die Hand entgegenstreckte und dessen Blässe verriet, daß er am Totenbette seines Freundes und Vorgesetzten viel gelitten hatte. Schweigend sah er auf den Toten, indem er Orlas Hand in der seinen behielt. Dann wandte er sich ihr zu, und seine Augen versenkten sich in die ihrigen.

„Ihr künftiger Beruf wird Sie an manches Totenbett führen und oft werden Sie bitter empfinden, wie schwach die Hilfe des Arztes ist, wenn er verzweifelt nach Mitteln sucht, und wie armselig ihm seine Wissenschaft vorkommt, wenn er in brechende Augen sieht, ohne

Rettung bringen zu können. Werden Sie das ertragen, Orla, wird das nicht zu viel sein für ein zartes Weib?“

Es war zum ersten Male, daß er sie beim Vornamen nannte. Flüsternd und schnell hatte er gesprochen und fast flehend hatte seine letzte Frage geklungen. Sie antwortete ihm nicht darauf, – hatte er nicht recht und war es nicht gewagt für ein Weib, von Natur die Schwächere, von ihrem Körper abhängig, daß sie glaubte, sich an die Seite ernster Männer zu stellen, wie sie ringen und kämpfen zu können, um der leidenden Menschheit zu helfen? Zum ersten Male am Bett dieses Toten war ihr der Gedanke gekommen, daß es schwer sein müßte und daß das Gemüt einer Frau sich wohl nie daran gewöhnen würde, dem unerbittlichen Tod so oft ins starre Antlitz zu blicken. Es waren also ihre eigenen Gedanken gewesen, welchen der junge Arzt Worte verliehen hatte. Wie deutlich verstand er in ihrer Seele zu lesen!

Die Türe wurde jetzt geräuschlos geöffnet, und ein Luftzug drang durch das Fenster, der die Gardinen bewegte, und das junge Paar streifte. Flora mit Ilse und Nellie traten ein, letztere im Hut und Mantel, da sie im Begriff war fortzugehen. Die junge Witwe schien um Jahre gealtert, ihre Augen waren tief eingesunken und ihr Gesicht aschgrau. Unheimlich starren Blickes sah sie auf ihren Mann, wie gebrochen sank sie auf dem Stuhl am Bette nieder und legte den Kopf auf ihre Arme, welche krampfhaft die Stuhllehne umklammerten. Ilse unterdrückte mit Mühe ein lautes Schluchzen, sie hatte noch nie eine Leiche gesehen und mußte ihre zitternde Gestalt fest auf Nellies Arm stützen, als sie nun ängstlich in das regungslose Antlitz schaute, das vor ihr in den weißen Kissen lag. In heiliger Scheu und Andacht umstanden sie alle das Lager des Geschiedenen, nichts unterbrach die feierliche Stille des Sterbezimmers. Plötzlich ertönte draußen eine weinende Kinderstimme, man hörte trippelnde Füßchen über den Vorplatz eilen; im nächsten Moment schnellte die Türklinke auf, und die kleine Käthe kam ins Zimmer gelaufen. Einen Augenblick staunte sie die tiefernsten Gesichter an und sah verwundert von einem zum andern, dann erblickte sie ihren Papa in seinem Bett, und durch die hellen Tränen schimmerte in ihren Augen ein glückseliges Lächeln.

„Lieber, lieber Papa, nun bin ich wieder bei dir und gehe nicht mehr fort," sagte sie zärtlich.

Orla trat zu der Kleinen und wollte sie fortführen, sie klammerte sich aber an das Bett und fing jämmerlich an zu weinen.

„Nein, ich will hier bleiben," rief sie und fragte dann:

„Schläfst du denn noch, lieber Papa? Bitte, bitte, wache doch auf, ich will dir ja guten Morgen sagen. Aber Papa, so höre mich doch!" drängte sie endlich ungeduldig, und als sie keine Antwort erhielt, stellte sie sich auf die Fußspitzen und sah ihm ins Gesicht. Und wieder rief sie ihn schmeichelnd, und ihre kleinen Finger strichen liebkosend über seine erstarrten Hände. Aber schaudernd fuhr sie zurück, und wie eine unbewußte Ahnung überflog es ihre kindlichen Züge.

„Papa, Papa!" schrie sie laut, „warum bist du denn so kalt, lieber Papa, warum wachst du nicht auf?" Furchtsam wich sie von ihm zurück, ihre großen angstvollen Augen fortwährend auf das bleiche Antlitz gerichtet.

Nun trat Andres zu dem Kind und wollte es fortbringen; in demselben Augenblick sah Flora wie aus einem Traum erwachend um sich, und als sie das kleine, hilflose Geschöpf jammernd und klagend am Bette seines Vaters erblickte, da sprang sie auf und fiel mit einem lauten Schrei vor ihm nieder, drückte es heftig an sich, und ein heißer Tränenstrom erleichterte die Qualen ihres Herzens. Mit einem Male schien die Liebe für die kleine Waise in ihr erwacht zu sein und sie bedeckte ihr Gesicht mit leidenschaftlichen Küssen. Aber für Käthchen waren Zärtlichkeiten ihrer Mutter etwas ganz Fremdes und sie entwand sich deshalb schnell ihrer Umarmung.

„Laß mich, ich will zu meinem Papa!" rief sie und blickte Flora feindselig an. „Ich mag dich nicht, ich habe nur meinen Papa lieb," setzte sie noch hinzu, ohne das geringste Mitleid für die schluchzende Gestalt, die auf dem Boden kniete und die Hände rang. Erbarmungslos sprach der Kindermund sein Urteil aus.

Die traurige Szene erschütterte alle aufs tiefste, und um derselben ein Ende zu machen, nahm Andres jetzt das Kind auf den Arm und trug es aus dem Zimmer. Vertrauensvoll umschlang Käthchen seinen Hals und legte das Köpfchen an seine Schulter, denn diesen Onkel hatte sie gern, er gab ihr stets so freundlich die Hand, wenn er ihr auf der Straße begegnete, und hatte ihr oft Spielsachen mitgebracht, wenn er zum Papa gekommen war.

Nellie war zu Flora getreten, die laut weinte.

„Komm, liebe Flora, wir wollen in das andre Zimmer gehen."

Willenlos ließ sie sich fortführen, Orla und Ilse, deren weiches Gemüt unter diesen Vorgängen entsetzlich litt, folgten ihnen.

Nellie hatte Hut und Mantel wieder abgelegt, trotz Orlas inständiger Bitte, nach Hause zu gehen. Sie konnte sich nicht entschließen, Flora in ihrem Schmerz zu verlassen, besonders da diese sie flehentlich bat, bei ihr zu bleiben. Mitleidsvoll umstanden die Freundinnen die Ärmste, die sich nicht fassen konnte und verzweifelt schluchzte. Sie hätten ihr so gern ein Wort des Trostes gesagt, aber keine vermochte es über die Lippen zu bringen. Gab es denn auch Trost für sie?

„Liebe Flora, du darfst dir nicht aufregen," brachte Nellie endlich hervor, „denke an deine süße Baby, das nur dich noch hat auf die große Welt."

„Nellie," schrie die Unglückliche auf, „ach es ist nicht zum ertragen! Das Kind wendet sich jäh von mir, und hat es nicht recht? Bin ich ihm eine treue Mutter gewesen, dem Vater eine pflichttreue Frau? Jetzt erst fühle ich, daß ich ihn geliebt habe, daß ich mich nur im Trotz von ihm wandte, weil ich glaubte, er wolle mich nicht verstehen. Ich bin schuld an seinem Tode, hätte ich ihn nie zu dieser unglückseligen Schlittenpartie gezwungen! Dort, dort hat er sich den Tod geholt. Liebe, einzige Nellie, nie kann ich wieder froh werden, mit dieser Qual, dieser Reue im Herzen, immer sehe ich sein brechendes Auge vorwurfsvoll auf mich gerichtet!

Wenn er noch lebte, wollte ich anders werden, aber nun ist alles vorbei, er ist von mir gegangen, ohne mir verziehen zu haben!"

„O nein, so darfst du nicht sprechen, so nicht," sagte Nellie mit tränenerstickter Stimme und versuchte die Weinende mit liebevollen Worten zu beruhigen.

Ilse hatte bei Floras Selbstanklage ihr Herz in hämmernden Schlägen gefühlt, ihr Inneres bebte bei jedem ihrer Worte. Wie furchtbar war es doch, wenn die Reue zu spät kam und Tag und Nacht keine Ruhe ließ! Mußte es nicht zum Verzweifeln sein? Mit einem Schlage war Flora zum Bewußtsein gekommen, jetzt jammerte und klagte sie, da es nichts mehr half, da der Mund ihres Mannes für immer geschlossen war und ihr kein verzeihendes Wort mehr sagen konnte. Ein Angstgefühl schnürte Ilses Brust zusammen, daß ihr der Atem stockte. Dort in dem Zimmer, am Bette des Toten war es ihr wie Schuppen von den Augen gefallen, mit einem Male konnte sie klar sehen, und nun kam sie sich erbärmlich und klein vor und zitterte bei dem Gedanken, daß das Schicksal auch sie mit unbarmherziger Hand berühren könnte, wie es hier getan. War es denn so schwer, vergab sie sich etwas, wenn sie dem Manne, den sie liebte, den sie durch ihren Widerstand doch erst zum Äußersten gebracht hatte, zuerst die Hand zur Versöhnung reichte? Ja, war es nicht ihre Pflicht und Schuldigkeit, ihn um Verzeihung zu bitten, nach dem, was geschehen war? Mußte er nicht an ihrer Liebe zweifeln, als sie ihm durch ihre Flucht solche Kränkung zufügte? Orla hatte recht, sie war mit Blindheit geschlagen gewesen, von der sie nun endlich sich befreit fühlte.

Die Erfahrungen, welche sie durch den Einblick in das eheliche Leben ihrer Freundinnen gesammelt, hatten sie aufgeklärt, sie war eine andre geworden. Erschien ihr nicht Nellie als das Muster einer Gattin, war sie etwa widerspenstig, quälte sie ihren Mann mit kleinlichen Launen? Nein, sie war fügsam und nachgiebig. Gerade diese Eigenschaften waren es aber, die ihr den Reiz der echten Weiblichkeit verliehen.

Wie erschien ihr dagegen das Benehmen Rosis? Stieß nicht ihre Herrschsucht auf das unangenehmste ab? Sah Rosi denn nicht ein, daß sie ihren Gatten in den Augen andrer lächerlich machte, wenn sie den ihr gegenüber viel zu gutmütigen Mann dazu zwang, sich ihrem Willen zu fügen? Ilse verabscheute solches Wesen bei einer Frau, aber – so mußte sie sich eingestehen – war sie nicht auf dem besten Wege gewesen, wie jene zu werden?

Und wie unwürdig erst war ihr Floras Ehe vorgekommen! Sie hatte stets Mitleid für den armen Mann und das kleine Mädchen empfunden und war über Flora empört gewesen, die über ihre verschrobenen Ideen das Wichtigste vergaß. Ja, Ilse vermochte gut zu unterscheiden, ob eine Frau ihren Mann glücklich machte, sie hätte auch Rosi und Flora sagen können: so und so dürft ihr nicht handeln, wenn ihr eure Männer zufrieden sehen wollt. Warum gab sie diese guten Lehren nicht sich selbst, warum hatte sie sich nicht längst eingestanden, daß auch sie ihren Bräutigam durch ihren Eigensinn und Trotz betrüben mußte? Und verdiente er nicht volles ungestörtes Glück, da er ihr doch die beste, reinste Liebe gab? Und mußte er nicht in ihrer Achtung dadurch steigen, daß er sich einer kindlichen Laune von ihr nicht beugen wollte?

Diese Gedanken, welche auf Ilse nach dem traurigen Ereignis einstürmten, verfolgten sie wie böse Geister mit den bittersten Vorwürfen, den selbstquälerischsten Anklagen, sie fand keine Ruhe mehr und ging wie im Traume umher.

*

Doktor Gerber war in die Erde gesenkt worden, und der jungen Witwe wurde die lebhafteste Teilnahme entgegengebracht. Der Tod des allgemein geachteten und beliebten Mannes hatte überall großen Anteil erweckt, man beklagte Flora, bedauerte das vaterlose Kind. So jung und schon Witwe, das war ein harter Schlag für die arme Frau! Flora machte auch in den schwarzen Trauerkleidern, die das farblose Gesicht noch blasser erscheinen ließen, einen bedauernswerten Eindruck; müde und matt war ihre Haltung, die umränderten Augen blickten trübe und glanzlos. Sofort nach Empfang der Unglücksbotschaft waren ihre Eltern eingetroffen, und nun sollte sie mit dem Kinde wieder ins Elternhaus zurückkehren. Sie ließ alles über sich ergehen, fügte sich allem, was bestimmt wurde, und war vollständig haltlos geworden. Käthchen verlangte immer noch weinend nach ihrem Papa und fragte, ob er nicht bald wiederkäme, ob sie nicht zu ihm dürfe. Als man ihr sagte, daß der Papa im Himmel bei den lieben Engeln sei und sie ihn nicht sehen könne, beruhigte sich das gläubige Kindergemüt dabei. Aber die traurigen Gesichter um sie her machten sie niedergeschlagen, ihre großen Augen blickten sehnsüchtig und trübe, und um den kleinen Mund lagerte ein fast strenger Ernst. Flora wich sie noch immer ängstlich aus, nur der Großmutter war es gelungen, sie zutraulicher zu machen.

Unter heißen Tränen hatte die junge Frau von den Freundinnen Abschied genommen, ihr Schmerz brach dabei in seiner ganzen Heftigkeit wieder hervor. Die Unglückliche war nicht wiederzuerkennen; es schien, als hätte sie der furchtbare Schlag ganz umgewandelt. Ilse konnte das schmerzvolle Antlitz der Freundin nicht aus ihrem Gedächtnis verscheuchen, es stand ihr wie eine drohende Mahnung vor Augen und schien ihr zuzurufen: „Kehre um, ehe es zu spät ist!"

Den Freunden fiel ihr seltsam nachdenkliches Wesen wohl auf, und Nellie erriet, was in ihr vorging, aber sie fragte nicht, sie wollte, daß Ilse von selbst sagen sollte, was ihr Herz bewegte. –

Es war nur noch kurze Zeit bis zum Weihnachtsfest, als Ilse eines Abends in ihrem Stübchen saß und in ihrer Schreibmappe blätterte. Sie suchte den Brief, den sie in jener Nacht nach der Schlittenpartie an Leo geschrieben hatte. Er war nicht abgeschickt worden. Sie hatte ihn oft in den Händen gehabt und ihn immer wieder beiseite gelegt, ohne zu einem Entschluß zu kommen. Heute las sie ihn nochmals durch und zerriß ihn dann in kleine Stückchen, die sie im Ofen verbrannte. Nein, was sie dem Geliebten sagen wollte, sagen mußte, das konnte sie dem Papier nicht anvertrauen. Steif und gezwungen kamen ihr die Worte vor, die sie damals geschrieben hatte, ganz anders standen sie heute in ihrem Herzen geschrieben, das ihr Tag und Nacht keine Ruhe ließ vor heißer Sehnsucht nach Leo.

Er hatte sich – das wußte sie – bis Weihnachten Urlaub genommen, und Nellie erwähnte heute wie zufällig, daß er bereits zurückgekehrt sei. Da hatten ihre Augen aufgeleuchtet, und sie hatte geheimnisvoll gelächelt, als würde sie von etwas Freudigem bewegt. Und so war es auch! Als sie hörte, er sei wieder daheim, stand es in ihr fest, daß sie Weihnachten nicht ohne ihn verleben wollte. Sie konnte es kaum erwarten, bis sie sich zurückziehen durfte, denn heute abend wollte sie ihren Entschluß den Eltern mitteilen. Ein frohes Lächeln überflog ihre Züge bei dem Gedanken, daß sie die Lieben nun bald wiedersehen sollte, und sie schrieb einen langen, ausführlichen Brief an die Eltern.

„In wenigen Tagen bin ich wieder bei euch," hieß es zum Schluß, „aber verratet niemand meine Rückkehr, am wenigsten Leo." Die letzten Worte unterstrich sie zweimal.

Am andern Morgen teilte sie Nellie mit, daß sie den Eltern geschrieben und ihre Heimkunft zum Weihnachtsfest angemeldet habe. Es kam zögernd und zaghaft heraus, denn sie konnte ihre große Verlegenheit nicht bemeistern. Aber Nellies Gesicht strahlte förmlich bei dieser Botschaft und innig schloß sie die Freundin in ihre Arme.

„O darling," sagte sie gerührt, „ich wußte es ja, du würdest wieder zu dich kommen; o, nun ist alles wieder gut!"

„Nellie," fragte Ilse darauf leise, indem sie das erglühende Antlitz an der Freundin Schulter barg, „glaubst du daß er mir verzeihen wird?"

„O wie kannst du nur fragen? Er hat sein kleines Braut so lieb, wie glücklich wird er sein, wenn er dich wieder hat!"

Die beiden Freundinnen saßen noch lange Hand in Hand beisammen. Ilse hatte so viele Fragen auf dem Herzen, und die junge Frau mußte noch manchen Zweifel verscheuchen, noch manchen innern Streit schlichten, bis ihr schließlich helles, ungetrübtes Glück aus Ilses Augen entgegenlachte und diese ihre Freude auf das Wiedersehen mit Leo ganz unverhohlen zeigte.

Die Eltern schrieben umgehend wieder, und Ilse standen die hellen Tränen in den Augen, als sie las, wie groß die Freude zu Hause über ihre baldige Heimkehr war.

Es erfaßte sie nun eine Unruhe, eine Ungeduld, daß sie, so schwer ihr auch der Abschied von den Freunden wurde, doch kaum den Tag ihrer Abreise erwarten konnte.

So war der letzte Nachmittag, den sie bei den Freunden verbrachte, herangekommen. Sie war mit Nellie und Orla in die Stadt gegangen, um noch einige Einkäufe zu besorgen und Abschiedsbesuche zu machen. Als die ersteren erledigt waren, trennte sich Orla von ihnen, da sie nach Hause gehen wollte, um für den folgenden Tag noch zu arbeiten.

Sie wählte aber diesmal nicht den Weg durch die Stadt, sondern zog es vor, über den alten Festungswall zurückzukehren, der um diese Zeit meist menschenleer war. Die hohen, alten Linden, welche sich im Sommer zu einem grünen, schattigen Dach wölbten, trugen jetzt schwere Schneemassen, und in ihren Wipfeln saßen Scharen von Krähen. Durch den tiefen Schnee, der sich dicht an die mächtigen Stämme schmiegte, war nun ein schmaler Pfad gebahnt, auf dem Orla einherschritt. Links sah man in verschneite, zu Villen gehörige Gärten, rechts konnte das Auge weiter schweifen über die weißen Dächer der Stadt, über Felder und Wiesen bis zu den Umrissen einer fernen Hügelkette. Heute war nicht viel davon zu sehen, da die Ferne in einem grauen Nebel verschwand; auch das wirbelnde Schneegestöber ließ schwer etwas erkennen. Orla stand einen Augenblick still und sah in den lustigen Flockentanz vor ihren Augen. Sie bemerkte deshalb nicht, daß eine Gestalt ihr entgegenkam. Erst als diese neben ihr stehen blieb, erkannte sie Andres in derselben.

„Das ist ein glücklicher Zufall, daß ich Sie hier treffe," sagte er, indem er sie begrüßte. „Eben war ich bei Althoffs, fand aber das Nest leer."

„Ja," erwiderte Orla, „meine Freundinnen und ich gingen in die Stadt, und ich habe mich von ihnen getrennt, da sie vorhaben, Abschiedsbesuche zu machen, während ich nach Hause gehen will, um noch zu arbeiten."

„Darf ich sie begleiten?“ fragte er, da sie langsam weiter ging.

„Gerne, Herr Doktor,“ versetzte sie freundlich, und sie schritten auf dem engen Wege nebeneinander weiter.

„Es tat mir leid,“ fing er wieder an, „daß ich gerade heute niemand bei Althoffs traf; ich wollte erzählen, welches Glück mich betroffen hat.“

„So?“ fragte sie und sah ihn neugierig dabei an, “bitte, erzählen Sie mir doch, was Ihnen so Schönes begegnet ist?“

„Denken Sie nur, mir ist heute die Stelle des verstorbenen Doktor Gerber angeboten worden. Was sagen Sie dazu, bin ich nicht ein Glückspilz? Vom einfachen Assistenzarzt rücke ich so schnell vor und bin nun, sozusagen, ein gemachter Mann.“

Die helle Freude über das frohe Ereignis lachte aus seinen Augen, die erwartungsvoll auf Orla ruhten.

Sie reichte ihm aufrichtig die Hand.

„Ich gratuliere Ihnen von Herzen, das ist wirklich eine gute Botschaft, die Sie uns bringen wollten, Herr Doktor.“

Er hatte ihre Hand festgehalten, die sie ihm jetzt entzog.

„Wie werden sich Althoffs freuen,“ fuhr sie fort, „wenn ich ihnen die interessante Neuigkeit überbringe.“

„Sie sind die erste, welche sie erfahren hat, gnädiges Fräulein; ich kann nicht beschreiben, wie froh ich darüber bin, wie dieses Glück erst jetzt den rechten Wert für mich bekommt, da Sie es wissen und ich in Ihren Augen lese, daß Sie sich mit mir darüber freuen. Fräulein Orla, soll ich Ihnen sagen, warum mich dieses Anerbieten jetzt noch viel mehr beglückt, als es das zu andern Zeiten getan hätte? Darf ich sprechen, wie mir um das Herz ist?“

Er hatte eindringlich mit steigender Wärme geredet. Orla beschleunigte bei seinen Worten ihre Schritte, sie wagte nicht ihn anzublicken. Ihre angeborene Ruhe, ihre Sicherheit in allen Lebenslagen verließen sie, und sie sann vergebens nach, welche Antwort sie ihm geben solle. Er hatte in einer andern Sprache zu ihr gesprochen, die sie noch nicht kannte, seine Stimme ging ihr in einer Weise zu Herzen, wie es ihr bis jetzt noch niemals vorgekommen war.

Andres bemerkte ihre Erregung und drang nicht weiter in sie. Aber seine Augen blickten feurig und leidenschaftlich in ihr blasses Antlitz. Ihre feinen Nasenflügel bebten, zwischen den kühngeschwungenen, tiefschwarzen Augenbrauen lag eine Falte, und die schnellen Atemzüge verrieten ihre innere Unruhe. Schweigend gingen sie vorwärts, in beiden wogten die Gedanken und keines vermochte zu sprechen.

„Habe ich Sie beleidigt?“ fragte er endlich, da Orla den Blick noch immer geradeaus richtete und ihm der Ausdruck ihrer Züge jetzt fast streng erschien.

„Nein, nein,“ gab sie schnell zur Antwort, „womit sollten Sie mich beleidigt haben? Ich war nur so schweigsam eben, – weil ich an etwas Wichtiges dachte –.“ Sie wollte eine Entschuldigung vorbringen, wurde aber bei dieser Ausrede verlegen und beendete den Satz deshalb nicht.

„Wissen Sie schon,“ fuhr sie fort, indem sie schnell das Thema abbrach, „daß Ilse morgen abreist? Sie wollte erst nächste Woche fort, aber ihr Vater wünscht dringend, daß sie jetzt kommt. Sie wird uns sehr fehlen.“

Er fühlte sich von dieser Wendung des Gesprächs nicht angenehm berührt. Sie schien zu ahnen, was er ihr hatte sagen wollen, und suchte nun leicht darüber hinwegzugehen; begriff sie denn nicht, daß dies die schmerzlichsten Zweifel in ihm wachrufen mußte? Und doch mußte er sich wieder sagen, daß die Scheu vor seiner Frage echt mädchenhaft und nur zu begreiflich war, und daß sie vielleicht deshalb so handelte, um Zeit zu gewinnen und sich zu sammeln. Er wußte ja genau, daß sie keine Kokette war, die nur mit ihm spielen wollte, und daß ihr auch in diesem Augenblick nichts ferner lag, als ihm die Aussprache dessen, was er ihr sagen wollte, zu erschweren. Scheinbar ruhig und unbefangen ging er auf ihr Gespräch ein.

„Werden Sie denn Weihnachten zu Hause verleben?“ fragte Orla wieder.

„Ja, ich reise zu meiner Mutter und werde bei ihr die Ferien zubringen."

„Wollen Sie die ganze Ferienzeit fort bleiben?" entgegnete sie wider Willen betroffen.

„Die ganze Ferienzeit!" wiederholte er mit einem freudigen Aufblitzen in seinen Augen.

„Wie schade," gestand sie offen, „dann sehe ich Sie also erst im neuen Jahre wieder. Das Fest wird gewiß für uns ein recht stilles sein, da Ilse fort ist und Sie auch fehlen. Ich werde die Ferienzeit benutzen, um fleißig mit Doktor Althoff zu arbeiten."

Sie seufzte leise, wohl unbewußt.

„Werden Sie zaghaft, wenn Sie an ihren künftigen Beruf denken, Fräulein Orla?"

„Nein," erwiderte sie rasch, „ich habe mir meinen Beruf ja selbst gewählt, wie könnte ich da zaghaft sein? Halten Sie mich für so wankelmütig, Herr Doktor?"

Er schüttelte den Kopf. „Nein, ich weiß, Sie sind anders wie die meisten ihres Geschlechts, und ich komme nur zu dieser Frage, weil Sie seufzten und ich annahm, dieser Seufzer gelte Ihrer Zukunft."

„Ja, meiner Zukunft galt er allerdings, da haben Sie recht. Wenn ich auch nicht zittere und zage, so bin ich mir doch klar bewußt, daß ich keiner leichten Zeit entgegengehe. Was muß noch alles in meinen armen Kopf hinein! Und dann die Examina, – wenn ich daran denke, wird mir doch etwas bänglich zu Mute. Nicht wahr, die sind sehr schwer? Wenn meine Examinatoren nur nicht zu streng sind und etwas gnädig mit mir verfahren."

„Ich wüßte einen Ort," warf er fast schüchtern ein, „wo Sie ein leichtes Examen bestehen könnten. Ich kenne den einen Examinator, wie mich selbst, und weiß, daß er Ihnen keine Frage stellen würde, die Sie nicht beantworten könnten."

„Wie heißt dieser Ort?“ fragte sie ahnungslos und sah ihn voller Erwartung an.

Das geheimnisvolle, schelmische Lächeln in seinem Gesicht, als er jetzt weiter sprach, ohne ihre Frage zu beantworten, bemerkte sie nicht.

„Ja, ich weiß sogar, daß der bewußte Examinator, wenn Sie ihm seine erste – allerdings schwerwiegende – Frage richtig und zur vollsten Zufriedenheit beantwortet haben, überhaupt keine weiteren Fragen an Sie richten wird.“

Sie sah ihn mit ihren großen Augen erstaunt an.

„Sie sprechen in Rätseln, Herr Doktor, oder wollen Sie sich über mich lustig machen? Nicht wahr, Sie finden es so unerhört, wenn eine Frau sich auf männliches Gebiet wagt, daß Sie mich verhöhnen wollen? Aber warten Sie nur, wenn ich erst Doktorin bin, und Ihnen mein Diplom schicke, dann müssen Sie klein beigeben. Übrigens – Ihre Zweifel sind ganz heilsam für mich, sie feuern mich an, Ihnen zu beweisen, daß auch das weibliche Geschlecht etwas zu leisten vermag.“

Sie hatte ohne die geringste Empfindlichkeit gesprochen, aber mit großem Eifer, so daß ihre Wangen zart gerötet waren, und sie unbeschreiblich liebreizend in diesem Augenblick aussah.

„Ich kann Ihnen auch behilflich sein, Doktorin zu werden,“ sagte er wieder mit derselben geheimnisvollen Miene, „oder vielmehr der Examinator, von welchem ich eben sprach, kann Sie zur Doktorin machen, wenn Sie nur wollen.“

Seine Stimme klang erregt, er atmete tief und schnell, und sein seltsames Wesen fiel Orla jetzt auf. Sie erwiderte nichts und hielt die Augen auf ihren kleinen Muff gesenkt, von welchem sie mechanisch die immer wiederkehrenden Schneeflocken fortstrich.

„Orla,“ sagte er bittend, indem er stillstand und ihre Hand ergriff, „verstehen Sie mich nicht, oder wollen Sie mich nicht verstehen? Meine Worte sind ernst gemeint, ich scherze nicht. Der Examinator, von welchem wir sprachen, – darf ich es sein? Wollen Sie mir die einzige Frage beantworten? Nur mit einem kleinen Wort, das genügen würde, mich zum glücklichsten Menschen zu machen."

Ihr Herz klopfte in raschen Schlägen, und sie holte tief Atem. Aber sie konnte nicht sprechen, sie fühlte wie seine Hand zitterte, wie qualvoll diese Ungewißheit für ihn sein mußte, und doch vermochte sie es nicht, ihm eine Antwort zu geben.

„Orla!"

Er beugte sich ganz nahe zu ihr hin, und sagte in zärtlichem Ton: „Wollen Sie meine Doktorin werden?"

Jetzt blickte sie zu ihm auf, und in ihren Augen las er ein stummes Ja.

Im überschwänglichen Glücksgefühl umfaßte er ihre schlanke Gestalt und drückte einen Kuß auf ihre Lippen.

„Geliebte," flüsterte er innig, „bist du ebenso glücklich wie ich? Sage es mir."

„Ich kann nicht glücklicher sein," gab sie leise zur Antwort, und ihr schönes Antlitz strahlte in bräutlicher Seligkeit.

Er hatte ihren Arm in den seinigen gelegt und hielt ihre Hand fest umschlossen. So gingen sie weiter auf dem schmalen Wege zwischen den beiden Schneewänden. Wer könnte die ersten Stunden beschreiben, die auf das beseligende Geständnis der Liebe folgen? die scheue Zurückhaltung der Braut schildern, die noch so schüchterne Leidenschaft des Bräutigams, die ernsten und doch so heiteren Gedanken, welche die Brust der Glücklichen wie Frühlingswehen durchziehen und sie still und schweigsam machen? Ein inniger Händedruck, ein Blick in die geliebten Augen, sie sind beredter als tausend Worte. –

Und so schritt auch unser Paar in stummer Glückseligkeit dahin. Über ihnen heulte der Wind in den Bäumen, die alten ehrwürdigen Wipfel mußten es sich gefallen lassen, daß er mit ihnen sein Spiel trieb, laut ächzend beugten sie sich seiner Macht und schüttelten unwillig den Schnee von ihren Häuptern, den beiden gerade ins Gesicht. Aber sie achteten der winterlichen Schauer nicht, in ihren Herzen war es licht und sonnig, und das Blut wallte ungestüm durch die Adern, so daß Orla oft tief aufatmen mußte und schließlich ihr Jäckchen öffnete, weil es so erdrückend heiß wäre, wie sie sagte. –

Die Dunkelheit war hereingebrochen, als sie in die erleuchteten Straßen einbogen. Orla drängte es nach Hause zu kommen. Sie ging durch eine kleine Seitengasse, welche den Weg bedeutend abkürzte. Andres hätte gern noch den weitesten Umweg durch die Stadt gemacht, aber sie meinte, Nellie und Ilse, die gewiß längst zu Hause wären, würden sich sehr wundern, daß sie noch nicht daheim sei. Er brachte sie bis vor Althoffs Haus. An der Gartenpforte blieb Orla stehen und streckte ihm die Hand entgegen.

„Soll ich nicht mit hinaufgehen?“ fragte er erstaunt, „wollen wir den Freunden nicht unser Glück mitteilen?“

„Jetzt nicht, noch nicht, Liebster, ich muß erst mit mir allein sein, und mich zu fassen suchen. Morgen, dann wollen wir es den Freunden sagen.“

Wie ein Schatten flog es über seine Züge. Er sollte sich jetzt von ihr trennen, sie heute nicht mehr wiedersehen? Wie konnte er bis morgen Ruhe finden, Ungeduld und Sehnsucht würden ihn verzehren. Das war zu viel verlangt!

„Du bist grausam,“ sagte er leise.

Sie lächelte und legte ihre Hand auf seinen Arm. Ja, es kam ihr jetzt selbst grausam vor, daß sie sich bis morgen nicht wiedersehen sollten.

„Willst du heute abend nach dem Essen kommen? Du findest uns dann alle zusammen, und wir überraschen die Freunde mit der Nachricht, daß wir Brautleute sind. Ist es dir recht so?“ Statt jeder Antwort preßte er seine Lippen auf ihre Hand und schlang seinen Arm um ihre Taille. Sie entwand sich ihm aber schnell.

„Wenn man uns sähe,“ sagte sie und blickte sich ängstlich um. „Ich will lieber gehen. Leb wohl, auf Wiedersehen bis nachher, komm nicht zu spät.“

Sie eilte ins Haus. Wie ein Träumender stand er vor der beschneiten Pforte und blickte ihr noch nach, obwohl sie schon längst verschwunden war. Endlich ging er fort, aber er schlug nicht den Weg nach seiner Wohnung ein. Er würde es jetzt nicht in den engen vier Wänden aushalten, eine innere Unruhe trieb ihn immer weiter. Das Stürmen und Wogen in seiner Brust beflügelte seine Schritte, so daß er die Straßen in Sturmeseile durchlief und die Leute ihn verwundert ansahen. Seine Bekannten, die ihm begegneten und die er zerstreut grüßte, blieben stehen und schauten kopfschüttelnd hinter ihm her.

Orla war unbemerkt in ihr Zimmer gelangt. Sie konnte jetzt niemand sehen und sprechen, den Freundinnen hätte ja ihre Erregung auffallen müssen, auch wollte sie erst allein die Ruhe zu gewinnen suchen, mit welcher sie dieselben jetzt noch täuschen mußte.

Sie hatte Hut und Jacke abgelegt und wusch ihr heißes Gesicht mit frischem Wasser. Was die Freunde wohl sagten, ob sie geahnt hatten, daß es so kommen würde? Sie lächelte vor sich hin und malte sich im Geiste die Überraschung auf den verschiedenen Gesichtern aus. Erregt schritt sie auf und ab und öffnete schließlich das Fenster, weil ihr die Luft in dem kleinen Stübchen schwül und drückend erschien. Vorwitzig kamen die Schneeflocken hereingeflogen, sie wirbelten ihr ins Antlitz und setzten sich in ihren dunklen Haaren fest. In Gedanken verloren blickte sie hinaus in das Gestöber draußen. Sie kam sich so anders, so fremd vor; dieses heftig klopfende Herz – war es das ihre, diese unbeschreiblich schönen Empfindungen, welche es durchströmten, – war das alles Wirklichkeit, was sie empfand und dachte, oder träumte sie nur?

Sie zuckte zusammen, als sich jetzt die Türe öffnete und Ilse hereintrat.

„Herrgott, Orla, bei diesem Wetter am offenen Fenster?“ rief sie erstaunt.

„Es war hier so heiß, Kind,“ gab Orla ausweichend zur Antwort und schloß das Fenster.

„Heiß?“ wiederholte Ilse, „aber das Feuer im Ofen ist ja schon lange aus.“

Orla überhörte diese Einrede.

„Bist du schon mit Packen fertig?“ fragte sie und zeigte auf die Koffer. „Also morgen willst du wirklich reisen? Du wolltest mich wohl zum Abendessen holen?“

Ilse sah sie verwundert an. Warum fragte Orla so zerstreut und vermied so auffällig sie anzusehen, während sie sonst jedem, mit dem sie sprach, scharf in die Augen sah?

„Wir dachten, du wärst schon lange zu Hause, Orla, da du gesagt hattest, du wollest arbeiten.“

„Ja, ja, das wollte ich auch, aber – es war so himmlisch draußen, und da bin ich auf eigene Faust noch etwas spazieren gegangen. Komm Kind.“

Sie ging zur Türe und Ilse folgte ihr.

„Himmlisch draußen!“ wiederholte sie lachend. „Aber Orla, es ist ja ein schreckliches Wetter, der eisige Wind und dazu das Schneegestöber, – hast du denn das nicht bemerkt?“

„O ja,“ antwortete die Russin, „aber ich liebe das gerade und nenne solches Wetter schön.“

Sie hatte jetzt ihre Fassung wieder gewonnen und konnte mit unbefangenem Gesicht bei dem jungen Ehepaar eintreten. Bei Tische sprach sie lebhaft und viel; sie war lange nicht so redselig gewesen wie heute, und ihre Augen leuchteten in einem wunderbaren Glanze. Ilse saß ihr gegenüber und betrachtete sie mit heimlicher Bewunderung; sie glaubte, die Freundin nie so schön gesehen zu haben. Die leicht geröteten Wangen standen ihr zum Entzücken. Sie erzählte lebendig und spannend von ihrer Heimat und wußte dadurch die Gedanken von der bevorstehenden Trennung, welche namentlich Nellie und Ilse naheging, abzulenken. Dann und wann flogen ihre Blicke verstohlen nach der Uhr, und so oft jemand ins Zimmer hereinkam, wandte sie schnell den Kopf nach der Türe. Als Nellie erwähnte, daß Andres während ihrer Abwesenheit dagewesen sei, lächelte sie geheimnisvoll, so daß Ilse sie fragte, was denn ihre Heiterkeit erregt habe.

Nach dem Abendessen begab sich die kleine Gesellschaft wie gewöhnlich in Nellies gemütliches Zimmer, wo es heute besonders behaglich aussah. Ein helles Feuer knisterte in dem kaminartigen Ofen, und die Lampe mit dem Schirm von rosa Seide beleuchtete alles mit einem magischen Schimmer. Ein zarter Maiblumenduft, den die junge Frau besonders liebte, durchwehte den traulichen Raum.

Orla stand am Fenster und sah in die Nacht hinaus. Jetzt konnte er jeden Augenblick kommen, denn es war die Zeit, welche sie verabredet hatten. Sie spähte die Straße entlang, das Gestöber hatte aufgehört, blendend weiß leuchtete ihr aus der Dunkelheit der Schnee entgegen. Mit fieberhafter Ungeduld sehnte sie den Augenblick herbei, der ihr den Geliebten bringen sollte, und es dünkte ihr eine Ewigkeit, die er sie warten ließ. Endlich sah sie eine hohe Gestalt aus der Dunkelheit auftauchen, die es sehr eilig zu haben schien, denn mit großen Schritten näherte sie sich dem Hause. Das war er! Die Gartenpforte klirrte, gleichdarauf fiel die Haustüre ins Schloß und nun wurde kräftig an der Klingel gezogen. Das Mädchen kam herein und meldete Doktor Andres, der ihr auch gleich auf dem Fuße folgte. Orla beugte sich tief über die Maiblumen im Fenster, um ihr Antlitz zu verbergen.

„Sie strahlen ja förmlich, Doktor, was ist denn mit Ihnen geschehen, haben sie etwa das große Los gewonnen?“ rief ihm Althoff scherzend entgegen.

„Ja,“ gab er lachend zur Antwort, und dabei überflog es seine Züge wie ein verklärender Schimmer. Er schritt auf Orla zu und legte ihre kleine kalte Hand in die seinige. So trat er mit ihr zu den andern in den Lichtkreis der Lampe, deren Schein ihr jetzt bleiches Gesicht rosig überhauchte.

„Ja,“ wiederholte er noch einmal, und seine Stimme zitterte leise. „Sie haben recht, Herr Doktor, ich habe das große Los gewonnen, – hier, hier ist meine Braut.“

Stürmisch zog er Orla an seine Brust.

Die Freunde hatten einen Augenblick wie sprachlos gestanden, dann aber brach ein wahrer Jubel los.

Die junge Braut wurde von Nellie und Ilse mit Fragen überschüttet, während sich die beiden Männer herzlich die Hände schüttelten. Orla lächelte selig, und in ihren Augen schimmerte es feucht. Dies versetzte die weichherzige Nellie in eine solche Rührung, daß ihr nun auch die Tränen über die Wangen rollten und sie Orla in langer Umarmung festhielt. Ilse, welche ihr unter vielen zärtlichen Küssen die innigsten Wünsche zugeflüstert hatte, bemerkte kaum die Tränen in den Augen der beiden festumschlungenen Freundinnen, als auch sie sich der Rührung nicht erwehren konnte und ihren Zähren freien Lauf ließ.

Jetzt wurde es aber den beiden Männern zu viel. „Das ist mir eine schöne Geschichte," rief Althoff, „da weint ihr alle drei statt zu jauchzen und fröhlich zu sein! Lieber Freund," wandte er sich zu Andres, „an Ihrer Stelle ließe ich es mir nicht gefallen, daß eine solche Freudenbotschaft mit Tränen begossen wird. Laßt uns dieselbe mit etwas andrem begießen, und auf das Wohl des jungen Paares anstoßen. Halt! Ich habe eine Idee! Nellie, Weib, wo sind die Weinkellerschlüssel? Daran werden Sie sich auch noch gewöhnen müssen, lieber Doktor, daß die Frauen alles unter Verschluß halten, sogar den Weinkellerschlüssel, am sichersten aber den – Hausschlüssel!"

Dabei warf er einen neckisch herausfordernden Seitenblick auf seine Frau.

„O du verleumderisches Mann," rief diese und nahm den Schlüssel aus einem zierlichen Körbchen. Er hob ihr Kinn in die Höhe und sah ihr in die Augen.

„Bist du mir böse, Schatz?" fragte er zärtlich.

„Natürlich, du schreckliches Mann," antwortete sie und gab ihm scherzend einen Schlag.

„Au," rief er, „so wird man nun von seiner eigenen Frau behandelt! Erst sagt sie ›schreckliches Mann‹ und dann haut sie einen sogar. Doktor, heiraten Sie lieber nicht, ich rate es Ihnen!"

Er lachte mit dem ganzen Gesicht in ausgelassener Laune, denn es machte ihm großen Spaß, seine Frau zu necken. Mit geheimnisvoller Miene verschwand er jetzt mit Nellie. Ilse folgte ihnen, weil sie sich höchst überflüssig bei dem Brautpaar fühlte.

Im Eßzimmer hörte man bald darauf ein geschäftiges Hinundherlaufen. Türen klappten, Gläser klangen, dazwischen tönte fröhliches Lachen und Sprechen. Nach einer Weile wurden die Flügeltüren geöffnet und das Brautpaar feierlich hereingeführt. Trotz der Kürze der Zeit hatten es die Freunde verstanden, alles festlich herzurichten. Die große bronzene Hängelampe strahlte in hellem Glanze. In den Wandleuchtern brannten Kerzen, deren Licht sich in den Gläsern und Krügen spiegelte, die ringsherum auf dem Wandgesims aufgestellt waren. Über den einladend besetzten Tisch war eine altdeutsche Spruchdecke gebreitet, und in der Mitte hatte Nellie ihre Blumen und Blattpflanzen malerisch aufgebaut. Daneben standen alte Meißner Schalen, mit Kuchen und Früchten gefüllt, während aus einem Champagner-Kühler einige Silberhälse hervorschauten. In dem Spitzglas, das auf Orlas Platze stand, duftete ihr ein Sträußchen aus Myrten und Maiblumen entgegen. Die sinnige Nellie hatte es aus den Blüten gebunden, in deren Anblick Orla sich so eifrig versenkt hatte, als Andres eintrat.

„Nellie, Ilse, Herr Doktor, wie kann ich euch danken für soviel Liebe und Freundschaft!“ rief Orla bewegt und auch Andres war voller Dankbarkeit für diese Überraschung. In heiterster Stimmung nahm die kleine Gesellschaft Platz. Helle Freude glänzte auf allen Gesichtern. Die Champagnerpfropfen knallten, und als die Gläser gefüllt waren, ergriff Doktor Althoff das seinige und ließ mit herzlichen Worten das neuverlobte Paar leben. Unter Scherzen, Lachen und Necken flogen die Stunden dahin. Nur eine stimmte nicht aus vollem Herzen mit in den Jubel der übrigen ein, das war unsre Ilse. Dem glücklichen verlobten Paare gegenüber kam sie sich wie eine verlassene Braut vor. Eine unerklärliche Bangigkeit rief immer neue Zweifel bei ihr hervor und machte sie beklommen. Fortwährend beängstigten sie quälende Fragen. Liebte er sie noch? Würde er ihr verzeihen? Ihr bangte vor den kommenden Tagen. O, könnte sie doch die Zeit verwischen, die ihm und ihr so viel Trübsal bereitet hatte, den Mißton fortzaubern, der die Eintracht ihrer Seelen störte. Ja, was half nun alle Reue? Die verflossenen Wochen und Monate kamen nicht wieder, sie waren ihnen beiden für immer verloren. Um wieviel frohe, glückliche Stunden hatte sie sich betrogen! –

Spät in der Nacht erst trennte man sich. Die Lichter erloschen, und die junge Braut, mit den verwelkten Maiblumen an der Brust, ging mit Ilse in das gemeinsame Schlafzimmer. Sie nahm die kleinen Glöckchen, die traurig die Köpfe hängen ließen, und legte sie zwischen die Blätter eines Buches.

„Zur Erinnerung an diesen Tag," sagte sie zu Ilse, welche auf ihrem Koffer saß und der Freundin mit schwermütigen Augen zusah.

„Wie ich dich beneide, Orla," sagte sie leise, „du wirst deinem Rudolf niemals Gram bereiten, du wirst ihn glücklich machen, denn du bist keine kleinliche Natur, wie ich es bin."

„Aber Kind, was fällt dir ein, wie kannst du so mutlos sprechen? Du bist ein kleiner Tollkopf, dessen Trotz in der Pension gebändigt wurde und nun durch die zu große Nachgiebigkeit deiner Eltern, deines Verlobten wieder zum Vorschein kam. Aber jetzt wirst du, wie ich bestimmt glaube, für immer geheilt sein. Nur nicht zaghaft, Ilse! Ich kann mir gar nicht denken, daß es so schwer fällt, dem liebsten Menschen auf der Welt ein gutes Wort zu geben, wenn man ihn gekränkt hat."

„Wirklich, Orla?" fragte Ilse, der eine solche Ansicht aus diesem Munde maßgebend war, „würdest du deinen Bräutigam in einem ähnlichen Fall um Verzeihung bitten können? Und das würde dir nicht schwer werden?"

„Gewiß nicht," antwortete die Freundin, „für den Mann, den ich liebe, würde ich alles tun."

Ilse schwieg. Sie hatte geglaubt, die stolze Orla könnte sich nie soweit demütigen. Aber nun diese erklärte, daß sie ohne Scheu ihren Bräutigam um Verzeihung bitten würde, wenn sie ihn gekränkt hätte, schien es ihr, als ob sie durch dieses Geständnis von ihrem Stolz nichts einbüßte und deshalb noch lange keine unterwürfige Natur zeigte. Orla war herangetreten und legte die Hand auf Ilses lockiges Haar.

„Geh nur zu ihm, Kind, du vergibst dir dadurch nichts, sondern machst nur die Fehler wieder gut, zu denen dich dein leidenschaftlicher Sinn hingerissen hat."

„Glaubst du das wirklich, Orla? Ach, ich kann dir nicht sagen, wie ich den Tag herbeisehne, der uns unser Glück zurückgibt. Ich war töricht, ich weiß es, ich habe unrecht gehandelt und bereue –"

„Halt," unterbrach sie Orla, „ich darf deine Beichte nicht anhören, nur deinem Leo darfst und mußt du dies alles sagen. – Aber nun wollen wir schlafen, sonst sind wir morgen früh nicht zur rechten Zeit wach, und du versäumst den Zug."

„Orla, ich habe noch eine Bitte an dich."

„Nun?"

„Erzähle deinem Bräutigam, was zwischen Leo und mir vorgefallen ist. Ich habe mich ihm gegenüber einmal recht kindisch benommen und ihm keine Aufklärung gegeben. Ich wollte es immer tun und konnte mich doch nicht entschließen, die Sache nochmals zu berühren. Jetzt aber, da du mit ihm verlobt bist und er mir dadurch viel näher gerückt ist, soll er alles wissen."

Orla drohte lachend mit dem Finger.

„Das sind ja nette Geschichten, die ich da zu hören bekomme. Ihr beide habt Geheimnisse miteinander, da bin ich doch begierig, das nähere zu erfahren. Doch nun ernstlich, gute Nacht, ich bin so müde, daß mir die Augen zufallen."

Ilse merkte wohl, daß Orla nur Müdigkeit vorschützte, um nicht mehr sprechen zu müssen, sondern ungestört träumen und denken zu können. Schweigend begaben sie sich zur Ruhe und lagen mit geschlossenen Augen da, aber noch lange wollte sich der Schlaf nicht einstellen. Beide kämpften mit dem stürmisch bewegten Herzen. Orlas Seele erbebte noch von dem Nachhall des seligen Glücks, das ihr der heutige Tag gebracht hatte, und Ilse ließ die Sehnsucht nach dem Geliebten spät erst Ruhe finden.

Der dämmerige Wintermorgen war schon längst angebrochen, als ein kräftiges Klopfen an der Türe die beiden Schläferinnen aus ihren Träumen erweckte. Die Fräulein müßten schnell aufstehen, rief das Mädchen, denn es sei schon sehr spät. –

Und nun war der Augenblick des Abschiednehmens gekommen, zur Abfahrt bereit stand Ilse auf dem Bahnhof. Die Freunde hatten sie natürlich begleitet. Während Althoff das Billet besorgte, schritt das Brautpaar selig plaudernd auf dem Perron hin und her. Ilse und Nellie aber standen Hand in Hand zusammen. Die Trennung wurde beiden sehr schwer, das sah man an ihren verweinten Augen; auf Ilses Wangen perlten noch immer die Tränen in hellen Tropfen.

„Ach, Nellie, wäre doch erst alles wieder gut, ich kann dir nicht beschreiben, wie es mir ums Herz ist."

„O, du mußt nicht so bänglich sein, liebe Ilse, du hast so gute Eltern, eine so liebe Schatz, sie werden dich mit geöffneten Armen aufnehmen. Du brauchst wirklich keine Angst zu haben, du mußt nur standhaft sein, willst du mir das versprechen?"

Ilse nickte, aber ihre dunklen Kinderaugen hatten noch einen sorgenvollen Blick, und der tiefe Seufzer, der sich ihrer Brust entrang, bewies, daß die tröstenden Worte der Freundin sie nicht vollständig zu beruhigen vermochten.

Andres und Orla traten jetzt heran, und Ilse verbarg ihr Gesicht in den duftenden Blumen, welche ihr die Freunde zum Abschied geschenkt hatten, damit Orlas forschende Augen nicht entdecken sollten, daß sie abermals von Zweifeln gequält wurde, – vor ihr wollte sie sich stark zeigen.

Jetzt kam auch Nellies Mann mit Fahrkarte und Gepäckschein, und nach wenigen Minuten brauste der Schnellzug herein, der Ilse in die Heimat entführen sollte. Noch ein letztes Mal hielten sie Nellies Arme innig umschlossen, unter Schluchzen dankte Ilse der treuen Freundin für alle Liebe und Freundschaft, die sie ihr erwiesen hatte. Dann küßte sie Orla und verabschiedete sich von den Herren. Nun stand sie am offenen Coupéfenster, und langsam setzte sich der Zug in Bewegung.

„Grüße mich deine lieben Eltern recht schön und das süße Baby!“ rief Nellie.

„Und schreibe bald,“ mahnte Orla.

„O ja, darling, du mußt uns dein glückliches Ankunft sofort auf eine Postkarte mitteilen, vergiß nicht.“

„Nein, nein, ich schreibe euch sofort,“ beteuerte Ilse.

Bis zum Ende des Perrons hatten die Freunde den Zug begleitet, dann blieben sie stehen und sahen der scheidenden Ilse grüßend und winkend nach, bis der letzte Zipfel von ihrem Schleier verschwunden war.

Auch sie schloß das Fenster erst, als nichts mehr von den Zurückbleibenden zu erblicken war. Dann nahm sie ihren Platz ein und schaute wehmütig durch die Scheiben.

Bald war auch das letzte Haus der kleinen Stadt, die ihr während ihres Aufenthaltes lieb und vertraut geworden war, ihren Blicken entschwunden. Über weite, öde Schneeflächen schweifte ihr Auge, dann bemerkte sie eine Gruppe von kahlen Bäumen, auf denen sich Scharen von Krähen niedergelassen hatten, die bei dem Geräusch des herannahenden Zuges mit lautem Gekreisch von den dürren Zweigen aufflatterten und davonflogen.

Ilse lehnte sich zurück und schloß in Gedanken verloren die Augen. Als sie die Heimat verließ, war es Herbst gewesen, welke Blätter wirbelten durch die Luft, Sturm und Regen waren ihre Reisebegleiter. So stürmisch wie draußen sah es damals in ihrer Seele aus, leidenschaftliche Gefühle wogten in ihrer Brust, und ihre Gedanken wirbelten gleichfalls durcheinander, wie die dürren Blätter. Heute begriff sie nicht und konnte nicht fassen, wie sie zu der abenteuerlichen Reise gekommen war. Sie verwünschte ihr unbändiges Wesen, das ihr schon so viele Stunden getrübt, so manchen heißen Kampf gekostet.

Hatte sie denn nicht alle Ursache, froh und zufrieden zu sein, war sie nicht ein verzogenes Kind des Glücks, vor tausenden bevorzugt? War man nicht immer bemüht, sie zu erfreuen, und wie hatte sie bisher alle diese Liebe vergolten? Um viele Erfahrungen reicher und durch Prüfungen gereifter, kehrte sie jetzt heim. Das Leben hatte ihr in buntem Wechsel gezeigt, daß Freud und Leid dicht zusammen wohnen, und daß der ein Tor ist, der die schönen Stunden, welche es bietet, nicht dankbar genießt, sondern in kindischem Übermut zerstört. Vernünftig und fügsam war sie wohl in der Pension geworden, aber auf wie lange? Durch die stete Nachgiebigkeit ihres Vaters und die blinde Liebe Leos war ihr alter Trotz bald wieder hervorgebrochen. Aber jetzt kehrte sie für immer geheilt zurück, hatte sie doch das bestimmte Gefühl, daß sie nicht wieder in ihren alten Fehler zurückfallen würde.

Orlas strahlendes Gesicht tauchte in diesem Augenblick vor ihr auf, und sie beneidete die Freundin fast um ihr Glück, welches sie sich gewiß nie durch kleinliche Zweifel trüben würde. Der Mann, dem Orla ihr Herz geschenkt hatte, durfte sicher sein, daß sie ihm kein unverdientes Leid zufügen werde. Aber konnte sie denn nicht dem guten Beispiel Orlas folgen und ebenso werden, wie diese? Lag das nicht einzig und allein in ihrer Hand?

Die Stunden vergingen in schnellem Fluge, so lebhaft beschäftigten sie ihre Gedanken, und je näher sie der Heimat kam, desto ruhiger schlug ihr Herz, desto leichter wurde ihr Sinn. Die Freude, ihre Eltern und das Brüderchen nach so langer Trennung wiederzusehen, drängte alle andern Gefühle, welche ihr die Heimkehr erschwerten, zurück. Sie wurde jetzt ungeduldig, zählte die Stationen und hauchte an die Scheiben, welche mit glitzernden Eisblumen bedeckt waren, um einen Blick in die Gegend werfen zu können, die nun immer bekannter und heimatlicher wurde.

Lebhaft drängte sich ihr die Erinnerung auf an ihre Ankunft im Vaterhause, als sie aus der Pension zurückkehrte. Wessen Bild trug sie damals im Herzen, rein und klar mit den schüchternen Empfindungen der ersten, erwachenden Liebe? Und heute – welcher Unterschied! – dasselbe Bild stand auch jetzt deutlich vor ihrer Seele, aber nicht mit den schönen strahlenden Augen, welche sich bei jenem ersten Abschied so tief in die ihren gesenkt hatten, sondern mit schmerzlichem und vorwurfsvollem Blick. Noch war es indessen nicht zu spät. Sie bereute aufrichtig und war fest entschlossen, alles wieder gut zu machen, was sie verschuldet hatte. Lucies Bild, welches ihr oft mit drohendem und beängstigendem Ausdruck erschienen war, sah sie jetzt mit einem versöhnenden Blick an, und schien ihr sagen zu wollen: nur Mut und Vertrauen! Du kannst doch noch glücklich werden, auch mir ist ja nach langer Prüfungszeit noch Verzeihung und höchstes Erdenglück zu teil geworden.

Die letzte Station war vorüber, Ilses Herz bebte, denn noch wenige Minuten und sie war daheim. Sie suchte ihr Reisegepäck zusammen, legte die Blumen darauf, strich sich das Haar zurecht und stand dann erwartungsvoll am Fenster. Der schrille Pfiff der Lokomotive erschien ihr jetzt wie eine Erlösung aus ihrer Ungeduld und Sehnsucht. Sie beugte sich weit zum Fenster hinaus, als der Zug in den Bahnhof einfuhr. Da standen die geliebten Eltern, und jetzt wurde auch sie von ihnen bemerkt. Die Freude, welche bei ihrem Anblick auf deren Gesicht zu lesen war, rührte sie fast zu Tränen, und als sie dann in ihren Armen lag, stieg ein heißes Gefühl der Dankbarkeit für solche Liebe, solches Glück in ihr auf, so daß sie Vater und Mutter immer wieder und wieder küssen mußte.

Die Eltern waren mit dem Schlitten gekommen; Herr Macket fuhr selbst, und mit Windeseile trugen sie die geliebten Braunen dem heimatlichen Dorfe zu. Jeder Weg und Steg, jeder Baum und Strauch kam ihr wie ein lieber Bekannter vor. Als sie durch die Dorfstraße fuhren und das Schellengeläute viele Neugierige ans Fenster lockte, lauter bekannte Gesichter, konnte sie sich der beschämenden Erinnerung nicht erwehren, wie sie an jenem unglückseligen Tage dieselbe Straße in wilder Hast hinuntergeeilt und wie eine Sünderin den ihr begegnenden Dorfleuten ausgewichen war. Zum Glück hatten die Eltern so viel zu fragen, daß diese peinlichen Gedanken bald wieder verdrängt wurden.

Endlich hielt der Schlitten vor dem Tore. Wie eine Feder schnellte Ilse empor und sprang hinaus. Erst begrüßte sie die Dienstboten freundlich und streichelte die Hunde, welche vor Freude laut bellend an ihr emporsprangen und ihr die Lände leckten. Dann aber lief sie eilend ins Haus, denn es drängte sie unwiderstehlich, das Brüderchen zu umarmen, welches am Fenster stand und mit seinen beiden dicken Fäusten an die Scheiben trommelte. Wie groß war es geworden, zu Ilses lebhaftem Erstaunen! Aber augenscheinlich wollte es nichts mehr von ihr wissen, denn es versteckte sich hinter die Wärterin, als sie es aufnehmen und herzen wollte.

„Ich bin ihm ganz fremd geworden," klagte sie nachher den Eltern; aber die Mama tröstete sie mit der Versicherung, daß der Kleine sich bald wieder an sie gewöhnen würde.

„Nun komm, Kind," sagte Herr Macket zärtlich zu Ilse und nahm ihr Hut und Pelzjäckchen ab, „nun komm, du sollst vor allem essen und trinken, denn gewiß bist du ganz ausgehungert."

Den Arm um ihre Schulter legend, führte er sie fort; man las in seinen Augen die Seligkeit, daß er seinen Liebling wieder hatte. In dem erleuchteten Eßzimmer, das Ilse jetzt mit den Eltern betrat, brannte ein lustiges Feuer in dem großen Kachelofen, dessen hellen Schein der blanke Fußboden wiederspiegelte.

Sie blickte sich um! Es war hier noch alles so, wie sie es verlassen hatte. Dort vor dem Diwan lag das große Bärenfell, das ein Freund ihres Vaters diesem einst geschenkt hatte. Daneben stand der Schaukelstuhl, genau auf derselben Stelle wie sonst, nichts fehlte an dem gemütlichen Plätzchen, und doch kam es ihr anders, verödet und verlassen vor. Sie mußte an die Zeit denken, da sie so oft mit Leo hier gesessen hatte. Der Schaukelstuhl war sein Lieblingssitz. Sie sah im Geiste, wie er sich leise hin und her wiegte, was er mit Vorliebe zu tun pflegte. So deutlich stand eben jetzt dieses Bild vor ihren Augen, daß sie seine Stimme zu hören und die blauen Dampfringel von seiner Zigarette zu sehen glaubte.

Gewaltsam mußte sie ihre Gedanken von diesem Platze losreißen, als sie sich jetzt mit den Eltern zu Tische setzte, aber immer wieder kehrten unwillkürlich ihre Blicke verstohlen nach dem leeren Schaukelstuhl und dem Diwan mit dem Bärenfell davor zurück.

Weder der Papa, noch Frau Anne erwähnten Leo, und Ilse, so sehr sie sich in ihren Gedanken mit ihm beschäftigte, konnte sich gleichfalls nicht entschließen, von ihm zu sprechen. Aber dennoch war es ihr schrecklich, daß sein Name nicht genannt wurde, und sie hatte schon einigemal einen Ansatz genommen, die Eltern um Verzeihung zu bitten und ihnen ihr Schuldgefühl einzugestehen. Das war aber doch schwerer, als sie es sich gedacht hatte; es wollte sich auch keine rechte Gelegenheit finden, davon anzufangen, immer wieder kamen sie auf andere Dinge zu sprechen, immer wieder wurde ihr Entschluß zurückgedrängt. So vergingen die Stunden, und als sie sich am Abend von den Eltern trennte, da war ihr Geständnis noch nicht vom Herzen herunter. Darüber niedergeschlagen und verstimmt, suchte sie ihr Zimmer auf.

Auch hier war alles unverändert. Eine behagliche Wärme strömte ihr entgegen, auf dem Schreibtisch stand ihre Lampe mit dem Schirm darüber, der ein Geschenk von Nellie war. Die gepreßten Blumen und Blätter leuchteten hinter dem durchsichtigen Papier in fein gestimmten Farben und reizenden Formen. Einen Augenblick betrachtete Ilse sinnend das kleine Kunstwerk, dann schweifte ein Blick zu einem Bilde hin, das von dem hellen Licht scharf beleuchtet wurde. Fast betroffen fuhr sie zurück, als stände nicht Leos Bild, sondern er selbst dort. Sie nahm es in beide Hände, und die Tränen schossen ihr in die Augen. Keck und übermütig schaute das schöne männliche Gesicht sie an, dessen kräftig vorspringende Nase und das feste Kinn auf einen ernsten, edlen Charakter wiesen.

Lange stand Ilse in den Anblick des Bildes versunken; es war ihr, als fühle sie nun erst die Tiefe ihrer Liebe zu Leo, heiße Sehnsucht ergriff sie, ihm zu sagen, wie sie jetzt dachte und fühlte. Die Trennung von ihm, die sie so lange ertragen hatte, wurde ihr mit einem Male unerträglich. Ob er wohl zu ihr eilen würde, wenn er ahnte, daß sie zurückgekehrt sei! Sie nahm sich fest vor, am andern Morgen mit den Eltern zu sprechen und ihm dann zu schreiben und ihn um Verzeihung zu bitten. Bebend dachte sie, ob er dann wohl zu ihr kommen würde?

Ihre Aufregung ließ sie nicht zur Ruhe kommen, und sie dachte deshalb auch nicht daran zu Bett zu gehen. Gedankenvoll ließ sie ihre Blicke durch das Zimmer schweifen. Wie viel Freude hatte ihr die reizende Einrichtung bereitet, mit der die lieben Eltern sie überraschten, als sie aus der Pension zurückkehrte. Wie glücklich hatte sie das traute Heiligtum gemacht, welches sie stets bestrebt war, immer noch mehr auszuschmücken. Den Blumentisch am Fenster, ein wahres Kunstwerk aus Schmiedeisen, hatte ihr Leo geschenkt. Mit herrlichen Blumen und Pflanzen gefüllt, stand er eines Morgens in ihrem Zimmer.

Auch der Bücherschrank war ein Geschenk von ihm. Die goldglänzenden Bücherrücken erinnerten sie lebhaft an vergangene Zeiten. Wie manches Werk ihrer Lieblingsdichter hatten sie zusammen gelesen, im Sommer unter der schattigen Linde, im Winter in Frau Annes molligem Boudoir. Sie hörte im Geiste den Wohlklang seines Organs, sie sah sein lebhaftes Mienenspiel beim Vorlesen. Und wenn sie ihn mit einer Frage unterbrach, wie klar und scharf war seine Antwort.

Die schönen Zeiten, sie sind vorbei und tauchen nun in Ilses Erinnerung auf, als gehörten sie einer fernen, fernen Vergangenheit an. Hier auf diesem Platze, an dem zierlichen Schreibtisch, welcher nach Mädchenart mit allen möglichen Nippsachen überfüllt war, die zum Teil noch den kindlichen Geschmack des Backfischalters verrieten, hatte sie manchen Brief an Leo geschrieben, und in der Schublade rechts – den Schlüssel dazu trug sie stets bei sich – lagen seine Briefe.

Mechanisch griff sie jetzt nach dem Schlüssel, zögernd steckte sie ihn ins Schloß und zog den Kasten auf. Da lagen die Briefe, wohlgeordnet, wie sie dieselben erhalten hatte. Sie nahm den obersten heraus, eine trockene Rose fiel ihr entgegen, – es war sein letzter Brief gewesen. Sie entfaltete ihn, und der Anblick der geliebten, so lange entbehrten Handschrift stimmte sie unendlich weich. Sie begann zu lesen, Seite für Seite, und als sie damit fertig war, nahm sie einen zweiten Brief heraus, dann wieder einen, immer mehr, immer tiefer versenkte sie sich in die teuren Schriftzüge.

Einmal mußte sie laut lachen über eine witzige Schilderung, und dann wieder erglänzte ein seliger Ausdruck in ihren Augen. Die zärtlichen Liebesworte, welche sie jetzt las, war sie derselben auch wert? Hatte sie nicht um einer Nichtigkeit willen an der Liebe eines edlen, treuen Mannes gezweifelt und das Vertrauen zu ihm verloren? O, es war entsetzlich, sich nun mit solchen Vorwürfen quälen zu müssen, die ihr keine Ruhe ließen. Warum hatte sie ihr Unrecht nicht gleich empfunden, warum ihm erst noch solchen Schmerz bereiten müssen? Geschah ihr nicht recht, wenn er sie jetzt nicht mehr liebte, wenn er ihr nicht verzieh?

Erregt sprang Ilse auf. Die nächtliche Stille wurde ihr auf einmal unheimlich, so allein, so verlassen zu sein mit dem mahnenden Gewissen, das ihr ihre Schuld immer wieder unbarmherzig vorhielt, war unerträglich. Wenn sie Leo jetzt schriebe? Sie ergriff diese Idee wie eine Rettung und gab sich sofort daran. Aber sie konnte keinen klaren Gedanken fassen, und die Feder zitterte in ihrer Hand. Schließlich zerriß sie den angefangenen Brief.

Wenn nur erst die Nacht vorbei wäre! Was sollte sie nur beginnen bis zum Morgen? Jetzt war es erst wenig über zwölf Uhr, sie mußte also noch lange warten, bis der heiß ersehnte Tag erschien. Sie nahm ein Buch und fing an zu lesen, aber die Buchstaben flimmerten ihr vor den Augen, und sie hatte im nächsten Augenblick das Gelesene schon wieder vergessen. Gab es denn kein Mittel, ihren unruhigen Geist zu beschwichtigen, ihren Gedankenlauf zu hemmen? Nochmals nahm sie zur Feder ihre Zuflucht und schrieb an Nellie, der sie alles erzählte, was sie in diesen stillen Stunden dachte und empfand. Das erleichterte ihr stürmisch pochendes Herz, und als sie mit Schreiben aufhörte, war sie ruhig geworden, eine wohltuende Müdigkeit überkam sie endlich. Sie begab sich zur Ruhe und bald umgaukelten sie rosige Träume.

Erquickt wachte sie am andern Morgen auf, und die Ungeduld ließ sie keine Minute länger im Bett. Draußen lag noch graue Dämmerung, als Ilse, nachdem sie sich angekleidet hatte, die Gardinen zurückzog und in den beschneiten Garten hinunterschaute, der sich bis zu dem unmittelbar daran stoßenden Walde hinzog und nur durch eine eiserne Pforte von diesem getrennt war. So still und friedlich lag die Natur in ihrem Winterschlaf da, so verzaubert und schweigsam, nichts erinnerte mehr an die Zeit, als sie üppiges Leben war, die grünen Wipfel geheimnisvoll rauschten, Blumen und Blüten ihre Düfte aushauchten und melodische Vogelstimmen diese Herrlichkeit jubelnd besangen. Da war es schön im Walde gewesen, und ein junges, glückliches Menschenpaar war oft mit Büchern und Hängematte nach dem verborgensten, lauschigsten Fleckchen hinausgewandert, wo sich unter ihren Füßen ein samtweicher Moosteppich ausbreitete und die leise schaukelnden Zweige der alten Buchen ihnen Kühlung zufächelten. Dort befestigte der junge Mann die Hängematte, und wenn seine Begleiterin es sich darin bequem gemacht hatte, dann legte er sich in das schwellende Moos, und den beiden verflogen unter Plaudern und Lesen die Stunden wie Minuten. Niemand störte sie in der Einsamkeit, die breiten Äste über ihnen spendeten herrlichen Schatten, und das Auge erlabte sich an dem köstlichen Grün.

Versunken in diese Erinnerung starrte Ilse hinaus, bis der Anblick des hohen Schnees, der jetzt auf den Zweigen lastete, sie in die Wirklichkeit zurückführte. Es kam ihr vor, als wäre es eine andre gewesen, welche dort mit Leo so glücklich war, als hätte sie selbst dies nie erlebt. Ob solche Erinnerungen wohl auch an seinem Geist vorüberzogen, oder ob er die Vergangenheit aus seinem Gedächtnis verbannt hatte? Jeder Platz, jeder Baum hier mahnte sie an die frohen Stunden, die sie mit ihm verlebt hatte. Bei dem Gedanken, daß eine solche Zeit vielleicht niemals wiederkäme, daß sie fortan nur von diesen Erinnerungen zehren müßte, fühlte sie ihr Blut in den Adern erstarren.

Sie trat vom Fenster zurück und ging rastlos im Zimmer auf und ab. Diese Angst, diese Zweifel konnte sie nicht länger ertragen und sie beschloß deshalb, heute morgen sofort mit den Eltern zu sprechen. War das nicht ihre Pflicht und würden sie, welche ihr nur Liebe und Güte entgegenbrachten, ihr nicht ratend und helfend zur Seite stehen?

Klopfenden Herzens verließ sie ihr Zimmer. Als sie an der Kinderstube vorbeikam, hörte sie das Brüderchen laut jauchzen. Der Kleine lag noch im Bettchen, als sie hereinkam, und strampelte mit den dicken Beinchen in der Luft. Sie küßte und liebkoste das Kind; wie lange hatte sie mit dem lieben Schelm nicht mehr gespielt! Jetzt verstand er es schon, wenn sie mit ihm scherzte, und sein herzliches Lachen versetzte sie in Entzücken. Als Frau Anne hereintrat, war sie nicht wenig erstaunt, Ilse schon vollständig angekleidet zu finden.

„Du bist schon auf, Ilse?“ fragte sie verwundert, mit einem herzlichen Kuß. „Eben schlich ich auf den Fußspitzen nach deinem Schlafzimmer, um zu horchen, und da alles mäuschenstill war, dachte ich, du lägst noch im tiefsten Schlummer und wollte dich nicht stören.“

Ilse umarmte sie stürmisch.

„Wie reizend und drollig ist das Kind geworden,“ rief sie begeistert und einer plötzlichen Eingebung folgend fügte sie hinzu: „Ach, liebste Mama, wie glücklich macht es mich, daß ich wieder bei euch bin!“

Frau Anne strich ihr zärtlich über das Haar, und in ihren Augen funkelte es froh und siegesgewiß. Sie zog Ilses Arm durch den ihrigen.

„Nun komm! Papa wird sich freuen, daß du schon auf bist, er wartet mit großer Ungeduld auf dich.“

Bald saßen die drei am gemütlichen Kaffeetisch. Herr Macket verwandte kein Auge von seinem Liebling, der nun wieder leibhaftig vor ihm saß, den er so sehr entbehrt und oft herbeigesehnt hatte. Ihn erfüllte ganz der eine Gedanke: sie ist wieder da! Deshalb machte er sich auch keine Sorgen, was nun weiter werden und wie das Verhältnis zu Leo sich gestalten würde. In seiner unbefangenen Freude merkte er denn auch nicht, daß sich in Ilses ganzem Wesen eine gewisse Aufgeregtheit zeigte, und daß ihre Augen einen ängstlich fragenden Ausdruck hatten.

Frau Anne aber beobachtete desto schärfer, ihr entging von alledem nichts, und sie bemerkte auch, daß ihr Töchterchen jetzt einen harten Kampf in seinem Innern zu bestehen hatte. Sie war deshalb so zuvorkommend und liebevoll wie nur möglich, um ihr den so schweren Anfang zu erleichtern.

Ilse aß und trank mit großer Hast zur lebhaften Freude des arglosen Vaters, dem ihr anscheinend so gesunder Appetit sehr gefiel. Eigenhändig belegte er die Brötchen, und lächelnd sah ihm Frau Anne zu, – sie wußte genau, warum das Kind so eifrig dem Essen zusprach.

Schon einige Male hatte Ilse die Lippen zum Reden geöffnet, und doch konnte sie sich immer noch nicht dazu entschließen. Krampfhaft drehte sie kleine Brotkügelchen zwischen ihren Fingern, – mein Gott, war es denn so schwer, das auszusprechen, was ihr doch wie Feuer auf der Seele brannte? Herr Macket war inzwischen aufgestanden und hatte sich in aller Gemütlichkeit eine Zigarre angesteckt, nun trat er zu ihr und legte zärtlich den Arm um ihren Nacken.

„Kind,“ sagte er so recht aus tiefstem Herzensgrunde froh, „es ist gut, daß du wieder da bist.“ Und als sie aufblickend in die teuren Vateraugen sah, da sprang sie empor und fiel ihm um den Hals.

„Liebe, einzige Eltern,“ dabei reichte sie Frau Anne die Hand, „verzeiht mir, seid nicht mehr böse, ich will ja alles wieder gut machen. Ich habe kindisch gehandelt, als ich davonlief, ich weiß es wohl, er hatte ja recht, ich bin im Unrecht, ach wüßte ich doch, ob er mich noch liebt, ob er mir verzeiht!“

Sie hatte in fliegender Hast gesprochen, nun hielt sie mit einem tiefen Atemzug inne, und es war, als wäre eine Zentnerlast von ihrem Herzen genommen. Herr Macket war bei den Selbstanklagen seines Lieblings ganz ängstlich geworden; er hatte sie einigemale unterbrechen wollen mit dem Ausruf: „Aber Kind, liebes Kind, wir sind dir doch nicht böse, sage doch so etwas nicht.“ Fast erschrocken blickte er sie an. Frau Anne aber zog sie gerührt an ihre Brust und streichelte ihre heißen Wangen. Tränenfeucht glänzten ihre Augen, und mit einem triumphierenden

Ausdruck sah sie ihren Mann an, denn dieser hatte es immer bestritten, wenn sie behauptete, daß Ilse eines Tages zum Bewußtsein kommen und zu ihrem Bräutigam zurückkehren würde.

„Nein, das wird sie nicht tun, ich kenne das Mädchen," hatte er dann geantwortet, „sie ist viel zu stolz dazu."

Frau Anne schwieg dann lächelnd, sie wußte ja viel besser, daß die Liebe über den Stolz siegen würde. Und sie hatte recht gehabt, sie hatte die Seele der jungen, trotzigen Braut besser durchschaut, als der in blinder Liebe befangene Vater. Jetzt, als sie Ilse fest in ihren Armen hielt und das heftig pochende Herz fühlte, war sie sicher, daß sie diesmal für immer geheilt und bekehrt zurückgekommen war, daß der Kampf, den Ilse in den letzten Monaten überstanden, in ihr die ernste Liebe des Weibes gereift hatte.

Nun war das Eis gebrochen, mit einem Male wurde es Ilse so leicht, von Leo, von ihrer Flucht zu reden, traf sie doch nicht der geringste Tadel von seiten der Eltern; im Gegenteil, wenn sie sich ausschalt und Vorwürfe machte, dann beruhigte die Mama, tröstete mit den zärtlichsten Worten der Papa. Alles, alles beichtete sie, nur den Streit mit Leo ließ sie unberührt und beteuerte nur immer wieder, daß sie im Unrecht sei, und daß sie ganz wie ein unvernünftiges Kind gehandelt habe.

Frau Anne hörte ihr voller Befriedigung zu, und in ihrem Innern dankte sie Nellie inbrünstig, indem sie deren gutem Einfluß den größten Teil dieser Umwandlung zuschrieb. Noch an demselben Tage gab sie diesen Gefühlen in einem langen Dankesbriefe an die junge Frau Ausdruck.

Herrn Mackets Groll gegen Leo, den er bis jetzt nicht hatte überwinden können, schwand immer mehr, und er mußte nun doch einsehen, daß nur die Widerspenstigkeit seines Töchterchens an diesem Zerwürfnis schuld war.

„Und nun will ich gleich an Leo schreiben," sagte Ilse, sich erhebend, „und ihn bitten, daß er morgen kommt, daß wir ein vergnügtes Weihnachtsfest zusammen feiern können."

Aber schon nach kurzer Zeit kehrte sie unverrichteter Sache zurück.

„Ich kann nicht schreiben, Mama," klagte sie, „es ist mir nicht möglich. Was ich ihm zu sagen habe, das muß mündlich geschehen. Was soll ich denn nur tun, ich weiß es ja nicht; ach Gott, so rate mir doch, liebste Mama."

Frau Anne schwieg und tat, als überhörte sie die Frage; das Kind sollte von selbst den richtigen Weg einschlagen.

Sinnend und etwas ungeduldig blickte Ilse vor sich hin.

„Mama," begann sie wieder, „wissen denn Leos Eltern, was zwischen uns vorgefallen ist?" Sie seufzte bei dieser Frage, denn der Gedanke, daß sie auch ihnen eine Aufklärung geben müßte, war ihr höchst peinlich.

„Beruhige dich, Ilse," tröstete sie Frau Anne, „Gontraus wissen nichts. Leo hat ihnen keinesfalls etwas verraten, und ich habe – oft allerdings durch recht diplomatische Künste – mich bemüht, alles zu verheimlichen. Da sie ganz ahnungslos sind, so werden sie auch nichts bemerkt haben. Wegen deiner angeblichen Schreibfaulheit mußt du dich aber gründlich bei ihnen entschuldigen, denn sie klagten öfters darüber, daß sie noch gar keinen Brief von dir hätten. Ich habe dein Schweigen, so gut es ging, beschönigt."

„Du liebe, einzig gute Mama!" unterbrach sie hier Ilse, der bei diesen Worten ein Stein vom Herzen fiel, indem sie Frau Anne mit beiden Armen umschlang, „ich verdiene deine Güte ja gar nicht. Warum muß denn auch gerade ich einen so unglückseligen Charakter besitzen? Wie schwer habe ich schon darunter leiden müssen, wie viele bittere Stunden habe ich andern dadurch bereitet! Siehst du, ich bin wütend auf mich, ich weiß genau, was für ein stöckisches Wesen ich bin, und darum wird mich Leo auch nicht mehr lieb haben, ganz gewiß nicht."

Bei diesem leidenschaftlichen Ausbruch stürzten ihr die hellen Tränen aus den Augen.

„Ilse,“ sagte Frau Anne sanft aber bestimmt, „ich dachte, du wärest ein vernünftiges Kind geworden, und nun kommt doch wieder das tolle Köpfchen zum Vorschein.“

„Ach, Mama, kein Mensch weiß, welche Vorwürfe mich gequält haben, und wie ich bereue, was ich getan. Leo glaubt das gewiß nicht, und wenn ich es ihm auch sage, wird er sich nicht überzeugen lassen.“

„Ilse, Ilse,“ erwiderte Frau Anne kopfschüttelnd, „so darfst du nicht sprechen. Ich weiß, wie tief Leo unter den jetzigen Verhältnissen leidet. Wenn er dich nicht wahrhaft liebte, würde er gleichgültiger sein.“

„Hat er mit dir über mich gesprochen, hat er dir alles erzählt?“ fragte Ilse dringlich. „Hat er sich über mich beklagt?“

„Er hat mir nicht mehr gesagt, als unumgänglich notwendig war, und nicht das kleinste Wort des Tadels oder der Klage ist über seine Lippen gekommen. Ilse, kennst du ihn denn so wenig, daß du so etwas von ihm zu glauben vermagst?“

Das junge Mädchen senkte beschämt das Haupt. Nein, sie hatte eine bessere Meinung von ihm und wußte selbst nicht, warum sie so sprach.

„Ich habe den guten Gontraus auf ihren letzten Brief noch nicht geantwortet,“ fuhr Frau Macket fort, „sie fragten darin an, ob du zu Weihnachten bestimmt zurückkämst, dann würden wir doch das Fest natürlich zusammen feiern. Ich war etwas in Verlegenheit, was ich darauf erwidern sollte, und habe deshalb bis jetzt geschwiegen, heute muß ich ihnen aber schreiben, Ilse, – was soll ich ihnen für eine Antwort geben?“

„Mama,“ sagte Ilse plötzlich, nachdem sie eine Weile gedankenvoll vor sich hingeblickt hatte, „ich habe eine Idee; ja, so geht es – so muß es gehen. Ich schreibe an Leos Eltern, daß ich morgen früh mit euch käme, aber sie sollten ihm davon nichts sagen, weil ich ihn überraschen wollte.“

Gott sei Dank, nun war ein Ausweg gefunden! Ihre Augen leuchteten vor Freude über den glücklichen Einfall, und sie war Feuer und Flamme.

„Herzensmama, so wird es gemacht, nicht wahr?“ schmeichelte sie, „und dann fahren wir morgen gleich nach Tisch alle hierher zurück, und es wird hier beschert. Ich will sofort schreiben.“

Dem Papa brauchte sie ihren Plan gar nicht erst mitzuteilen, er war doch mit allem einverstanden, was sein Liebling tat. Der Brief wurde denn auch sofort geschrieben und unverzüglich nach dem Bahnhof gebracht, damit er noch heute an seine Adresse gelangte.

Ilse war wie umgewandelt, die Ungeduld jagte sie rastlos von einem Ort zum andern. Es gab ja auch noch so viel zu tun für den folgenden Tag, und mit einem wahren Feuereifer stürzte sie sich in die Arbeit.

Im großen Gartensaale stand die mächtige Tanne, welche sie schmücken sollte. Die breiten Äste waren schon dicht mit Watte belegt, auch Gold- und Silberfäden waren darüber gezogen. Herr Macket, der keinen Augenblick von Ilses Seite wich, war dabei, die Wachslichter zu befestigen. Wie heller Freudenschein lag es über seinem Gesicht, als er sie so froh und geschäftig sah, und verstohlen blickte er sie immer an. Das war wieder seine alte Ilse, sein lieber, ausgelassener Wildfang, welchem Übermut und Frohsinn aus den Augen blitzten.

Ilse hatte nicht genug an dem duftenden Grün des Tannenbaumes, den ganzen Saal wollte sie mit Tannenzweigen und Blattpflanzen geschmückt haben; die letzteren mußte ihr der Gärtner aus dem Gewächshaus bringen. Die Ecken sollten Lauben bilden, während an den Wänden Guirlanden aus Tannenzweigen befestigt wurden.

Als sie endlich fertig war, betrachtete sie ihr Werk mit prüfenden Augen und ordnete noch hier und da etwas an; es war ihr immer noch nicht schön genug, schmückte sie doch den Raum so festlich für ihn! Das beseligte sie, und ihr Herz klopfte stürmisch bei dem Gedanken, daß sie morgen mit ihm an dieser Stelle stehen würde, und daß dann alle Zweifel und Qualen ein Ende haben sollten. Wie sehnte sie sich nach voller, reiner Harmonie, wie lange, lange hatte sie diese entbehren müssen!

Der weihnachtliche Schmuck des Saales war vollendet und das ganze Haus erfüllt von dem feinen, harzigen Geruch der Tannennadeln, hatte doch Herr Macket in seiner Herzensfreude noch mehrere Bäume bringen und in dem Treppenhaus aufstellen lassen. „Es soll recht weihnachtlich sein," sagte er, und war dabei so heiterer Laune, wie ihn seine Frau lange nicht gesehen hatte.

Ilse schlief diese Nacht wenig, sie war zu aufgeregt dazu. Pünktlich um acht Uhr stand am andern Morgen der Schlitten vor der Türe, und ungeduldig stampften die Braunen den Boden. Frau Anne erklärte, zu Hause bleiben zu wollen, da es, wie sie sagte, noch viel zu tun und anzuordnen gab. Ilse hätte freilich sehr gern gehabt, wenn sie mitgefahren wäre, denn an dem ruhigen, sicheren Wesen der Mama würde ihr erregtes Herz einen festen Rückhalt gehabt haben. Wer sollte ihr Mut machen, wenn sie wieder zaghaft würde! Aber – war denn das nötig, mußte sie zu dem Schritt erst ermutigt werden, den sie doch mit freudigem Herzen tat? Nein, nein!

Energisch drängte sie jeden solchen Gedanken zurück, und mit klaren, strahlenden Augen nickte sie Frau Anne zu, welche in der Pforte stehen geblieben war, um dem Schlitten nachzusehen. Wie lieb und gut hatte sie Ilse zum Abschied in die Arme geschlossen! Die zärtlichen Worte: „Nun sei mein verständiges Mädchen und zage nicht," welche sie ihr dabei zuflüsterte, klangen ihr noch immer in den Ohren nach. Frisch und rosig saß sie an der Seite ihres Vaters, der alle Augenblicke fragte, ob sie es auch nicht fröre, und immer wieder die Decke, welche er über sie gebreitet hatte, fester und höher hinaufzog.

Sie wehrte ihm lachend. „Aber Papachen, mir ist ja so warm, mich friert gar nicht; bald kann ich mich nicht mehr rühren, so fest hast du mich eingewickelt."

Unter Herrn Mackets sicherer Leitung flog das leichte Gefährt mit Windeseile über die glatte Bahn, daß der Schnee links und rechts zur Seite stob. Dazu klang das lustige Schellengeläute so hell und silberrein, daß es sich wie liebliche Musik anhörte.

Ilse lehnte sich weit zurück und schloß die Augen. Klingling, klingling, schallte es immerfort in ihren Ohren, und nun schien der helle

Glockenklang auf einmal eine dunklere Färbung anzunehmen, langsam und gemessen in gleichmäßigen Schwingungen zu ertönen. Was war denn das? Klang nicht so die Glocke von dem heimatlichen Kirchturm? Sie sah ihn im Geiste vor sich, das winterliche Kleid war abgestreift und statt dessen umwob ihn lichtes Frühlingsgrün. In den Wipfeln der alten Linden, welche vor der Kirche standen, sangen die Vögel, und Blumenduft strömte durch die geöffneten Fenster hinein. Drinnen tönte die Orgel und begleitete die hellen Stimmen der Dorfkinder. Alles war so feierlich, und da sah sie sich selbst im langen weißen Gewande an der Seite ihres Leo zur Türe hereinkommen. Um den festlich geschmückten Altar standen die Eltern, Verwandten und Freunde, und der alte Pfarrer harrte ihrer. –

Erschreckt fuhr sie auf. Welche Bilder malte ihre Phantasie da vor ihren Augen aus? Und doch kehrten ihre Gedanken immer wieder zurück zu dem rosigen Zukunftsbilde.

„Bist wohl müde, Kind," fragte Herr Macket, weil sie so lang stumm und mit geschlossenen Augen neben ihm gesessen hatte. „Ja, die Fahrt ist lang und angreifend, sie wird dir doch nicht zu viel werden, Mädel?"

Sorgsam prüfend schaute er ihr ins Gesicht.

„O nein, Papachen, nicht im geringsten, ich bin gar nicht müde, sondern überlegte mir nur etwas und schloß deshalb die Augen." Sie mochte ihm nicht eingestehen, daß sie wachend geträumt hatte.

Nachdem sie in einem Dorfe ausgespannt und eine Weile gerastet hatten, ging die Fahrt weiter.

„In einer guten Stunde sind wir da, die Pferde sind flott gelaufen," sagte Herr Macket und blickte mit Stolz auf seine beiden Braunen.

Ilse klopfte das Herz hörbar, und ihre von der kalten Winterluft geröteten Wangen färbten sich noch tiefer. Und mochte ihr auch vor dem Augenblick des Wiedersehens bangen, so erfaßte sie dennoch eine unsagbare Ungeduld bei dem Gedanken, daß sie nur noch eine kurze Spanne Zeit, nur noch Minuten von ihm trennten.

Die weiten Schneeflächen kamen ihr endlos vor, und sie hätte sich Flügel wünschen mögen, um schneller in seine Arme zu eilen. Während sie bis jetzt ihren Träumen nachgehangen hatte, wurde sie auf einmal lebhaft und gesprächig, scherzte und neckte sich mit ihrem Vater, daß oft sein herzliches Lachen durch die winterliche Ruhe schallte, und seine blauen Augen unter den buschigen Brauen vor Freude und Lust strahlten.

So verflog ihr die Zeit rascher, und sie konnte die innere Unruhe besser bemeistern. Endlich sah sie ganz in der Ferne, noch undeutlich und kaum zu erkennen, die Kirchturmspitze von L. Wie ein freudiger Schreck durchfuhr es ihre Glieder.

„Papa, sieh nur dort, gleich sind wir da!" rief sie, indem sie ihn am Arm faßte und mit dem Finger auf den fernen Kirchturm zeigte.

Er kniff die Augen zusammen und blickte nach der angegebenen Richtung, dann legte er die Hand über die Augen und beugte den Kopf nach vorn.

„Ich sehe noch nichts," sagte er schließlich.

„Aber Papa, dort, siehst du denn nicht?" Sie war aufgestanden und starrte entzückt in die Ferne, als hätte sich ein Wunder vor ihren Blicken aufgetan.

Er schüttelte den Kopf.

„Ich sehe nichts, Ilse, du hast eben wahre Falkenaugen. Krischan," wandte er sich an den hinter ihnen sitzenden Kutscher, „siehst du den Turm von L. schon?"

„Nee, Herr, ich sehe nischt, das Freilein sieht wohl mit die Ogen der Liebe."

Über diesen Witz grinste er mit dem ganzen breiten Gesicht, während die beiden im Schlitten in ein helles Gelächter ausbrachen.

Weiter und weiter sauste der Schlitten, und die eben noch in der Ferne verschwommenen Gegenstände tauchten immer klarer auf. Jetzt war auch der Kirchturm deutlich sichtbar, und die beschneiten Dächer zeichneten sich scharf vom blauen Himmel ab. Bald darauf fuhren sie in das Dorf ein, aber bei einem der ersten Häuser machten sie Halt. Eine dicke goldene Traube, an einem weit vorragenden eisernen Arm befestigt, bezeichnete dasselbe als Gasthaus. Ilse hatte den Schleier dicht über das Gesicht gezogen, und Herr Macket mußte den breiten Pelzkragen hinaufschlagen, damit sie von den neugierigen Blicken, welche dem Schlitten folgten, nicht erkannt würden. Hier sollte ausgespannt werden, so war es mit den Schwiegereltern verabredet worden. Ilse hatte ihnen geschrieben, sie möchten Leo im Hause festhalten.

Die Aufforderung ihres Vaters, sich erst etwas zu erwärmen und eine Kleinigkeit zu genießen, lehnte Ilse entschieden ab, denn so nahe dem ersehnten Ziel erschien es ihr unmöglich, noch irgendwelche Verzögerung zu ertragen. So machten sich denn die beiden auf den Weg nach dem Gute, welches abseits vom Dorfe lag und dicht an einen Tannenwald grenzte.

„Wie ein Paar Diebe kommen wir angeschlichen," sagte Herr Macket. „Darf ich denn den verflixten Kragen noch immer nicht herunterschlagen? Mir wird nämlich verteufelt heiß in diesem Futteral."

„Ach bitte, bitte, noch nicht," bat Ilse, die unter ihrem Schleier fortwährend ängstliche Blicke nach rechts und links warf, „siehst du, Herzensväterchen, es könnte uns doch jemand begegnen, und wir sind ja gleich da."

Herr Macket als ein gehorsamer Vater fügte sich und stöhnte nur einige Male verstohlen. Sie bogen jetzt in einen kleinen Seitenweg ein, der zwischen zwei Hecken durchführte und nicht gebahnt war, so daß sie bis über die Knöchel in den weichen Schnee einsanken.

„Hier können wir nicht weiter, Ilse, das geht nicht. Du bekommst ja ganz nasse Füße und wirst dich auf den Tod erkälten. Komm, wir wollen umkehren." Damit blieb er stehen.

Aber sein geliebter Wildfang schlug ihm ein Schnippchen und hüpfte leicht und flink wie ein Reh davon. Sie sah ja am Ausgang des Heckenweges ein großes, herrschaftliches Haus, das Gontrau'sche, und sollte nun wieder umkehren? Das war zu viel verlangt. Wohl oder übel mußte Herr Macket ihr folgen, und wenn er auch etwas unwillig in den Bart brummte, so brachte er es doch nicht über sich, auf seinen Liebling zu schelten. Mit seinen großen Stiefeln trat er in Ilses zierliche Fußstapfen; diese war ihm längst vorausgeeilt und wartete schon auf ihn an der eisernen Tür, welche den parkartigen Garten hinter dem Hause abschloß.

„Bist mir doch nicht böse, Papachen?“ fragte sie ihn mit schelmischer Zärtlichkeit, und da konnte er natürlich nicht widerstehen.

Der fürsorgliche Schwiegervater hatte Bahn fegen lassen, und auf besserem Wege als vorher schritten sie nun den Garten entlang und schlichen zu einer Hintertüre in das Haus hinein. Ilse hatte Herrn Macket untergefaßt und eiligst mit fortgezogen. Dabei hatte sie solch fieberhafte Angst ausgestanden, sie könnte von Leo gesehen werden, daß sie jetzt, nachdem diese Gefahr vorüber war, erst einen Augenblick stehen bleiben mußte, um Atem zu schöpfen.

Auf dem Hausflur kam ihnen das Gontrau'sche Ehepaar mit offenen Armen entgegen. Ilse war tief beschämt über all die Liebe und Herzlichkeit, mit welcher die Schwiegereltern sie empfingen; dieselben waren vollständig unbefangen und schienen nicht im geringsten zu ahnen, welcher Zwiespalt zwischen dem Brautpaar herrschte. Sie führten ihren Besuch in ein behaglich erwärmtes Zimmer, und während Herr Gontrau Ilses Vater Pelz und Hut abnahm, half seine Frau dem Schwiegertöchterchen beim Ablegen und blickte mit Stolz in das junge frische Gesicht mit den lebhaften braunen Augen. Zärtlich strich sie ihr die wirren Haare aus der Stirn und streichelte ihr die Wangen. Auch Herr Gontrau betrachtete sich die Braut seines Sohnes mit großem Wohlgefallen.

„Ilse, ich glaube, du bist noch gewachsen,“ sagte er, indem er sie an sich zog, „und wie wohl du aussiehst, du blühst ja wie eine Rose. Na, der Leo wird sich freuen, er hat keine Ahnung von der Überraschung, die ihm bevorsteht.“

„Ach ja,“ meinte Frau Gontrau, „ich freue mich auch, der arme Junge hat in der letzten Zeit so viel zu tun gehabt, daß er ganz ernst und blaß geworden ist.“

Ilse errötete und wandte sich ab.

„Wo ist Leo?“ fragte sie leise. „Ich möchte ihn doch gern gleich sehen.“

„Er ist oben auf seinem Zimmer, liebes Kind,“ sagte Frau Gontrau. „Nun, du weißt ja Bescheid; ich war eben noch bei ihm, um zu verhüten, daß er sich entfernte.“

„Ich gehe zu ihm,“ sagte Ilse und verließ das Zimmer.

Als sie die Treppe hinaufgeeilt war und nun vor seiner Türe stand, hielt sie inne und legte die Hand beschwichtigend auf ihr Herz, das ihr zum Zerspringen klopfte. Nun war der Augenblick gekommen, ihm die Hand zur Versöhnung zu reichen. Ein Gefühl der Demütigung wollte noch einmal in ihr aufwallen, aber sie unterdrückte es, denn sie hatte sich vorgenommen, oft und fest vorgenommen, ihm mit keinem andern Gedanken, als dem der aufrichtigsten Reue entgegenzutreten.

Und als sie immer noch zögerte, erschien ihr Lucies Bild vor den Augen und blickte sie flehend an. Sie legte die Hand auf die Klinke, drückte sie sanft nieder und befand sich nun in einem kleinen Vorraum, welcher nur durch eine Portiere von Leos Zimmer getrennt war. Auf den Fußspitzen schlich Ilse näher, schob den Vorhang auseinander und konnte nun das ganze Zimmer übersehen.

Dort saß er an seinem Schreibtisch, tief über seine Arbeit gebeugt und eifrig schreibend. Sie blieb unbeweglich stehen, wie um sich zu sammeln, und sah unverwandt auf die geliebte Gestalt vor ihr. Wenn er wüßte, wer so dicht hinter ihm stand! Sie meinte, er müßte ihre Nähe fühlen, aber ahnungslos schrieb er weiter. Als er jetzt den Kopf zur Seite wandte, um in einem Buche nachzuschlagen, konnte sie sein Gesicht sehen, und – täuschte sie sich, oder war es wirklich so? – er schien ihr um Jahre gealtert. Seine Wangen waren blaß, die Augen hatten tiefe Schatten, und um seinen Mund lagerte ein müder, schmerzlicher Zug.

So sah sie nun ihren Leo wieder, den sie nur kraftvoll und frisch gekannt hatte. Die Tränen schossen ihr in die Augen, und sie mußte an sich halten, um nicht laut aufzuschluchzen. Jetzt lehnte er sich im Stuhl zurück, und sie konnte ihr Bild bemerken, das vor ihm auf dem Schreibtisch stand; ein grüner Tannenzweig schmückte dasselbe. Leise, wie magnetisch angezogen, schlich sie näher. Jetzt nahm er das Bild in die Hand und betrachtete es mit liebevollen Blicken. Den kleinen Zweig, der ihr Gesicht etwas verdeckte, schob er zurück, damit er ungehindert in das geliebte Antlitz schauen konnte. Er dachte ihrer also noch mit tiefer, unwandelbarer Liebe. Ohne daß sie es wollte, tönte sein Name halblaut von ihren Lippen. Das Bild entfiel seiner Land, mit einem jähen Ruck stieß er den Stuhl zurück und drehte sich um. Als sähe er einen Geist vor sich, so starrten die dunklen Augen in dem blassen Gesicht auf Ilse. Sie trat näher und rief noch einmal: „Leo."

Da löste sich der Bann, der ihn befangen hatte.

„Ilse, du – du, bist du es wirklich?" stieß er hervor, und als sie die Arme nach ihm ausbreitete, zog er sie fest an sich und drückte ihren Kopf mit beiden Händen an sein Herz.

„Vergib mir, Leo!" flüsterte sie unter Tränen.

Statt aller Antwort schloß er ihr den Mund mit leidenschaftlichen Küssen, gab ihr die zärtlichsten Schmeichelnamen. Und diesem Manne hatte sie Mißtrauen entgegengebracht, an seiner Liebe hatte sie gezweifelt! In törichtem Trotz hatte sie das beste, edelste Herz verkannt. Der Gedanke, daß er sich hätte von ihr wenden können, erfüllte sie jetzt noch mit Schrecken.

Fester schmiegte sie sich an den Geliebten. Sie waren beide nicht fähig, zu sprechen, stumm hielten sie sich umschlungen und besiegelten innerlich von neuem den geschlossenen Bund. Sie hatten das Gefühl, daß sie jetzt für immer zusammengehörten, daß nichts sie je wieder trennen könnte. Es war Ilse, als träumte sie, und sie dürfte sich nicht rühren, um den schönen Traum nicht zu verscheuchen.

Und als sie dann endlich Worte fanden und Hand in Hand zusammensaßen, da konnten sie kein Ende finden, bis schließlich Frau Gontrau kam und schüchtern fragte, ob das liebe Brautpaar noch nicht bald erscheinen wolle.

*

Der im hellsten Lichte strahlende Tannenbaum beschien am heiligen Abend im Macketschen Hause lauter frohe, vergnügte Gesichter. Es ging ein Knistern durch die Zweige und die Wachskerzen flackerten so lustig, wie wenn der Baum selbst damit auch seiner Freude Ausdruck geben wollte.

Frau Anne hatte den Kleinen auf dem Arm, welcher jauchzend seine beiden Händchen nach dem Lichterbaum ausstreckte. Herr Macket stand daneben und neckte seinen Jungen, denn er war ganz übermütig heute. Das Kind mußte alle seine Kunststückchen zeigen, so daß Gontraus ganz entzückt waren von dem reizenden kleinen Kerl.

„Jetzt muß aber mein Schatz zu Bett gehen," entschied endlich Frau Anne, welche bemerkte, daß die Lebhaftigkeit des Kindes durch den Beifall der Umstehenden sich immer mehr steigerte. Der mütterliche Befehl schien aber dem kleinen Mann durchaus nicht angenehm zu sein, denn er zog ein Schüppchen und in seinen Mundwinkeln zuckte es verdächtig. Aber die Mama machte kurzen Prozeß mit ihm.

„Nun gib dein Händchen und sage gute Nacht," gebot sie energisch.

Er gehorchte und reichte allen die Hand.

„So nun mußt du noch Ilse und Onkel Leo gute Nacht sagen." –

Die beiden hatten sich in eine der grünen Pflanzen-Nischen zurückgezogen; aus ihren Augen glänzte Glück und Seligkeit. Ilse hatte so viel zu erzählen, wie sie zuerst seiner nur im Groll gedacht, wie sie aber nach und nach einsehen gelernt hatte, daß wahre, echte Liebe sich auch zu fügen weiß. Und wie reizend Frau Nellie sei, ein wie furchtbares Schicksal die arme Flora betroffen habe, wie klug und interessant Orla wäre, der gegenüber sie sich immer klein und erbärmlich vorgekommen sei, – das alles, und noch vieles andre, berichtete sie ihm auf das ausführlichste.

„Schatz, es ist, als hätten wir uns erst heute verlobt, als hätten sich erst jetzt unsre Herzen für immer gefunden," sagte er.

„Für immer!" wiederholte sie mit Betonung, und ihre Augen sahen mit dem Ausdruck der innigsten Liebe zu ihm empor. „Nicht wahr, Leo, du hast nun alles vergessen und liebst mich noch wie früher?"

„Mehr als je," gab er ihr zärtlich zur Antwort.

Sie lehnte an seiner Brust, und beide schauten in den flimmernden, duftenden Tannenbaum. Freundliche Bilder der Zukunft stiegen vor ihnen auf, sie träumten sich in ihr eigen Heim, und wie sie am nächsten Weihnachtsabend sich ihren eigenen Baum anzünden würden!

*

Mir duftenden Rosen war der Weg zur Kirche bestreut, den Ilse jetzt im bräutlichen Gewande am Arm ihres Leo dahinschritt. Wolkenlos wölbte sich der Junihimmel über ihnen, und goldner Sonnenglanz lag über der strahlenden Natur ausgebreitet. Das ganze Dorf war zusammengelaufen, um sein geliebtes Gutskind im Brautschmuck zu sehen; sie standen zu beiden Seiten des Weges, und als das Brautpaar in der Kirchentüre verschwunden war, da strömten sie hinterher, und die kleine Kirche war im Umsehen gefüllt.

Ilses Traum war zur Wirklichkeit geworden, nun sollte sie binnen wenigen Minuten am Altar des Herrn dem geliebten Mann für ewig Liebe und Treue schwören.

Durch die offenen Fenster lugte neugierig der helle Sonnenschein, das leise Rauschen der Bäume und der fröhliche Vogelgesang drangen herein, gerade so, wie sie es Weihnachten im Schlitten geträumt hatte. Und jetzt erscholl die Orgel, und die Kinderstimmen setzten ein.

Ilse schmiegte sich dichter an Leo, und mit gesenkten Augen schritt sie neben ihm dem Altar zu, der mit Pflanzen und Blumen festlich geschmückt war. Da standen die Eltern, die Freunde und Verwandten.

Orlas schönes Antlitz lachte ihr entgegen, Andres neigte grüßend das Haupt, und Nellie, die liebe, einzige, blickte wie verklärt zu ihr herüber. Der Papa streckte ihr gerührt seine Hand entgegen, und Frau Anne lächelte ihr unter Tränen zu. So viel Liebe, so viel Freundschaft sah sie in allen Augen leuchten, daß sie in überwallender Seligkeit zu dem Manne aufsah, welchem sie nun angehörte für alle Zeit.

Die Orgel und der Gesang verstummten. „Die Liebe höret nimmer auf," so begann der alte würdige Pastor seine Rede. Er hatte Ilse getauft und konfirmiert, nun stand sie als junge Frau vor ihm, und er sollte ihr seinen Segen geben. Das lebhafteste Interesse, die herrlichste Freundschaft, gaben ihm warme, tief empfundene Worte ein, seine Rede war poetisch durchflochten mit den anmutigsten Wendungen.

Herr Macket mußte sich einige Male verstohlen über die Augen fahren; Frau Anne hatte ihre Hand in die seine gelegt, auch sie war tief bewegt. Die Sturm- und Drangperiode des jungen Paares zog noch einmal an ihrem Geiste vorüber, und erleichtert holte sie Atem, daß sie glücklich überwunden war und die beiden zusammen dort am Altar standen. Eben fiel ein breiter Sonnenstrahl schräg durch das Fenster über die einfach weiß getünchte Wand, gerade auf das frische Myrtengrün in Ilses lockigem Haar und beleuchtete den weißen Schleier, der lang bis auf die kostbare Atlasschleppe herabfiel, daß er wie aus Duft gewoben erschien. Wie liebreizend sah die junge Braut aus! Voll Stolz und Glück blickte Frau Anne auf das schöne Paar, und der Gedanke, daß heute die geliebte Tochter für immer aus dem Elternhaus schied, war der einzige Wermutstropfen in dem Kelch der Freude. –

In lustigster Stimmung, scherzend und lachend saßen die Hochzeitsgäste noch an der geschmückten Tafel, als Ilse sich bereits fortgeschlichen hatte, um das Brautgewand mit dem Reisekleid zu vertauschen. Sie stand in ihrem Mädchenstübchen am offenen Fenster, und ihre Blicke schweiften über den blühenden Garten, die grünen Felder und den noch frühlingsfrischen Wald, bis zu den fernen Hügeln, welche die scheidende Sonne vergoldete. Die abendliche Stille in der Natur nach den vielen Aufregungen des Tages tat ihr so wohl! Sie lehnte sich weit hinaus und sog in vollen Zügen die erquickende Luft ein.

Das unbeschreibliche Gefühl der Seligkeit, des höchsten Glückes, welches ihr den heutigen Tag zu dem schönsten ihres Lebens machte, mußte jetzt vor dem Gedanken an den Abschied zurückweichen. Sie wußte ja, wie schwer dem Papa die Trennung falle, wie sich Frau Anne nach ihr sehnen würde. Mehrmals mußte sie das Tuch an dir Augen führen, um die hervorquellenden Tränen zu trocknen. Aber Leo sollte sie so nicht sehen, sie war ja glücklich und folgte ihm gern. Das ernste, heilige Gefühl, daß sie nun sein Weib sei, und, wie der gute alte Pastor gesagt hatte, „nur der Tod sie schiede", durchschauerte sie, die edelsten, besten Vorsätze und Empfindungen gab ihr diese stille Stunde ein.

Zwei Arme umschlangen sie plötzlich, und sich umwendend sah sie in das Antlitz ihres Mannes. Er hob ihr Kinn in die Höhe, und als er Tränen in ihren Augen schimmern sah, zog er sie fester an sich und strich ihr liebkosend über Haar und Wangen. Er war selbst so bewegt, daß er nicht sprechen konnte, aber die innige Umarmung, in der er sein junges Weib festhielt, sagte ihr mehr als Worte es vermocht hätten.

„Wir müssen fort mein Lieb," brach Leo endlich das Schweigen, denn der Wagen war vorgefahren und die Braunen stampften ungeduldig die Erde. Jetzt drang auch Gläserklingen und Stimmengewirr zu ihnen herauf, und die Musik fiel mit einem lauten Tusch ein. Gewiß feierte man nochmals das junge Paar und trank auf sein Wohl.

Frau Anne kam leise herein und brachte Ilses Hut und Staubmantel.

„Es ist alles fertig," sagte sie, „ihr müßt fort Kinder. Ich will es dem Papa sagen, nicht wahr?"

Sie sprach anscheinend ruhig, aber ein leises Zittern in ihrer Stimme verriet doch ihre innere Erregung. Sie wollte hinausgehen, doch Ilse hielt sie zurück und umschlang ihren Hals.

„Liebe, einzige Mama, habe für alles, alles Dank, und wenn ich dich oft kränkte, verzeihe mir."

„Aber liebes Kind," fiel Frau Anne ein, „alles ist vergessen, wir haben dich ja so lieb, du bist unsre gute Tochter. Nun darfst du dich aber nicht aufregen, du mußt verständig sein, denn der Papa darf dich nicht so sehen, nicht wahr, liebes Herz?"

„Komm Schatz, komm," drängte Leo, den ein verständnisvoller Blick von Frau Anne dazu trieb, den Abschied möglichst zu verkürzen. Sie ließ die beiden allein und ging in den Saal zurück, wo sie ihrem Mann verstohlen zuflüsterte, daß der Wagen vor der Türe stehe. Das heitere Lächeln verschwand von seinem Gesicht und er stand sofort auf.

Das Köpfchen seiner Ilse mit dem grauen Reisehut nickte ihm schon aus dem Wagenfenster zu, als er aus der Haustüre trat. Er stieg zu ihr ein und hielt sein Kind lange in den Armen. Dabei preßte er ihren Kopf fest an sein Herz, denn sie sollte die Tränen nicht sehen, die ihm über die Wangen rollten. Krischan, der in seiner neuen Livree steif und gerade auf dem Bock saß, sah mit ungeduldigen Blicken bald auf die Uhr, bald von seinem hohen Sitz herab auf den Wagenschlag, und schließlich wandte er sich an Frau Macket mit den Worten:

„Nu is es aber die höchste Zeit, sonst verfehlt das Freilein und der junge Herr am Ende den Zug."

Er konnte sich noch nicht entschließen, von der „Frau Assessor" zu sprechen, für ihn war Ilse noch das „Freilein".

Frau Macket zupfte ihren Mann am Ärmel. „Sie müssen fort, lieber Richard," sagte sie leise.

Er stieg aus, die Türe flog zu, die Pferde zogen an, und der Wagen rollte auf der Dorfstraße dahin, eine Staubwolke aufwirbelnd. Herr und Frau Macket waren aus der Pforte getreten und sahen ihm nach. Jetzt flatterte Ilses Taschentuch als Abschiedsgruß noch einmal aus dem Fenster, dann bog der Wagen um die Ecke und war den Blicken entschwunden.

„Komm, lieber Mann, wir wollen wieder hineingehen," sagte Frau Anne.

„Nun ist sie fort," sprach er halblaut, wie im Traume.

„Sie ist glücklich," gab Frau Anne zur Antwort.

„Ja, sie ist glücklich," wiederholte er leise und ein heller Freudenschein überflog sein von der Trennung schmerzlich bewegtes Antlitz. Arm in Arm gingen die beiden in das Haus zu ihren Gästen zurück.